La vie est brève et le désir sans fin

人生苦短欲望长

[法] 帕特里克·拉佩尔 著　张俊丰 译

四川文艺出版社

1

烈日炎炎，没有一丝风。一辆白色汽车从公路上下来，缓缓驶进一条空旷的小道。小道两边的灌木组成了绿化带。由于疏于管理与修剪，灌木丛里荒草丛生。

汽车内的男人一头短直发，斜倚在车窗上，似乎睁着眼睡着了。他的皮肤很粗糙，两眼也黯淡无神，但是睫毛却像孩子般显得又细又长。他叫布莱里奥，今年四十一岁。这天是耶稣升天节，他却系着一条黑色皮领带，穿着一双红色匡威鞋。

公路上不时有汽车经过，似乎由于太热的缘故，过往的汽车也都显得懒洋洋的，蜿蜒地向前行驶着。布莱里奥对路上的汽车不感兴趣，只是默默地欣赏着风景：牧场，牲畜……牲畜也都由于太热而到处寻找阴凉。一旦它们找到了阴凉，就会跟座椅上的布莱里奥一样，躲在那里一动不动。而停车后的布莱里奥似乎在数牲畜的数量一样，目不转睛，沉默不语。过了一会儿，他轻轻从汽车上下来，眼睛却还是盯着那些牧场和牲畜。转了转僵直的腰后，他交叉着双腿坐到了汽车引擎盖上。放在汽车座椅上的手机不知什么时候响了起来，但是他懒得动弹，好像根本不关他的事似的。

布莱里奥早就练成了这种既在场、又能置身于外的本事。以前他在观察邻居家的百叶窗时，时不时地可以听到钢琴声。那时候，他就尝试着对音乐不做任何反应。

后来他发现，无论什么声音他都可以做到"听"若罔闻，只要用眼睛盯着不远处的一个目标，同时屏住呼吸——就像潜水员在水下闭气那样。

现在他就是完全这么做的。直到感觉肺部憋得快要爆炸时，才不得不吐了一口气。

他突然感觉轻飘飘的，似乎失去了重量，似乎还能感觉到血液重新回流到身体的各个部位。

点燃了一支烟后，直到此刻，他才意识到自己已经两天没有吃任何东西了。

为了找一家像样的餐馆，接下来他开车走了三十多公里。最终还是厌烦了，放弃了寻找，随便停在了一个看起来不怎么样的餐馆前。餐馆位于一栋平房里，平房外面是木制的露台，还有五六棵沾满灰尘的棕榈树。

餐馆里面闷热潮湿，空气似乎都凝固了，尽管开着窗户，柜台上还开着一台蓝色的大风扇。

这个时间段的餐馆已经没有什么顾客，只有三个西班牙人和一对夫妻。西班牙人一看就知道是经过长途跋涉后的货车司机，而那对夫妻看起来也已经筋疲力尽，不想再开口说话。女侍者在餐厅后面不知忙碌着什么，风扇搅起的空气从下往上吹着她的金发。

这是初夏普通的一天。这天布莱里奥既没有什么事情要做，也不等任何人。他一边吃着盘子里的冷盘，一边盘算着什么时候才能到达塞文山。就在这时，手机铃声再次响了起来，就像"命运小号"一样，重新回荡在这个空虚的下午。

"路易，是我，"手机里传来娜拉那虚弱、低哑的嗓音——他是那么熟悉她的声音，即使在千万种嗓音中都可以轻易地辨别出来，"我这会儿正在亚眠的英国朋友家里。不出意外的话，过几天就能到巴黎。"

"到巴黎?"他急忙站起来向卫生间走去，以躲开旁边那几双不知趣的耳朵。

显然，她是在火车站对面的一家咖啡馆里给他打的电话。

"你呢，"她问道，"你在哪儿?"

"我在哪儿?"他重复着这句话，因为他习惯慢慢地想事情——慢到他总是最后一个理解自己身边所发生的一切。

"我正要去看我父母。这会儿在罗德海岬的某个地方。"他开始回答，但是嘴唇只是对着空气开合——因为不知道什么原因，信号断了。

他试着又拨了几次，然而每次结果都是同样的机械的声音："听到提示音后，请留言。"

这时，卫生间的灯自动熄了。布莱里奥僵直地站在黑暗中，手里依然握着手机，既没有寻找开关，也不想去开门。也许他需要把自己关在黑暗中才能揣摩清楚刚刚发生的事情。

因为这个电话，他已经等了两年。

回到餐桌上后，他感觉自己的双手有点发抖，肩膀也不时地仿佛要抽搐一下，就像有点发烧一般。

"也许，有的女孩之所以消失，就是为了体会回来时的快乐吧。"他一边找自己的餐巾，一边想。

为了使自己冷静下来，他又点了一杯葡萄酒，并坚持吃完已经变凉的主菜，还尽量装作一副若无其事的样子。他已经习惯了伪装自己的心情。

西班牙司机们开始打牌，而那对夫妇始终没有说一句话。布莱里奥吃完后，仰坐在自己的椅子上，四肢尽量舒展开。除了有点颤抖的手指，谁都不会看出来接过电话后他的内心有多么激动。

布莱里奥眯起眼睛看着窗外。此时他的激动还伴随着两种矛盾的感觉：欣喜与害怕。他自己不停地思考、比较这两种感觉。也许第一种感觉只不过是过滤镜，是诱饵——过滤掉、诱使他忘记第二种感觉——害怕。那是一种隐隐约约的害怕，就像是预感，预感到将来可能要承受的痛苦。

但是他越是考虑到那种不可名状的害怕，就越是不可抑制的更感到欣喜。欣喜让他激动，把他从忧虑的边缘拉回来。一想到就要在巴黎再见到她了，那种迫切感就可以让他忘掉一切。

吃完饭上车之前，他再次试着给她打电话，但是依然没有打通，依然是那句令人讨厌的英语提示语。他太犹豫不决了，不知道该不该在见她之前再通一次电话。正是这种犹豫不决让他在挂断电话后，稍微安抚了他的失望之情。

布莱里奥不想改变自己的行程安排，于是马上又给父母通了电话，告诉他们自己将在傍晚时分到达他们那里。出于小心谨慎，他又拨了妻子的号码，但是并不知道该说些什么。只是想顺便确定一下妻子对任何事情还不知情。

"喂……"他的妻子接了电话。就在此时，他突然感到腿一阵发软。于是，他又把电话挂了。

也许是热的吧。他这样想。这时，他看到那对关系糟糕的夫妇开着一辆红色小跑车从身边经过。两个人的身影让他想起那对大明星——杰克·帕兰斯和碧姬·芭铎。

之后的几分钟他蜷缩在车里，感到一阵阵轻微的恶心。于是就静静地看着车窗外。路上一辆辆卡车经过，路边是高大的悬铃木。他开始回忆跟娜拉的最后一次见面，那是在两年前。然而此刻，见面时的细节已经被他完全忘记了。

思绪很乱，似乎他正在折磨自己的记忆力，想压榨出一些往昔的信息。然而，那些声音，那些画面都已随风而逝，再无踪影。也许是大脑将那一幕已经屏蔽，也许是潜意识中希望最后一次的见面再来一次。

之后，他不再想她，只是心无旁骛地开车。汽车穿过空旷的山谷时，高空中的云彩似乎伴随着他向前飘。

太热了，他关了所有的车窗，开起空调。冷风轻轻地吹着，仿佛是混合了麻醉药一般，让他似乎能够忘掉现实，忘掉最近发生的种种事情。然而，事与愿违。刚刚发生的一切，娜拉的电话，她的归来，中断的通话……都使他的生活将要发生很多变数。然而，也许在潜意识里，他应该能够料想得到这些事迟早会发生。

也许一些事情当我们期盼了太久之后，真正发生时反而会茫然无措。对他来说，两年零两个月的时间是那么漫长，以至于今天他如同丧失了意识一般，觉得一切都如同梦幻。

车一直开到米罗市郊外，布莱里奥方才如梦初醒，认出来了自己所熟悉的高架桥，总是拥堵的高速路，郊区陈旧的房子，还有远处让孩子们总是垂涎欲滴的汉堡包广告……

在见到第一个朝右的路口后，他就下了高速。这时他眼前是一片明显的城郊景象：一家妇产科医院，一片廉租金高楼，两个还关着门的商业区，还有一片墓地。顺路经过的这些场景刚好组成一条人生的发展轨道——也许是巧合吧。之后他上了一个长坡。这个长坡通向几个长着灌木丛的小山丘。

这时，路上只剩下他一个人。然而他开得很小心，就像他在负责侦察一个陌生的地方一样。在目光所及范围的最远处，他看到了几处多石的平地，但是旁边却是陡坡、悬崖和峭壁。这些平台的下面人们往往可以猜得到是树木掩映的河流。于是他开始遐想。在这么高的地方，也许没有人能看得到他，同样，他也看不到任何人。因为，离这里几公里内都看不到任何路标，更遑论居住区。

只要他愿意，他可以完全消失，没有人看得到，也没有人知道他去了哪里。更名改姓，在一个偏僻的山谷中重新生活，娶一个牧羊女……（偶尔，布莱里奥也喜欢吓吓自己。）

他将车停放在一处平地上的阴凉中，然后在仪表盘下的小杂物箱中找到了防晒霜，并在小臂和脸上抹了很多。这时，他被扑面而来的树枝和鲜草被剪时的混合气味吸引住了，不由得

6

用鼻子深深吸了几口气。之后，他下车做了几个打篮球的动作，以便放松肌肉好重新开车。

他突然感觉自己又年轻了。

两年来，他一直沉浸在忧伤中，以至于感觉到自己正在慢慢地变老。如同被一条看不到的线在牵引着，他活得机械而无趣：从来不抬头，不担心任何人，只忙于自己的一些琐事，陷于无尽的忧伤。似乎他已经放弃了其他的一切，只在慢慢地等死。

就在他的心快要死去的时候，她突然又给他打了电话。

还沉浸在这个电话所引起的美妙效果中的布莱里奥一边漫不经心地听着马斯奈①的音乐，一边愉悦地开着车。那种愉悦既若有若无，又无可名状。在塞文山区的这些狭窄的山间公路上，高大的栗树投下片片阴凉，让人感觉驾车是那么的舒适而自然。他就这样一直开着车，直到发现一个小镇凸现在眼前。这个小镇在地图上根本就没有标出来，但是他突然决定临时停车休息一下，顺便买几包香烟。

小镇面积并不大，建筑物大都由红色的石头砌成。小镇上只有两条平行的小路——都通向一个小广场。广场旁边是镇政府，还有一家咖啡烟草店——同时也是小酒吧。布莱里奥在里面买了一条香烟。为了庆祝自己又找到青春的感觉，他又要了一杯扎啤，倚在柜台上喝起来。一边喝，一边暗暗听着坐在露

---

①即 Jules Massenet（1842—1912），法国作曲家，法兰西学院院士。其音乐极其具有个性，甜美与伤感并存。　　——译者注（后文注解如无特别说明，均为译者注。）

台上的当地人聊天。他们讨论着农业补贴和农业政策，但是很明显，是出于无聊，而不是为了争论出什么结果。鸭舌帽下的他们，就如一个个会嘀咕的蘑菇，在等待着黎明。

喝完啤酒，出门刚到路上，他又开始觉得自己浑身无力——天太热了。于是他只好靠着镇政府，再享受会儿阴凉。微风吹来，他感觉自己的双腿轻松了不少。

之后他穿过了广场，硬着头皮走进车里。之所以这样，并不是因为他要急着见父母，而是因为：自从接了娜拉的电话后，他的体内有一种无声的东西总在催促他，让他不耐烦，让他忧虑，让他只想向前走，不愿停留在原地。

进了车，他折起自己瘦削得像竹竿似的身体，坐在驾驶座上，戴上墨镜，调整好耳机——年轻的感觉真好！音乐就是生命！开车！他猛踩一下油门，向前方冲去。

2

伦敦和巴黎有一个小时的时差，现在伦敦是下午四点半。布莱里奥在路上开车的同一天，五月。当墨菲·布隆代尔打开房间的门，将行李放下后，不过两三分钟，就已经感到了一种让人心寒的冰冷——娜拉已经不在这里了。

环顾四周，一切都变得那么冷冷清清，毫无生气。朝天井的窗户还开着，三天来的冷清已经积聚在这套房子里。每一个角落都显得那么死气沉沉，每一个房间都安静得令人不安。从来没有一个时刻像现在这样，他感觉到这套房子是这么宽阔，这么荒凉……

时间仿佛凝固了，仿佛人生中的这一时刻，这个特殊的下午，已经全部浓缩成一个解不开的团，不再有任何后续的事情。

为了打破这种如同中了魔法般的寂静与冷清，墨菲开始四下寻找——其实也不知道该寻找什么。从客厅到书房，然后从书房又到他们的卧室：挂衣服的壁橱已经空空如也，抽屉跟被盗了似的被翻得乱糟糟的，而那张本来是放他们的相框的小圆桌——如今上面却积满了灰尘，还放着一串钥匙。

一切已成定局。

无论是谁处在他现在的位置，都会明白眼前一切都意味着什么。但是他偏偏就是不明白。他无法接受这个事实，无法相信。他照照镜子，想看看自己究竟是否相信这是事实。不，他的眼睛告诉他，他还是不信。

之所以不能相信，是有原因的。墨菲·布隆代尔是一个意志坚强、不达目的誓不罢休的年轻人，标准的美国人。一方面严肃认真，另一方面又精力旺盛，生活中的他跟工作中的他一模一样。每天他都会遇到资金流的混乱无序，金融市场的千变万化，市场交易的昨是今非，还有资本的无端挥发……这些现实问题都难不倒他。可以这么说，没有任何迹象表示有朝一日他会成为那个浪漫爱情剧中饰演悲剧角色的男主人公。

命运安排给他的这个角色，如同电影中用错了演员一样。他更希望扮演的是毫不知情的群众演员。

墨菲朝窗外的大街上看去，试图为了相信所有事情已经发生。但是手中依然还拿着娜拉的那串钥匙。

他希望能够看到几个行人，或者是从学校里出来的孩子，这样可以转移注意力，使他内心安静一些，好摆脱这种噩梦般的感觉。但是在这个一点就能着火的利物浦路上，找个人跟在蒙古大戈壁里一样困难。

刺眼的阳光射在人行道上，热得不同寻常，热得让人害怕。

于是他又从口袋里掏出手机，不停地拨打娜拉的号码，十几次都有了。她一直都不接电话，最后他只好给她在格林尼治的姐姐多洛黛打了个电话——依旧没有人接。她离开伦敦应该有一阵子了——他边想，边甩一甩手指，似乎手机热得都要化了。

为了减轻自己的忧虑，更客观地看待现在的处境，他决定再次将房间里的东西搜查一遍。这次按照跟之前相反的方向。先看卧室，然后是浴室，然后是书房。

这次终于找到了几样东西：一只遗忘在壁橱里的鞋，一根皮带，一条浅紫色的围巾，一本简装的萨默塞特·毛姆小说集，一本精装的弥尔顿作品集，还有一本契诃夫小说集，另外就是几本时尚杂志——他将它们一并收在了书架上。

做完这一切之后，他的心中只剩下了遗憾与怀念。这些珍贵的纪念品，他会收在玻璃橱柜里，贴上标签永远收藏。

他无法面对这令人伤感的画面，只好退回客厅。这时候他突然看到空中一个手印——客厅中朝走廊的玻璃窗上有他自己的一个手印。手印如此清晰，如此鲜明，所以他觉得肯定是娜拉擦玻璃时故意留下的——也许这就是要走的记号。

想到这些，他的腿不自觉地颤抖起来，身体也不由自主地开始转圈，双臂像滑冰失控的人那样伴随着身体的转动而分开。这一系列下意识的动作，都像是失去了大脑的控制。

如果不是及时抓住了一把椅子的话，他肯定会直挺挺地摔倒在地板上。

在椅子上坐稳之后，墨菲·布隆代尔感到好长一阵时间的虚脱，双腿变得僵直，拇指只是痉挛地一直按着手机键盘，两眼空洞地看着前方。他是如此的无力，以至于全身上下好像不存在了一样，变得轻飘飘的。

3

那时，布莱里奥还不认识娜拉，彼此走在各自的人生轨道上。

九月的一个下午，布莱里奥正陪着妻子在博耐·斯密斯夫妇家做客。这对夫妇热情好客，简直是小"维度林"①。他们在厄尔省边界有一处带花园树林的庄园。此时众多宾客就在庄园中聚会。不过彼此已经分散开，三五成群的在花园中乘凉。

布莱里奥除了妻子，跟任何人都不大说话，只是站在台阶下习惯性地走神。就在这时，妻子萨碧尼突然喊他的名字——他们夫妇关系紧张了有一段时间了。她告诉他，他们的朋友索菲和贝特朗夫妇邀请他一起去附近走走。他先是答应了，但是转念一想，又有点后悔。首先，他很热；其次，他只想在房子里面静一静。

此时距离他遇到娜拉还有三十分钟。

———————

①即 Verdurin，普鲁斯特著名的小说《追忆逝水年华》中的人物，贵族，以爱招待客人而著称。

不过，他对娜拉还一无所知。然而，他已经做好了准备——他需要一段故事。所有的男人在某一个既定的时刻，也许都需要一个故事，以此来证明他们曾经遇到过美丽、难忘的事物，哪怕一生只有一次。

这种感觉，布莱里奥以前曾经有过——当他与萨碧尼结婚的时候。然而此后没有过多久，就失去了。但是这种感觉的失去也并不能阻止他一再重复——已经逐渐成为心理暗示了——他娶了一个最聪明最多情的女人，甚至可以说是最能让他幸福的女人。如果再给他一次选择的机会，他还是会毫不犹豫地第二次选她。

事实上，他们之间的夫妻感情从来不像他想象的那么热烈，他们之间的关系除了夫妻的名分、时断时续的温柔外，已经变得难于理解。

不过，周围的人却一点都不知道内情。

只是布莱里奥更喜欢那种说得清、道得明的感觉。然而他们之间现在的关系却没有任何符合逻辑的解释，扑朔迷离得像神话故事一样。

萨碧尼跟朋友一起走了。他又折回房间里，想找一杯香槟喝。在餐台旁他又看到那个叫让·雅克的家伙跟着来了——今天已经在相同的地点三次碰到他。尽管出于好意他还是跟对方交谈了几句，但是他始终还是不清楚对方到底是"语言符号学家"还是"社会学家"。也许是因为对方的那身白色西服，还有那双带扣饰的高帮皮鞋更像一个意大利歌唱家吧。此外，这个人不停地把西服的领子竖起来，一次又一次；手也一而再地抚弄自己的头发——连上厕所的时候都这样！

由于两个人都没有什么话要说，于是不约而同地将手中的香槟一饮而尽，然后都往别处转身，想找个能说上话的人——谁能顺利地摆脱对方谁就算赢了。结果是——布莱里奥被晾在了那里。

他还有十一分钟。

之所以这样说，是因为有个陌生的女人已经在门后，当她进门的时候，布莱里奥将会回头，将会毫无预料地突然感觉到一种雪崩般的感觉。但是现在没有任何女人进来，他依然站在餐台边，香槟还依然拿在手中，因为他被两个大学老师"夹住"了。他们正在津津有味地诋毁一个同事，还有几个极左派人士——围绕一些投资事宜。大学教师继公务员之后，也开始购买股票了。两个人就像在比赛谁更卑鄙一样。

正当布莱里奥在想是什么能让他忍受如此无聊的谈话时，他的目光被右边一对引人注目的年轻人吸引住了。他们给了他点信心——跟他们说话也许不那么无聊。

男孩身材显得高大一些，但是身上带有一种懒散和厌烦的感觉。为了显示自己的品位，他正在翻阅一本放在家具上的艺术杂志。而被他挡住一半的那个女孩看起来是那么纤弱和纯真，以至于在她的对比下，男孩显得几乎像个巨人。

布莱里奥的好奇心在慢慢增加。他注意到女孩时不时地踮起脚尖站起来，凑到男孩的耳边说几句话。这时男孩就会以一种很滑稽的动作将头转向她，用他那双棕色的眼睛看着女孩，看着那双同样是棕色的眼睛。

他们两个显得很孤单，跟周围的人没有什么交流，一直待在朝向花园的那个门旁边。但是他们似乎对别人不感兴趣，而且也不希望别人对他们感兴趣。他们看起来有点警惕，像一对初涉社交、有点惶恐不安的年轻情侣，似乎随时都在准备逃跑。

布莱里奥这时不断地被来来往往的宾客挡住视野，于是想不动声色地走开，好到他们那边。另外，他也非常想弄清楚：为什么美貌会让一个女孩显得如此脆弱和小鸟依人？

就像故意阻止他一样，就当他快要靠近男孩和女孩的时候，他看到了瓦雷莉·梅勒——妻子的一个朋友——正在走廊上使劲地给他做手势。于是只好走过去，顺便又询问了下她儿子的情况——她儿子出了一场摩托车车祸。在向她报以同情之后，那对年轻人已经消失不见了。布莱里奥在附近找了找，但是没有找到，而回到房间里，他们依然不见人影。

另外他也突然意识到：妻子也不见了。

之后，在两个时间点之间，他如同虚脱和崩溃一样。第一个时间点：他还在房间里，香槟还在手中，正在想着妻子的多疑、敏感和善变；第二个时间点：他凭着一种猎食动物的本能，找遍整个花园，最后在一个凉亭下发现了那个棕色眼睛的女孩。这次，她的男伴不在身边。

这个"意外的"偶然发现，让布莱里奥内心激动了一下。随后他便强忍住自己的脚步，往后稍微退了退，尽量使自己显得没有一直死盯着女孩。

从侧面看，女孩正坐在椅子上，脚踩着一个石凳，像荡秋千一样前后轻轻摇动着椅子。布莱里奥再次检查了一下四周是否有人。之后，他便呆站在那里——因为她似乎没有注意到他，而他自己由于害怕给女孩带来不便，害怕自己太唐突，突然觉得脚步很沉重，向前挪不动了。

礼貌得体地跟对方搭话，请求坐在旁边，找几个合适话题开始聊天……所有这些常规的动作，如今竟然超出了他的能力范围。

就在他已经准备好转身撤退、按原路返回的时候，女孩突然问了他一个世界上最自然不过的问题——他是不是保罗和爱丽莎的朋友。

"保罗和爱丽莎的朋友？"他重复着这个问题，一边取下了墨镜。

此时此刻，布莱里奥已经注意不到任何其他的事情，只是不由自主地走向前。他发现女孩的嘴唇有点干，但是脸颊柔润光滑，不过又显得有些苍白，两眼周围还点缀了几个小小的雀斑。

她似乎比刚才显得更为傻乎乎的。

但是，尽管知道自己的答案会让女孩很意外，他还是老老实实地回答说他既不认识保罗，也不认识爱丽莎。不过，他认识一个叫让-雅克·巴莱或者巴厘的人，还认识索菲和贝特朗·拉瓦尔，以及罗贝尔·博耐-斯密斯。罗贝尔对女孩来说，只是斯班赛的母亲的朋友。而斯班赛就是女孩的同居男友。

一切都慢慢变清楚了。

女孩告诉布莱里奥说斯班赛去车里睡觉了。说这话的时候，女孩还在摇她的椅子，两手交叉放在脑后。

她还告诉他说那些宾客让斯班赛觉得很烦闷，而且他也不胜酒力。说这些话的时候，布莱里奥才注意到女孩还有点英语口音——之前一点都没有发现。

由于害怕女孩最终会问到他是否一个人来的，他更愿意将话题集中在斯班赛身上，以及讲一讲他对那些宾客的厌恶与惊愕之情——这样可以让两个人有更多的共同语言。他还对那些今天到来的大学老师加了一番讽刺的评论。大学老师几乎占据了所有房间，站着的，坐着的，躺着的，到处都是。以至于让人觉得这里要开一个教师疗养院。

这时，布莱里奥第一次看到她微笑。

她其实笑得很好看，牙尖微微露出。但是他没有评论。

"您怎么称呼？"她突然问他，同时也不再摇晃座椅。

"布莱里奥，"他说，"正式点说，是路易·布莱里奥－兰盖。"

"叫布莱里奥，这是因为我跟那位飞行员①有点血缘关系，应该是他儿子的孙子的表兄吧。路易呢，因为我父亲是一位航空工程师，他应该是世界上唯一一个想给儿子取名为路易·布莱里奥的人。至于兰盖，我就省略不提了。"

"现在呢，我为了安慰自己就这样想——路易·布莱里奥

---

①即路易·布莱里奥（Louis Blériot），法国早期飞行家，飞机设计师。早期从事汽车工业，1896年起从事航空，是世界上第一个乘飞机飞越英吉利海峡的人，第一次世界大战期间他设计了多种飞机，在法国几乎家喻户晓。

一兰盖和苏格·雷一罗宾森①或者查理一伯德·帕克②的读法很有相似之处。"

"看起来您很谦虚啊。"她插了一句，同时忍不住大笑起来。

"这个，只是为了举个例子。如果您觉得名字太长，您叫我布莱里奥就行了，像我大部分朋友那样。"

"我更喜欢叫你路易。"她这么说，但是没有任何解释。

"您呢?"他在犹豫了一下之后还是问了，就好像她的名字很保密一样。

"娜拉，"她想都没有想，脱口而出，"娜拉·内维尔。我随母亲的国籍，是英国人，但是也有一半法国血统。我想，我的祖先应该来自勒阿弗尔地区。"

"内维尔小姐，"布莱里奥用故作庄重的语气说，"我不认识您的父母。但是，我真心地感谢他们将您带到这个世界上来。我向您保证，我是真心地感谢他们。"

"叫我娜拉，只叫我娜拉就够了。"她对他说，还不忘报以一个微笑。

但是这时，他不由自主地发现：这个微笑不同于先前，是一个带着思考性的微笑。

好像她已经看穿了他的这套把戏，不过她还是宽容地报以同样的微笑——在他之前也许已经有几十个跟他一样说这种话

---

① 即罗宾森（Sugar Ray Robinson），美国拳击手，世界中量级、轻中量级及轻量级拳击冠军，被推崇为有史以来最伟大的拳击手。

② 即查理一帕克（Charlie Parker）是爵士史上最伟大的中音萨克斯风手，更是爵士史上最才气纵横的萨克斯风手，也是对整个爵士乐发展起决定性影响的乐手。

的人，而她完全明白他们脑袋里面在想什么。

显然，他并没有想过自己最好把位置让给别人。

因为此时此刻，他们已经边说边走到了花园的深处，别人——结婚的或者未婚的，斯班赛或者不是斯班赛……已经看不到他们了。现在，对于他是否在干一件蠢事已经不再重要，因为他突然肯定——这个女孩注定属于他。

这是一种强烈而无法避免的感情。更让布莱里奥吃惊的是，并不在于这份感情多么强烈，而是冥冥之中预感到——不可避免。

她现在离他那么近，以至于布莱里奥有种感觉：如果有什么风吹草动或者一不小心，他只要再向她倾过去一点，自己就会像个梦游者一样落入她的怀抱。

由于看到她似乎在等自己的反应，他很乐意地用手去摸她的耳朵——然而他这么做其实并没有什么清醒的想法。

没有发生任何其他的事情。她既没有推开他的手，也没有将其握入自己的手中，以至于那一瞬间被定格，他的手臂就这样扬在空中。

"快五点了，"娜拉突然开口，"我有点担心。"

"我也是。"他说。同时他自己也有一种怪怪的感觉。

于是他们又转回到出发的地方，两人都看着花园和房子，似乎都有种什么预感。

"我们现在怎么办？"她突然用一种很害怕的语气问他，"你有什么想法吗？"

然而此时，从未体验过如此强烈的相爱的感觉——布莱里奥跟她一样已经迷失了方向……

4

　　当墨菲·布隆代尔在椅子上好像睡着了的时候，布莱里奥还在公路上开车。就是那么笔直地行驶在路上，好像是在寻找空间的尽头。道路两边的悬铃木就像花色单调的窗帘，没有任何变化；而远方的地平线只是在不停地后退。

　　公路两边的田野上也是热浪翻滚，遥远的地方偶尔可以看到一两处种植园或者是几个像被下午刺眼的日光灼伤了的牲畜——有气无力的一动不动。

　　经过了罗德福小镇后，他放慢了车速，也暂时不再想有关娜拉的事。因为下了蒙波利埃公路之后，他要考虑的是如何回忆起那几个重要地点的名字——穿过那些地点后才能到达父母那里。如果没有记错的话，他应该首先经过拉·菲亚德村，直到一个附近建有小教堂的小桥，之后再直走，一直到圣·塞南。

　　然而车一直开了二十多公里，他还是看不到拉·菲亚德村。于是他决定在第一个居民点入口处停车，好再研究下手中的法国地图。由于车刚好停在树下，他顺便打开了车窗，好乘乘凉。

然而他手中的地图太小，没有任何一个村庄在上面标出来。结果就是他脑子里面依旧空空的，根本不知道该朝哪个方向开车才能到达那座小桥——何况也许连小桥也可能是记错了。于是他只好下车，将车就停在那里，然后准备向第一个遇到的路人问路。

他走进满是台阶的小巷中，穿过了好多有些荒凉的房子。这些房子的院子里还回荡着小鸟的啁啾声。最后他走到了一个城墙上的大平台上。这个大平台同时也是停车场和散步的场所。但是除了一对来旅游的英国夫妇和三四个骑自行车的小女孩外，他一个人都没有看到。小女孩们努力蹬着踏板，似乎是在迫不及待地走向青春。

耳朵里塞着耳塞，听着音乐，恍惚中他仿佛回到了三十年前……也是那么活泼好动，在七月的骄阳下爬海岬，或者是骑自行车——越是骑得快，越觉得夏天是那么漫长，那么没有尽头……

从平台上往下看，他看到几个小花园沿着一条小河一字排开。小花园中还有折叠椅和爬满了紫藤花的小棚子。他扶着平台的护墙向下静静地看了一会儿，同时也享受着那从腿边掠过的缓缓的清风。

"今天天气不错，该拿出来手杖。"身后一个穿着吊带长裤的胖男人突然说道。

"拿出来手杖？"布莱里奥大吃一惊，同时也赶紧摘下了耳塞。

"是的，他的手杖。"对方用低沉的嗓音说。那语气就好像是在邀请别人去他的小棚子。

布莱里奥于是向前一步，开始观察跟他说话的这个下颌有点突出的男人的脸。"我在找人问路，想知道怎样才能到圣·塞南。"他向对方解释，以消除误会，"您知道我该走哪个方向吗？"

"下去向左拐，之后再向左拐。"对方又是用低沉的嗓音说。

而布莱里奥始终没有明白他到底在说些什么。不过，他还是谢了对方的好意。之后，也没有其他什么事情发生，他就又径直从台阶上下来，一直走到自己的车前。

上车之后，在路的对面，他瞥见一个小庄园的栅栏。这个庄园里的小径已经完全荒废，差不多一半都是荆棘——他感觉自己走进了传说中的"美女与野兽"的城堡。然而这个奇怪的想法，还是关联到他的心事——他又想起了娜拉。

他回想到自己两年来其实一直在竭尽全力地祈祷娜拉能够回来，或者是已经回来了。但是凭感觉，他也非常相信，同样，两年来她也一直希望他在等她，或者他等过她。

他们之间，谁在遥控着谁？他不停地想着这个问题，以至于——过了小桥之后弄错了方向。

这下，没有其他办法了，只能打电话问问父母。

"已经等了你两个小时了。"他的母亲接到电话就说。这种不耐烦的语气，他是如此熟悉，所以很快便从遐想中回到了现实。

他是让·克洛德和柯莱特·布莱里奥－兰盖的独生子。母亲婚前叫柯莱特·拉瓦雷。父亲是工程师，而母亲是一所学校的校长。他出生的时候，据说哭声简直"刺耳"，而且不停地发抖，好像是乘降落伞降临到这个世界的。

自从脐带一剪断，降落伞扔到了垃圾箱中，他就开始了自己不为外人所知的、沉默寡言的童年——他变成了一个孤独的小男孩，之后是一个体弱多病的青少年。而他身后，总是出现父母扭打吵闹在一起的镜头。

在这个三口之家的共同生活中，最初的几年他们之间的恶意随着不同的理由和可能不断地攀升。以至于布莱里奥甚至认为——他那自己感觉无尽头的童年给了他充分的时间来思考这个问题——他们之所以不肯离开对方，纯粹是为了相互报复。

三十多年之后，他们退休了，住到了位于圣·塞南的老家。在那里，他们用郁郁寡欢来消耗自己的生命，用相互折磨的方式来度过剩余的时间。

当布莱里奥在午后拎着自己的小行李包到达父母家后，父亲正戴着草帽忙着给自己的小菜园里的菜松土，而母亲则在阳台上继续跟自己的姐妹煲电话粥。

自从布莱里奥能够记事以来，他的父亲在家中就一直像一个备用轮胎一样。尽管他搞过研究，经常旅行，甚至还在非洲和亚洲管理着一个工程师团队，而且他还一直是个很忠诚的丈夫，尽量显得很耐心。他曾经的委曲求全与所受到的肆意的凌辱——更多的是在公开场合——最终耗尽了他所有反抗的力量。

被无端斥责，被剥夺说话的权利……他现在沦落到了在车库里抽烟，躲着妻子喝葡萄牙波尔图甜葡萄酒的地步。不跟他们生活在一起，谁也不会相信这一切。

即使他们唯一的儿子——布莱里奥自己也不敢相信这是真的。

除此之外，他一切都可以认出来。那挂在墙上的糟糕的画，擦得锃光瓦亮的家具，还有那只睡在沙发上的老狗——比利。狗已经不知道有多老了，以至于他父亲认为它的神经元应该还能回忆起密特朗总统。他的房间里的折叠床，松木书架——上面还有叔祖父阿尔贝留下来的《泰拉尔·德－夏尔丹全集》、几百本科幻小说——他已经忘得差不多了，因为他似乎已不再相信未来。

他正在清点、观察这些事物，突然母亲出现在身边。她问他这次是什么原因能够让她有幸看到自己儿子——他已经半年没有给家里打电话，甚至连张明信片都没有寄过。

"我事情太多了。"他解释说。不过，得到的反应很冷淡。然而他的内心也注意到：自从他进门之后，他母亲从未问过一句有关他妻子的话。她一直不怎么喜欢他的妻子，现在估计也乐意看到儿子被还回来。

"待会儿我给你解释一下。"他放下手里的东西，四处又看了看。

而这时，父亲正无所事事，在下面的房间里转来转去，手里捏着一包香烟，但是不敢抽。当布莱里奥跟他提议去花园里面走走并把乒乓球桌拖出来的时候，他在父亲愁苦的脸上发现了一个稍纵即逝的笑容。那个笑容无法解释，就如同蒙娜丽莎的微笑一样。

他们先是拉练了几个球，然后逐渐加快了速度和节奏。之后，开始比赛，开始计分。布莱里奥还没有找到感觉，父亲已经开始"超速旋转"了，秋风扫落叶一样，前两局都以 21：10 赢了他，一点都没有手下留情。

短暂休息了一会儿后，他们重新开始比赛。这次两个人都用了全力，尽管天色变暗，他们依然乐此不疲，比分一直打到了 18：17。然而父亲这时突然又找到了感觉，反手打球的技巧再次露了出来——他曾经靠这个技巧在当地的乒乓球比赛中所向无敌。

尽管父亲气喘吁吁，但是通过一些动作，仍然可以明显地看出他过去年轻的时候是多么有魄力，有性格，有品位——他本来可以过更好的生活，不至于像现在这样被妻子消磨成一个没有任何棱角的人。

想到这里，布莱里奥又突然意识到自己还一直没有给妻子打电话。

于是他拨打了妻子的电话。她是在一个咖啡店里接的电话。在那里，她正和同事桑德拉和马克在喝酒聚会。她到外面接的电话，街道上的嘈杂声让电话的声音显得很小，几乎听不见——布莱里奥倒很乐意这样，因为他还没有想到这么顺利就可以挂电话。

等他打完电话，母亲已经小盘子摞大盘子摆好了饭菜，然后母亲开始打开话匣子，一个人唠叨。跟往常一样没完没了，从家常琐事，到住院的几个远亲，从离婚的朋友，一直说到邻居卡勒夫妇的种种不好之处——她怀疑他们患有"反社会病"。指责邻居的话语从饭中开始一直持续到饭后。

而父亲，只是盯着那瓶波尔多葡萄酒，乐得自在地不住微笑和点头——他已经习惯了不发表任何自己的观点。然而布莱里奥则不然，由于总是忍不住想打断母亲的唠叨，所以只好"屏住呼吸"，偷偷将目光死盯在花园的一角以尽量忍受。花园里红色的夕阳依然挂在树梢上，这让他想起了画家杜瓦涅·鲁索笔下的丛林。

这个美好的画面，再加上精神上的强力抑制，终于使那些烦人的、无休无止的唠叨声减到了最小值，而且让他感觉到自己变得很纯洁，并从痛苦中解脱了出来。

由于沉浸在自己的冥思中，他一下子没有反应过来母亲已经变了话题——既温柔又带刺地问他这次来的动因。因为她想把这个话题也延长开来，并准备好了衔接下去。

布莱里奥只好咽了口唾液，不得不承认是因为出现几个小问题，说来话长。不过，这次来的主要目的还是想借钱——三千欧元，以后分期偿还。

听完他的这些话，即使沙发上的老狗比利开始唱歌，他的父母也不会更吃惊。即使是一向冷静的父亲这次也瞪大了眼睛。

看到自己所引起的父母的不满之情，布莱里奥只好再让一步：三千太多的话，如果不方便，两千五也可以。

"就当是我的年度小礼物吧。"他又无耻地说了一句。

"你跟你父亲商量吧。我，我就不掺和了。"母亲最后补充说了一句。她看起来非常心烦意乱，更想回房间。

于是布莱里奥跟着父亲到了书房，等父亲开支票。此时他的心中充满歉意。他所不能向父亲说的是：他自己也知道这一切是多么可悲。如果自己以前知道现在这个年龄应该减少对父母的依靠、少向他们要钱的话，他绝不会一直急着长大。

"路易，有些日子我真想登上火箭，离开这个地球。"父亲突然这么说，打断了他致谢的话——父亲给了他三千欧元。

为了感激父亲，布莱里奥陪父亲走进了那个储藏室。储藏室位于地下室，现在已经被父亲改成了手工制作室。里面有一张桌子，两把野营椅，还有一张直接放在水泥地上的床垫。就是在这里父亲经常整下午、整下午地独自待着，制作飞机模型，陪伴他的只有收音机。

布莱里奥什么话都没有说，但是似乎有种声音在告诉他：总有一天父亲会带着睡袋安静地走进去，再也不上来。

外面，天色已经暗了下来，几乎是晚上了。花园中的树似乎突然回到了过去，在风中簌簌作响。朦胧之中，只能看得见露台上的躺椅和草丛中的乒乓球桌。

"你跟你妻子离婚了?"父亲问他。这时他们两个在黑暗中喝酒，脚上已经沾满了露水。

"我想是她将要离开我，当她不想再接济我的时候。"

"我呢，她永远不肯离开我。"他的父亲很遗憾地说。

他们喝得都有点醉意，这时欢庆的音乐从小镇中的高音喇叭里传来，还伴随着从四面八方传来的笑声。每次他们抬头互相望着，忆旧之情就更浓了。

伦敦现在是十一点。电话铃响起后，墨菲·布隆代尔迟钝了好几秒才反应过来——不是手机，是客厅的电话在响。

"喂，你好，我叫山姆·郭凯。"一个有点颤抖的声音从听筒里传过来，他并不认识，"我可以跟娜拉说话吗？"

"她已经不住这里了。"他干涩地回答说。之后是尴尬的沉默，还有轻咳声，就如音乐会中的乐章中止时一样。然后对方长长地叹了一口气，如此明显，以至于墨菲立刻推测出来对方跟他一样也属于倒霉的新浪漫主义主人公。

"很高兴接到你的电话，山姆。"

但是对方已经挂了电话。

很遗憾。本来他们可以结成同盟，一起控诉，一起象征性地说说自己受到的伤害还有应该得到的补偿。想到这里，他立刻回忆起书桌里面那个蓝色的首饰盒，还有里面周三刚兑换的五千美元。

他在原处找到了那个首饰盒，但是拿起来非常轻，不像是有钱，倒像是里面只是些灰烬或者灰尘。打开一看，果然，钱不见了，不过她还是很大方地给他留了两张二十的零钱。

现在，至少信息很明确——他手里端着一杯白兰地在厨房里面想。一分钟后，在把大脑内所有的希望都"屠杀殆尽"之后，他又倒了第二杯。然后还是又忍不住给娜拉打了个电话。为了不留任何可能的遗憾，最后这次电话他的心依然随着里面的声音而紧张，直到最后听到机械的提示音。

她不会再接电话了。

然而，更让他无奈和痛苦的是：娜拉这个名字，还有她的脸、她的身体，都已牢牢地在他的记忆中占据一个位置——即使将自己忘掉，也不可能忘掉她。

一切能够等待的，他将来都会再等待一遍；一切可以失去的，他也会全部失去。

跟布莱里奥一样，此时的墨菲，望着伦敦上空的夜色，也感觉忆旧之情越来越浓。

5

一天早上，他在妻子身边醒来。由于妻子是面朝墙睡觉的，他只看到妻子浓密的披肩金发。睡裙盖住了丰满的臀部还有白皙的腿。其他什么也看不到。以前，哪怕是在他最大胆的梦里面，妻子也都总是穿着衣服的。这应该是什么病态心理吧。

习惯性的清晨神经疼痛得布莱里奥龇牙咧嘴，他踮着脚轻轻走向厨房去弄杯咖啡，服了两片阿司匹林。同时他也打开浴缸上的水龙头放着水，准备洗澡。在洗脸池的镜子上，他看到了自己的面孔。这是一张筋疲力尽的男人的脸，黑眼圈很大，骨头棱角突出。

洗澡水太热，上面热气缭绕，像是一层雾一样。看着这水汽，布莱里奥躺进水中，伸开了双腿，又开始思考回来之后的娜拉那无法理解的举动。

要知道，他已经给她留了十几条短信，然而她是死是活自己都不知道——她一个字都没有回。

她会回话吗？她不会回话吗？

用脚趾打开冷水开关后，现在的布莱里奥准备祈祷她不会回话和他将失去一切。但是明天，他的惯性还是会让他往完全相反的方向想。刮完胡子之后，他穿上一件翼领白衬衣，配上牛仔裤。尽管天气很热，他还是系了一条黑色皮领带。这么仔细的装扮，如此考究的优雅，足以适合所有用一生来等待某个人的男人。

为了不过分地去想娜拉，他开始观察下面的女邻居——她正在院子中间。这是一个八十多岁的俄罗斯女人，几年来都从未出过门。他开始任意猜想——想到了积满灰尘的提花桌布的味道，还有大小便失禁的老猫的味道——因为她很明显决定看电视一直看到死。

看着她不急不慢地吃着自己的面包片，布莱里奥突然也开始羡慕起她来——至少再也不用等待什么人。

然后他一个房间一个房间地闲逛，轻手轻脚地像个无足轻重的停职的小人物，尽量不吵醒妻子。同时也把百叶窗一扇一扇地打开，看着窗户外面明朗的天空。

他们住在这栋老楼的顶楼，窗外可以看到整个美丽城（中国城）。秋天有时会有白云飘过，这时的感觉还真有点像住在豪华旅馆里。

虽然他们的这套房子其实很丑，而且不舒适，但是还是有优点的：很大，而且是跃层，上下由一个螺旋形的楼梯相连，这样就总能避免两个人在家中擦肩而过。

由于是跃层，他们可以交替使用两层的空间。因此，当一个人在楼上听音乐的时候，另一个人就可以安静地在下面那层做自己的事情。

实际上，他们经常都是分别占据着自己的空间。尤其当关系紧张的时候，他们会各自待在自己的楼层，在自己的角落里看电视——不用忍受另一个人的评论。

妻子和他基本上是住在同样的空间里，生活在同样的时间与节奏中，睡觉有时一起——在萨碧尼的卧室内，有时各睡各的楼层。然而，他们更像是生活在两个不同世界的人，而且两个世界之间的距离是那么远，甚至无限远。

有楼梯，房子又大，又缺少家具，这些情况也许加重了彼此的空虚感。这种空虚感包围着他们两个人，即使他们在一起的时候也是如此。甚至于，下午布莱里奥越来越经常性地像个孩子那样自忖：这个房子里是不是只有他一个人。

"你已经起来了？"妻子突然在他身边出现，惊讶地说。她身上穿着浴袍，头上裹着毛巾。自从眼睛发炎之后，她一直戴着深色眼镜，几乎从早到晚都不离身。现在深色眼镜给了布莱里奥不同的感觉——似乎一个盲人在为他的欲望而来。直到他拥吻她的时候，感觉到她凉凉的脸颊，还有她那暗示拒绝的身体姿势，他才断了这个念头。

"你的旅行还好吧？"她以一种轻松的语气对他说，他却感到了一点不安。

"也许她已经知道了。"他这样想。然后赶快重新镇定了下来，还即席编造了一段话——主题是父亲的忧郁和萎靡。

"我还有几页没有弄完。"他临末加了一句，就从妻子旁边走开了，转身去自己的书房。书房长六米，宽五米，在楼上。那里严格意义上说虽然不是工作的地方，但是至少在那里他可以安静地思考，"宽敞"地思考。

为了不再忧虑，好尽快静下心来，他赶紧关上门，打开电脑。布莱里奥对工作计划向来不感兴趣，就像他不喜欢去了解这个社会一样。他做英语、法语自由译者已经有三四年了。然而与其说这是份工作，倒不如说只是给一些小老板、小作坊做廉价劳动力——所得的报酬寥寥无几。

由于是一个人单独工作，他不得不见活就接，无论什么东西都去翻译——只是为了让自己的收入高一些。所翻译的东西有科技文献、有药剂说明书，还有一些家用电器的使用指南。工作顺利、收入良好的时候他一般是在给一些医疗会议做翻译。但是剩下的大部分时间，他就待在家里，等着人家联系他。

如果没有人联系他翻译东西，他就只能靠身边朋友的接济。

这种不得已的筹钱办法，最终使他在妻子和父母面前留下一个总是入不敷出的坏印象——他为此也深受折磨。

今天早上他几乎一直鼻尖贴着窗户往下看，就像娜拉在外面等他一样。现在他看到街上有一个穿衣服的男人，看样子很像一个做生意的中国人。这个人背着他儿子，身边还跟着一路小碎步快走的妻子。妻子不时地用一个玫瑰色的小水壶给孩子的脸上喷点水。

布莱里奥身体尽量往前倾，目不转睛地看着这一幕，直到他们在美丽城街道的拐角处消失。他们走后似乎留下了一串无限幸福的轨迹。

他是那个儿子吗？他是那个带着儿子走入另外一种生活的

父亲吗?

他想这个问题想得出神,不知不觉地慢慢坐到了显示器前。最近这六天他基本上就没有什么活儿干。今天下午他一直在绞尽脑汁地翻译一篇医疗杂志上的文章。文章不仅离奇而且很复杂——有关如何治疗非洲被锁阴器残害过的女人。后来他终于放弃了,下楼去厨房找了一瓶啤酒喝。

再从楼梯上去的时候,他听到妻子在客厅里哼一首南茜·塞纳措的歌,于是僵住了,不由自主地听了下去。他竟然不知道她喜欢南茜·塞纳措。

"You shot me down, Bang bang, I hit the ground, Bang bang"(你开枪将我打倒,哪哪;我摔倒在地上,哪哪),她哼着歌词。嗓音是布莱里奥从未听过的,就像是一个小女孩的声音。这么美妙的声音让他禁不住战栗:好像在几年之后才发现妻子的美貌似的。

这首歌结束之后,他心中的一切忧愁与苦涩都不见了。似乎他们夫妻之间那种逐渐扩大的距离感突然被一种魔力遏制住了。不能再什么也不干了。他继续上楼,没有弄出一点声响,小心关上了房门。

一小口一小口抿着啤酒的同时,他将窗帘拉了下来,因为在黑暗中他的思路更清晰。之后,他在墙角的沙发上舒展开身体。现在的他尽量将自己放松。"一切都好。"他斜躺着,半眯着眼睛,就像一只在宁静的夜晚喘息片刻的野兽。"一切都好。"——他又重复了一遍。同时收腿,将膝盖顶住自己的胸。在这半昏半暗的暮色中,窗帘显得几乎是白色。

6

布莱里奥并不知道他们夫妻之间是从什么时候开始变得疏远的。当有一天注意到这个问题的时候，已经是事实了。

从那一刻开始，他就已无能为力，只能认为他们的生活慢慢地"中了毒"，而且自己也逐渐厌烦了这种生活。他一天天地看着他们的关系逐渐"风化"，也没有做任何事情，也找不到什么办法来挽救这种局面，只能可悲地、无奈地接受这种既成事实。

他在脑中光速般回忆了一下婚后最初的几年，他想他们应该还是享受过幸福的时刻——跟所有人一样，然而，他却再也回忆不起来那些幸福的画面。

他费了很大力气才回想起他们的初次见面——一个晚上，在郊区的几个朋友的朋友家里。

由于那点可怜的回忆是如此之少，而自己的回忆能力又如此之单薄，再加上他们是九年前相识的——他再也想不起他们怎么开始聊起来的，也不记得他们到底说了些什么。他有印象，好像是他听她说了一个晚上。

那时候，他正值最潦倒的时候：已经失业，只能靠父亲的救济生活。这之前，有一个温柔的女大学生——可能是美国人，也可能是挪威人，他忘了——一直跟他同居，还供他吃喝。布莱里奥虽然跟同代人不一样，在性问题上没有那么开放，但是跟妻子相遇时还是有过经验的。

但是萨碧尼完全属于另一个世界。

她比他大，离过婚，认识很多人，举止优雅，体态迷人，谈吐机智，可以说是风情万种。在魏玛包豪斯大学毕业之后，她的工作是负责为多个基金会搜集现代艺术品。可以很明显地看出：她是个明白自己想要什么的人。

她与他完全相反。

然而，却是她先对他有意。那天晚上的聚会结束之前，是她主动将自己的地址和电话号码给了布莱里奥，还告诉他不要犹豫是否给她打电话。当他最终给她打电话的时候，她已经等了他半个月了。

为什么他又见了她？也许仅仅是因为她想再见到他。

这种感觉与其说是受爱情或者欲望的驱使，更毋宁说是一种混合了糊涂与服从的奇怪的感觉。

再次见面后，她给了他很深的印象。因为她当时就已经认识约翰·凯奇①和摩斯·肯宁汉②，而且还热爱德语文学，尤

---

①即 John Cage（1912—1992），20世纪美国著名的作曲家、哲学家和作家，在美国现代音乐发展史中，处于一个极为重要的地位，在很长一段时间内，约翰·凯奇在先锋艺术领域里的地位几乎就是一位领袖和先知。

②即 Merce Cunningham（1919—2009），美国舞蹈家、编导。他的舞蹈抽象、新颖，是最有影响、最受争议的当代舞领袖人物之一。代表作用有《夏日时空》（1958）、《旅行日志》（1977）和《多重虚构》（1987）等。

其喜欢埃利亚斯·卡内蒂①。几乎可以说，他跟她一起出去是仅仅为了知道这位作家的天才到底体现在哪里，从而可以免去自己费劲地去看卡内蒂的作品。

有一点是肯定的：在她的性感迷人的外表里面，是一个理智成熟、甚至很僵化的女人。等他发现这一点的时候，他很惊讶，因为一切都来得那么快，甚至意想不到的快——性感迷人的外表那么快就消失了。

她要嫁，他也就娶了——其实思想上还是有所保留的。结婚之后，他们立刻动身去爱尔兰待了一年。在那里她为一个私人基金会鉴定艺术品，而他则在附近的中学里面随便教些课。

就是在那里他们经历了所有恋人们都经历过的事情：急匆匆地跑进第一家酒店，却被困在了电梯中——激情总是被冷水浇灭。几年后，他们经常觉得无话可说，所有的话题似乎都已经穷尽。

然而，相识的前几个月多少次促膝长谈，多少夜晚的相拥相依，多少次挽手并肩的散步……这一切都让他们彼此有机会预想将来对方会给自己带来的幸福与不幸。但是布莱里奥很快就猜出来：不幸远比幸福要多。

但是他还是接受了这种命运，出于莽撞，也出于不够

---

①即 Elias Canetti（1905—1994）英国作家。生于保加利亚北部一个犹太人家庭。曾就读于维也纳大学，1929 年获博士学位。1938 年移居伦敦，加入英国国籍。自幼经历战争和死亡的威胁，创作中有对重大社会问题的思考。用德语写作。长篇小说《迷惘》（1935）是他的代表作。其他重要著作有《群众与权势》（1960）、《婚礼》等，曾多次获得德、奥、法等国的文学奖，1981 年获诺贝尔文学奖。

成熟。

如果非常客观地看待这些事情，毫无疑问，他是两个人中间最没有能力的人。因此也可以说，最有罪的就是他自己。

大多数男人毕生所追求的东西——智慧、温柔、理解、宽容……她都放在盘子里，一下子全部交给了布莱里奥。然而，他却不知道该如何使用。

之后，一切都已经太晚了，不可挽回。

时间如同唱片，唱片机在上面总是划着相同的圈。

萨碧尼四月的时候怀孕了，这时的她已经四十二岁，完全不敢相信这个事实。接下来的问题异常简单：他竭尽全力想要这个孩子；而她竭尽全力不想要这个孩子——因为她对他已经没有了信心。

他现在还记得那时她那直视他的目光。她不眨眼，也不回避，似乎突然"开了天眼"，看到了一些他和她将来的事——只是没有明说而已。

而关于她，他什么都不清楚。

她讨厌说知心话，程度就跟讨厌回忆一样深。他对她的前夫一无所知，更不知道她为何离开了他，到底讨厌他什么。至于她出身的家庭，她的有点奇怪的妹妹和两个兄弟，她不仅缄口不言，而且还对他们保持警惕，与他们也保持着距离，犹如设置了一条不可逾越的安全线。

布莱里奥内心想她拒绝要这个孩子可能跟她的童年有什么关系。但是这样想是徒劳的——她跟他闭口不谈任何有关她童年的话题。因为这是她的事，跟他毫无关系——她明确地告诉他。

为了逃避这件事情之后引起的冷战，他每天晚上都出去，到附近的街区转悠，走路的时候还念念有词，犹如在祈祷。

她在床上睡觉的时候，他都在走路。走路的时候他感觉自己在一个房间接一个房间地走进她的睡眠，直到那个房间——孩子的心脏正在跳动的那个房间。再回到住所，他已经精疲力竭。他明白他已经永远失去了那个孩子。旷日持久的诡辩、徒劳无功的争吵之后，他最终听任她做任何她想做的事情。

当她从诊所回来的时候，她钻进被窝里，不再跟他说话。

从这时候开始，他们的夫妻生活变得沉闷，让人窒息。白天，他们相互躲避对方；晚上他们在同一张床上睡觉，但是却像两块孤独的石头，彼此之间被无法破解、无法消除的不理解所隔阂。

他们本可以分手，但是他们却继续生活在一起。也许这是因为在混乱的情感旋涡中，他们都需要一个正常的秩序——尽管彼此都有自己的秩序。一旦分手、离婚，那么彼此毫无疑问都会陷入更混乱的局面。

直到今天，这种妥协的局面依然在维持着。

夫妻之间就像内部经常会不协调的组织，然而为了组织的利益却又能彼此妥协——至少布莱里奥夫妻就是这样。

按照这种说法，夫妻可以变得越来越陌生，但是同时却越来越难以分开。

有时候，当布莱里奥想起他们之间的一切问题，揣摩那条由幻灭与伤心组成的分子链，他不知道两种选择之间哪种会让他更痛苦——有朝一日离开妻子还是与她共同变老。

不管怎样，今晚是很长时间以来第一次感到了轻松，既没有恐惧，也没有幻想。

当他在窗边喝自己的啤酒时，自己也独自唱"You shot me down，Bang bang"。

对面的邻居，那个身材高大的黑人小伙子正在把头探出天窗呼吸着夜晚的空气——就像进入了仙境中的爱丽丝那样。

"一切都好。"他又重复了一遍。

7

墨菲给多洛黛打的电话不下十几个。之后突然不知道出于什么神秘的原因,在翻自己的通讯录的时候,"维姬·罗麦特"这个名字出现在他的记忆中。

这一刻,他突然感到眼前豁然开朗——一条稀有的通向娜拉的通道似乎出现在眼前,等待自己去探索。

她跟娜拉在考文垂高中的时候就是好朋友,后来在伦敦又再次相遇。而且她们还有好几个共同的朋友。根据他所掌握的信息:她们在三月份的时候还有过联系。

想起维姬,脑海中就浮现出这个混血女孩娇小的身材和漂亮的外貌。他见过她两三次,每次她身边都有特别高大的男人陪着——他们好像都是被她那太低的重心所吸引。

娜拉曾经告诉过他,维姬上个冬天嫁给了一个叫什么大卫·米勒的男人。那个男人是一家金融周刊的记者。墨菲确信自己一定有他们的电话号码。

"我是墨菲·布隆代尔,娜拉的朋友。"他在电话中自我介绍一番。然后就很尴尬地跟对方解释了自己现在的处境,这也是为什么他这时候给她打电话的原因。

在一阵同样令人尴尬的沉默后，她马上告诉他说她已经几个月没有见过娜拉了，也根本不知道她消失的原因——她好像对娜拉的出走一点儿都不知情。如果他的判断准确的话——她完全理解娜拉为什么走了。另外她还告诉他，她随时愿意帮助他。

"大卫不到十点、十一点左右的样子不会回来的，"她对他说，"如果愿意的话，您现在可以过来。"

洗了个淋浴，换上干净的衬衣之后，他立刻出门，到街上打车。

在自我封闭了几天之后，乍一看到奥普街上的车水马龙和明亮的光线，他一下子适应不过来，觉得有点头晕目眩和焦虑恐慌，不得不停下脚步。

透明的暮色当中，一切都罩上了一层浪漫的色彩，刺激着人的情欲。伦敦的街头到处都洋溢着脉脉温情。街边的露天座位坐满了人，女孩们不时地因各种激动的理由而尖叫，情侣们抓住一切可以利用的机会接吻、拥抱。然而他，墨菲·布隆代尔，却藏在自己的蓝色眼镜后，苦苦咀嚼着这简直撕裂他的躯体的气氛——尽管他也感到空中那温柔的气息。

跟现在的自己完全不一样，墨菲以前在美国生活、读大学的时候，身边总是围绕着很多女生。然而很奇怪，他对那些年的往事却一点都不留恋。

所有那些身材娇小的波士顿女孩，金发碧眼又多愁善感，在他的房间里就如有待作者开发的书中角色一样，鱼贯而入。然而，所有这些稀里糊涂的爱情，平庸无奇的经历，生活中的小插曲……在娜拉之后都显得那么遥远，那么可笑，不值一提。

从出租车中出来，他发觉空气越来越闷热，自己开始冒汗。

维姬和她丈夫住的公寓楼在一个有点偏僻的小广场旁边。广场周围有好几家酒店，不远处就是艾尔库尔地铁站。

意识到自己此时已经不能后退的时候，墨菲站在公寓楼下面的橱窗前检查自己的仪表。背有点驼，眼睛因为失眠而眼袋突出，头发紧贴着头皮而梳到后面，愁苦而优雅的神色——活像一个老鲦夫。

他摁了下门铃。"右面第四户。"内置电话中一个声音说道。

门开了。维姬·罗麦特一身白衣服正在门厅里来回走着接电话。他于是就在门口停下来，一边也打量着她。最让他吃惊的是——她的个子好像长了有十厘米！还有，她那锐利的眼神直勾勾地盯着他，暗示他进去。

相隔两个过道，他看见她身后的空间里面弥漫着豪华和冷漠，风格完全是样板房的样子。里面还有几件金属雕塑品，墙上还挂着几个非洲面具。

墨菲·布隆代尔此刻无法说出这样的装饰到底是有品位，还是没品位。首先，他内心非常焦虑，同时房子的女主人也让他过分分神；其次，这些装饰品他一般来说是很不喜欢的。

"我对时间概念不是很在意。"她一边解释着说，一边拉起他的手领他进客厅。

当他们面对面坐下的时候，他立刻感到很沮丧，似乎情感上自己是赤身裸体的——这让他感到很羞耻，甚至都想哭。他已经后悔来这里了。

另外，不知道为什么——也许是因为她房间的风格的原因——他感到维姬是那种比较物质的女人，并不富有同情心。

于是他小心翼翼地隐藏起自己沮丧的状态，尽量使自己不那么快地谈起娜拉，尽量装作对她感兴趣，对她所做的一切感兴趣——她的人生计划，她的朋友和她的丈夫。从谈话中他得知她又重新开始学习，并在读法律硕士。

由于她是个感情外露、性格开朗的人，谈这些东西并不太难。于是他们谈了好一会儿。她自己很高兴能够跟他聊天，而他，精力也恢复了许多，并发觉眼前这个自己并不太了解的女孩温柔、幽默，同时也具有宁静的生命力。这种生命力感染了他，让他重新成为自己在伦敦经常遇到的那种活力四射的人。

而且时不时地，尽管自己有点心烦意乱，他还是禁不住自忖她是不是偶尔在有意地发出一些暧昧的信号——虽然在他眼中她并不是非常可爱，也不是富有魅力。

比如，眼前她将手臂故意放到头的后面——这个姿势似乎更是在有意地显露自己年轻丰满的乳房，而不是只为了拉伸手臂。

在听她讲话和思考她的讲话内容的时候，墨菲最终说服自己：她是由于不够冷静和成熟才显露出这些暧昧的举止。然而，他自己却在内心深处对她产生了一种模糊的、含混的欲望和青春的冲动。不过这些都被他很好地隐藏在了自己成熟的外表下。

"我们一直没有谈娜拉。"她拿来一瓶意大利葡萄酒，突然提醒他说。因为她应该是察觉到了他内心复杂的情感，而他正在竭力转化这些情感的宣泄——这些情感正常情况下不应该属于他。于是，她认为最好还是将话题转过来。

"哦，是啊。"墨菲承认了，同时他的脸也因为刚才那些"坏想法"而变红。

于是，他说到了这次来的主要目的，并向她和盘托出了他所有寻找娜拉的努力和经过——这些只是为了弄清楚娜拉出走的原因。因为娜拉走的时候，没有留下任何解释。他给别人打了一个又一个的电话，就是想把娜拉之前的时间表重新梳理一下。但是他犹如打开了一个电脑硬盘，然而里面已经空空如也——娜拉仔细地删除了自己所有的痕迹。

"我现在确定了，"他对她说，"她很久以前就组织、计划好了一切。"

然而，出于某些顾虑，他并没有提到娜拉之前卷走的那五千美元。

"计划？我不是很相信。"她轻轻地回答说，一边给两个人的杯子里倒酒。

"我不信这个，因为我了解娜拉，而且我知道她是个很冲动的人——不会预先策划一次分手。"

"至于她为何没有任何解释，"她接着说，"这是她与男人交往的习惯——她可不是辩证学家。娜拉是这样一个人，她认为相爱没有什么好解释的，也没有什么理由。分手，当然也更不需要理由。"

"实际上，娜拉从来就不是一个容易理解的女孩。"她提醒他说。同时故意停顿一下，好开始倒叙娜拉的故事。

"实际上，高中的时候她就很古怪另类，因为她不仅玩穿刺，还染发。这样的女孩一般都叛逆，又有点自卑。更何况她还有点矮胖，所以就故意更张扬。但是没有人，"她强调说，"真的没有人喜欢这样的女孩做女友。只要他看见她的所作所为就肯定不会。"

她差不多应该是唯一一个预料到娜拉后来会变得多漂亮，身边会有多少鲜花和赞美的人。

后来，果然一个暑假过去，娜拉摇身一变，成为一个非常漂亮的女孩。当她度假回来之后，所有人看她的时候都瞪大了眼睛。然而，美貌也增加了她的烦恼。

维姬对一段往事记忆特别深，"当时的娜拉还正在转变，对自己还没有信心，也没有多强的防范意识。一天下午的体育课上，几个身高一米九几的男生趁娜拉不备，将她劫持到了他们的更衣室，几个人同时骚扰她，有人摸她的腿，有人摸她的乳房……"

"真恶心！"她说，"他们简直想把娜拉撕成一块一块。"

维姬·罗麦特回忆并讲述着那段令娜拉难堪的往事，又像电影中的画外音一样加上自己的评论。她认识到自己从那个时候起就被娜拉吸引住了。因为她那时也还是一个纯洁又带点野性的女孩。跟娜拉一样，她们两个人都特别讨厌在高中校园的角落里搂搂抱抱、卿卿我我的小情侣们。

而她们自己，只喜欢那些美国明星和浪漫主义诗歌，尤其是雪莱。

"您还要点酒吗？"她问他。

墨菲听着她的讲述时已经惊呆了，身体都僵硬地简直动不了，只是下意识地给她做手势，让她加酒。

他很喜欢她那平缓柔和的语调。当她讲述起娜拉在认识他之前的那几年时，他听得有点如梦如幻。

她反复解释着娜拉的一切，"娜拉，她出身于一个有点混乱的家庭，而且是家里最小的。母亲有抑郁症，时不时地失踪；父亲是个大赌徒，负债累累，只是考文垂市政府的一个小雇员。娜拉自己都不知道父亲到底是做什么的。只知道一个圣诞节前夕的夜里，他偷走了老年俱乐部的现金，溜了。这件事让娜拉家彻底陷入了难堪与穷困中。

"一年后，在一天天的煎熬后，娜拉终于受不了家中的抑郁气氛，将自己解放了出来——加入了一伙搞音乐的人。据说是他们将她带入了乡村爵士乐圈子，并信奉了无政府主义。

"也就是从那时候开始，我就再也没有娜拉的消息了。一直到后来，娜拉的姐姐，也就是多洛黛，告诉我有关娜拉的消息：她在巴黎遇到了真爱——一个叫斯班赛·迪勒的男人，而且她从未如此幸福过。

"她说话的样子，就好像娜拉在赎罪一样。"她回忆起当时的情况说道。

但是等她们一年后在伦敦相遇时，她们谈到了很多事情，当然也包括很多男人，这时她却发现：娜拉跟她姐姐描述的恰恰相反，已经对爱情丧失了希望，有点像一个公主不再相信超自然。

娜拉不停地自责，自责自己太冷漠，太自私，太有破坏力。但是维姬很明显对她充满了怜悯之情。不过她没有对墨菲说：这之后，就是你们之间的故事了。自然，墨菲也没有说话。

他在想到底是该请求她帮忙，在娜拉身边为自己求情，还是应该等她主动提出如何帮助他。他猜想她一定会帮他的。

墨菲心里充满矛盾和复杂的感情，于是又喝了点葡萄酒，看着窗外的暴风雨。他注意到天空中划过几道闪电，在夜色中分成几个分叉，瞬间将窗外照得犹如白昼。而街上的人们开始跑向自己的汽车。

"您觉得，如果她在巴黎的话，您可以帮我做些事情吗？"他转过头看着她。

"我不知道。"她回答说，不过轻轻地噘着嘴，有点怀疑——他将这个动作视为不接受。他明白现在最好不要再坚持，而是应该很得体地走开了。不管怎样，她的丈夫马上就要到家了。

外面，艾尔库尔地铁站周围是一片雨后真空般的寂静。行人都已回家，那些巴基斯坦商店已经打烊，野狗开始乱翻垃圾箱。

墨菲躲在一个店门口，一边抽烟，一边等出租车。这时的他心中充满对这个世界的悲伤，不管是自己的，还是他人的。

8

　　她们两个在火车站的长椅上坐了好长时间了，一直在等去托基的火车。娜拉让她戴上一只自己的耳机，一起听 REM 乐队的音乐。太阳升起来后，她将自己的腿靠着娜拉的腿。这是初夏一个美丽的早晨。

　　她们都刚刚十七岁，是一对"最佳搭档"——经常结伴同行在沙滩上。不在沙滩上时，就一起住在娜拉的祖父家里……

　　当丈夫在身边睡着的时候，维姬·罗麦特的思绪飘到了那个火车站，那时候的广告，微风吹着的港口，白色的月桂树，远方蓝色的大海，眼前走来走去的游客，潮湿的空气，还有对面长凳上那个正在写明信片的男人……

　　看完周围，她故意盯着娜拉看。看着自己身边的娜拉的脸，她那散乱的头发，她那苍白的有点像患了肺结核一样的脸，她那双棕色的眼睛，她脸上的雀斑，还有她那被海风吹得有点干干的嘴唇——维姬一直都有想亲吻她的冲动。

　　那年夏天，她对娜拉特别着迷。

　　火车一直不来。她们早上七点就溜了出来，只是为了去见一个叫阿荣·威尔森或者是梅尔森的人。她自己其实根本没有见过这个人，但是娜拉经常跟她提起，听得她耳朵都要起茧子了——他是帆板教练，还会弹木吉他。维姬自己判断那个人至少应该有二十二三岁。当时的她陪着娜拉去见这个人，一半是出于好奇心，另一半是因为害怕娜拉会抛弃她，让她当晚独自回去。

她的内心深处其实更希望火车永远都来不了。

从地质学角度讲，任何生命的状态最终都只能定格在一生无数瞬间中的某一个瞬间。没有任何生命可以例外。如果真是这样，那么维姬希望自己的人生就定格在这一瞬——她与娜拉头偎着头在一个火车站的月台上听 REM 乐队的音乐，就在夏天，就在人生的大门还在大开着的时候。

然而随着她们上车、火车到站之后，朦胧的晨景也消失殆尽。她们沿着托基市的路朝着港口向下走去。路两边都是老旧的膳宿公寓，就像约翰·克里斯演的那部连续剧①一样。轻微的海潮的气息在空气中飘浮，几朵白云在天上慢慢移动。

路途中，她们在一个旅馆的露台上停了下来——为了欣赏风景，也为了等"大名鼎鼎"的阿荣的出现。不过她们对于他也并没有更多的耐心，毕竟这不是大天使嘎布里埃拉——在这一点上她们两个是一致的。

---

①即弗尔蒂旅馆（Fawlty Towers）自 1975 年播出后在英国几乎家喻户晓，据称曾被 BBC 评为十大最伟大的电视节目榜首。剧中主要演一个脾气暴躁又笨手笨脚的破旧旅馆的主人以及他的爱唠叨、笑声难听的妻子。

就在这时，远处有个人——应该是在她们的右面——大声喊着娜拉的名字。两个人于是同时转过头。

在前面的地势低洼处，她们发现了一个皮肤晒得发黑的男孩正穿过沙滩向她们走来——肩上还扛着他的帆板。"这就是阿荣。"娜拉将手搭在眼前，确定地说。

她们又看了一下他，不过，都只是倚在栏杆上，并没有给他做任何手势。然而两张青春洋溢的脸都沐浴在阳光下，绽放着美丽与清纯。她们不急。对于维姬来说，只要娜拉在自己身边，任何事情都无关紧要，哪怕是时间停止。

当她们在路上近距离看到阿荣时，一眼看上去，维姬觉得他的个子太高大了，笑得有点夸张，也太过自信——可能是因为她自己恰恰相反，一向很脆弱；而且当她看到阿荣开始拥抱娜拉的时候，自己不知道该怎么办。为了不至于让她嫉妒，阿荣顺便也拥抱了她。这真是个会恭维人的家伙，一边拥抱她，还一边夸奖她的镶钻牛仔裤和白色篮球鞋。

她以最得体的不动声色来接受阿荣的恭维，然而娜拉却狡黠地看着她，似乎对她已经安排好了计划。将帆板放好之后，阿荣领着她们去一家快餐店吃午饭。这家快餐店在托基市的主干道上，位于邮局旁边。邮局的窗玻璃都是橙色的。

他一直都抱着娜拉，直到在快餐店坐下来，维姬坐在他们对面——这时他才注意到了维姬的存在。于是他就问了她好几个问题，就像做能力测验考试一样，不仅问她喜欢哪些音乐，还问她喜欢什么电视节目——他自己特喜欢一部讲某个德国潜艇里的故事的连续剧。他一边问她问题，一边还不时地吃她的炸薯条。

她尽量控制自己不要板着脸，但还是面带不满之色，说话也是简短地应付几个词。实际上，她觉得这个人太滑稽，充满孩子气，还特容易激动——这些都让她更确信自己之前的判断。

吃完饭他们就走向海边。然而，似乎被阳光晒蔫了一样，他们都显得懒洋洋的，下不了决定——到底是去沙滩上玩，还是去咖啡店的露天座位上休息。也许是维姬的存在挡住了他们的欲望——娜拉走在她与阿荣之间，让他们陷入一种提不起兴致的状态。

但是维姬发现，海边刚好有这么一个好处：人们可以不做任何决定，只需要一直走下去。就这样漫无目的地走着，走了几公里后，最终还是坐在了一个烟雾缭绕的保龄球馆的高脚凳上。

回忆被中断了一下。

"我很想睡觉的时候你别开灯，"她的丈夫有气无力地说了一句，"可以吗？"于是她关了灯。

"如果他知道……"她开玩笑似的想。马上思绪又回到了托基。

现在已经到了傍晚。他们又回到海边吃冰淇淋，然后又顺着海边散步。阳光从海面上反射上来，他们都眯着眼睛。阿荣正在给她们描绘他住的亲戚家的那套房子。按照他描述的样子，这套房子是有点苏联风格——几套房子的中心是公共厨房和集体厕所。

他告诉她们：七点整的时候，他就要赶快去排队洗澡，晚了就洗不成了——热水器三个小时后才能重新制热。

她当时真的不明白他为什么要讲这些，于是只是一边走，一边意兴阑珊地听他那些无聊的话。另外，她脑子里一直有意无意地想着娜拉那移动着的影子——一半在沙滩上，一半在海水中。

在港口另一端的高处，她看到一套待售的房子——清一色的落地窗。窗户上还挂着中介的联系电话，电话号码的最后四位数字是2013。不知道为什么，她特别确信自己记对了这个数字——2013，还记得当时这四个数字在阳光下闪烁发光。似乎这四个数字是一个日期，一种警告，或者是对未来的一个咒语。

"维姬，我得跟你说，"娜拉趁一个就她俩独处的机会对她说，"你知道，我什么事都不会隐瞒你的。你知道吧？"她又一次强调，"好，我知道你不会告诉任何人的。"她又压低了声音悄悄对她说，似乎这是什么绝密又紧急的事情：她爱上阿荣了，而且非常想跟他做爱。

"现在？"她很惊讶，冒冒失失地回答说。

好几年过去了，维姬依然对当时的事情记忆犹新。仿佛是坐在直升机上清清楚楚地看着正在发生的一幕：慢慢变弱的光线，远处的地平线，白色的浪花，蹲在沙滩上的孩子……还有她们两个小女孩——紧张兮兮地说着话，就像是刚学表演的女演员一样。

她跟娜拉说她不想从此只一个人，没有人陪。娜拉说这不是问题，还告诉她：她依然爱她，至少跟爱阿荣一样深。

"我不想让你走，"娜拉一边强调，一边用手指在她掌心里轻轻触摸，"你相信我吗？"

"当然。"她回答说。同时，她还将自己的头发与娜拉的头发揉在一起，并悄悄寻找她那带有碘味的嘴唇。这时，快感在她身上一阵阵涌来。

然而她没有多长时间来思考，也来不及担心对她来说将要发生的事情，因为阿荣走了上来。他走到她们身边，手中拿着一小罐啤酒，对她们说他的亲戚今晚不在家——他们应该九、十点左右就会离开。也就是说，她们可以睡在他的房间里。

"只有一张大床和两把椅子。"他预先告诉她们，同时一边喝着啤酒一边跟娜拉交换着非常私密的眼神。

就是到了此刻，她才觉得自己总算明白他们到底要干什么了。

"我觉得这就够了。"娜拉马上回答说——她属于英国低于十八岁女孩中对性很积极的那百分之三十五中的一分子。然而旁边的维姬，胸部发育还像个十三岁的小女孩，对性的经验自然也好不到哪里去。

她能想到的对他们要说的话仅限于——也许应该先跟娜拉的祖父母打个电话以征求他们的同意。

"这会笑死他们的孙女儿的。你该不会还告诉你父母吧？"

由于害怕被嘲笑，其他的话她就不敢再说了。

她明白自己已经被"挟持"了，也许最好还是什么都别管。因为她很害怕娜拉会由于她的干涉而抛弃她，为了这件事两个人从此不相往来。

"那好，现在做什么呢？"阿荣问她，"你跟我们来呢，还是不来？"

她能如何回答呢？只能乖乖跟着他们，因为根本没有别的选择。

似乎依旧在直升机上，回忆中她看见自己紧跟着他俩，面色苍白，一脸的纯洁无瑕。而他们却故意走在水中，紧紧地拥抱着，似乎突然忘记了她的存在。

他们周围，人已经不多了。风开始变大，人们都离开了沙滩。远处，夕阳正在落下，海面上波光粼粼。她看到一个小摩托艇在海面上开来开去，那么孤独，那么安静，以至于她突然有了想哭的冲动。

为了不至于出糗，她开始沿着沙滩疯跑，两条手臂抡着圈，嘴巴张得很大，大口大口地呼吸着海风。

太阳一落山，沙滩马上变成了灰色的风景，显得那么冷清，到处是海浪冲刷上来的垃圾碎屑。由于越来越感到凉意，他们只好返回。

三个人肩并肩地朝着港口走去，谁都不说话，好像在玩沉默为王的游戏一样。然而，一只野狗却玩得甚欢，正在追逐一群海鸥。

"我们什么时候去那里?"她颤抖着问他们,好像巴不得这件事早就结束。

然而还不到十点,他们也不知道现在该做什么。由于涨潮,从高处往下看,黑暗中沿着防波堤可以看到什么东西在动。

之后,他们随便逛了几条街,默默等着可以占用房间的那一刻的到来——好一起睡觉。

或者更应该说,是那一刻在等着他们。

9

早晨的阳光开始给客厅的窗户升温。这时候的雷欧纳·塔南博穿着他那紫色的棉布睡袍，面色高傲地拿着一个卢旺达牌圆筒吸尘器清洁地板。

他一边跟客人说着话，一边小心翼翼地吸花盆里杂交仙人掌上的灰尘，之后还把它们的叶子又用蘸了纯净水的棉布擦洗了一遍。每次他低头看自己的植物时，就像《格列佛游记》中的格列佛低头看自己的花园一样。这时睡袍的下摆就露出他那双纤瘦病弱、由于缺少活动而显得笨拙的长腿。谁都不会想到这双腿过去曾经一直支撑着一个多么强健威猛的身躯，那具健康的身躯曾经由于长年跳伞、划桨而结实有力、矫健粗壮。

疾病夺去了他腿上的肌肉，让他的体形变得瘦弱，还让他的一双蓝色眼睛凹陷进去，失去了往日的光彩。

"今天早上我一直昏昏沉沉的，一点力气都没有。"他一边说着话，一边放下了窗帘好阻挡炽热的阳光进来。

之后，客人跟着主人走进那间宽大的卧室。卧室里面有十几个中国小雕塑品摆放在架子上，主人一个个小心地擦拭，唯恐留下任何灰尘。他一边擦拭一边继续讲述昨天下午的经历。他昨天下午在共和国广场遇到了游行示威，那些红色的旗帜给他留下很晦气的印象。

客人昨天看到的跟主人并不同，但是很乐于完全同意主人的观点，还一边点头，一边看着窗外布特·肖蒙公园的栅栏。首先，他比主人还要更不喜欢那些激动的人群；其次，他早就知道集体主义情感将会有怎样的结果，将会引起怎样的噩梦。

总之，主人雷欧纳厌恶历史（他更喜欢永恒），而他的"长途旅行"随时都可能到来——只要病情再有点风吹草动。

这会儿，他又带上了透明橡胶手套，并开始用活性剂清洁沙发上一些很难去掉的污点。一边擦拭，一边还忘不了自己的长篇大论——滔滔不绝地说着那些游行示威者的怨恨。

不知是患了孤独症，还是职业病的影响——他是个神经学教授，雷欧纳近年来在自言自语方面已经变得越来越无可救药。他在说话的时候不给任何人插话的机会——就像电视辩论中一样。

由于他的病情不见好转，甚至每况愈下，他去上课真的已经时断时续。现在经常只是他的这位客人无奈接受他的教育。生活对于他来讲，已经变成一个永久的讲坛。

当雷欧纳·塔南博还是一个私立学校的学生时，他就已经才华横溢，同时也总是出人意料。他总是不放过任何机会来嘲讽他的老师们，或者是在大教室里随时发表一些讽刺性的讲演。不过，这是有条件的——当他不轻轻抚摸同桌的腿的时候。而他的同桌，一半的机会都是布莱里奥。

然而那时候的单相思——雷欧纳给布莱里奥写了不下一百封情书——变成两相情愿的可能性实在太低，无异于两个星球相撞。尽管他们对两人之间的关系也不是一点儿都没有自己的小算盘。

　　生活上总是捉襟见肘的布莱里奥就总是向自己的老情人求助——今天早上也是同样的理由。他总是从雷欧纳那里"借"几张大面额的钞票，而借口也是花样百出。

　　这还不算他接到的那些翻译的活儿——雷欧纳是十几家美国杂志的科学委员会的成员。

　　总之，雷欧纳也不是完全不想从他的"投资"里面收获点什么。但是即使希望这样，他也从来不说，而且事实证明这样想也是徒劳无功的。

　　作为交换——既然帮助就必须要交换点什么——布莱里奥必须对他详细讲述一下自己的私人生活，而且要避免绕圈子，尽量直白。这是雷欧纳要的风格。然而这会使人特别难堪。

　　雷欧纳一直很好地扮演着忏悔神甫的角色，然而他也完全能够扮演一个放荡不羁的神甫或者甚至是一个被人嘲笑的弃妇的角色——他指责布莱里奥太贪得无厌，而且还为了一个名声传遍了巴黎的女人将他狠心抛弃。"让我伤心的是，你看看你自己，我的小宝贝，你就像一个没钱又有毒瘾的孩子一样，"雷欧纳一边跟他说着话，一边递给他三张一百的钞票，"我真为你担心。真的很想知道，在你这个年纪什么东西能让你这么上瘾。"

布莱里奥一点都不否认自己应该承担的责任——还故意提示对方这只是暂时的周转不开，很快就会还钱的。另外，他还提醒雷欧纳——他们之间最好不要太多的谈钱，因为隔墙有耳，怕影响不好。

布莱里奥是在暗示拉希德——雷欧纳现在的男伴——刚刚购物回来，现在已经听到了他在厨房里的声音。

尽管拉希德既是雷欧纳的病人和密友，又是情人兼儿子，但是他远远算不上一个"白马王子"：长得像根竹竿，脸上尽是痘痘，还一副阴郁的表情。而且他还特别唠叨，别人说什么话都要插嘴，还总喜欢跟人争论，总是觉得自己有理——直到他的"保护人"烦透了，不得不使用特殊手段——双手抓住他像摇李子树那样晃两下，他才会冷静下来。

每次这样的镜头之后，作为惩罚，他就会被"流放"到厨房里，禁止说话。

这很明显是虐待，布莱里奥非常清楚，同样也很清楚的是：这些时候他也是施暴者的同谋。虽然他也是没有办法，不得不接受这些粗鲁的镜头——但是，内心中他还是能感觉到一阵快意。另外他也早已习惯他们之间这种粗鲁的习惯。每当客厅出现大声的嚷嚷，他就戴上耳机随便躲进某个房间。

估计一个小时后这一幕会再现，今天也不会例外。因为在餐桌上面对拉希德精心准备的馅饼和香草丸子，雷欧纳却小声对布莱里奥抱怨——他的情人早泄，这让他每次都不尽兴。

"你可以等他出去再说。"布莱里奥小声提醒他。因为有时候雷欧纳会故意跟他说些调情的话，这让他觉得很好玩；但是有时候，这些话又像是野兽孤独的嘶叫一样，让他难过。

"跟大学里的同事想象的刚好相反，"雷欧纳接着说，"我不怎么想那些学生或者是我的病人，想他们还没有想亚里士多德的次数多。我想得最多的，除了性，还是性。"

他这么一说，布莱里奥盯着眼前的盘子不知道该说什么好。不得已，他只好再次启动自己的"精神保护装置"——一下子屏住呼吸紧盯着桌子上散落的面包屑，思维如同玻璃化了一样，只是反射着午后的光与影。

每当遇到这种精神上错愕无言、几近崩溃的时候，他就会感到心底里最想念的是娜拉，就会有给娜拉打电话的冲动——让她来找他。

10

当第三次，也许是第四次接到山姆·郭凯的电话，对方怯怯地问娜拉回来了没有时，墨菲立刻把电话挂了，开始想其他的事情。他是一个习惯于控制自己情绪的人。

自从那天晚上与维姬·罗麦特奇怪的约谈之后，两周来，他已经不再悲伤、不再流泪了。也不再吃抗抑郁药，同时也几乎不再喝酒了。

当意识到自己的性格容易受伤的时候，他就开始有意识地摆脱酗酒，同时也尽量控制自己不出门，尤其是不去找那些比他还生活无节制的人。

关于娜拉的那段痛苦的经历已经过去，他进入了"后伤痛时代"。身心疲惫的他开始自我恢复——这需要吃点兴奋剂，在公园中跑步，还要边跑边呼吸那些清晨湿润的新鲜空气。

今天早上他跑了半个小时，之后还毅然穿过两个街区去市游泳馆游泳——为了锻炼体形，增加肌肉。

九点的时候，墨菲洗了个澡，穿上了衬衣，还有阿玛尼西服套装——金融交易操作员的标志。坐了十几站地铁后，他也刚好看完了手里的报纸，对世界局势和动态也有了新的思考和总结。进入公司时，他一脸的活力和朝气，准备在金融市场的迷雾中大显身手。

宽敞的透明电梯停在了十楼，墨菲·布隆代尔拿着胸牌紧跟着同事的脚步。他们在走到工作岗位前都不会相互提问题。这种情况就像是他们都被某种神秘的力量武装了起来，尽管没有意识到，但是个个都戴着面具般，雄赳赳地往前走——其实也是因为怕万一听到身后传来安德森小姐那带有威胁性的脚步声。

公司的工作大厅连接着入口处的前厅，里面总是显得有点灰暗，相衬托的是墙上电子屏幕上那些显示股票市场信息的蓝色数字。

三十几个员工都既是信息技术高手，又是金融行家。他们都在这种平淡无奇的气氛中工作，不论是做信息分析，还是金融投资，这里都像是个实验室——政治冲动和生活情感都已经被屏蔽。

每个小工作室都经过了隔音处理，还被有机玻璃隔开——目的是为了工作室里的主人尽量不干扰旁边的同事。

这会儿，墨菲所有的心思都集中在了自己的顶头上司——引人注目的安德森小姐身上。这位红棕色头发的小姐身高足有一米八。她在过道尽头有一个很小的透明办公室。在那里她必须时时小心——以防撞到什么办公用具。

老实说，这位让墨菲充满畏惧的安德森小姐并不是什么坏人，只是性格有点急躁——以至于当她宣布要进行什么市场操作时，绝对没有商量、延迟的余地：她的决定就意味着必须执行，而且是马上。

不知道为什么——也许弗洛伊德才能搞清楚，安德森小姐从一开始就对墨菲很奇怪地怀有恶意，而且从不加掩饰，从不浪费任何机会来指责他。今天亦然。趁他现在更容易受伤，安德森小姐却故意在同事面前挑他的毛病。

同事们虽然看上去对她的这种举动很吃惊，但是墨菲知道这个行业的潜规则，当然也明白他跟上司的这种紧张关系还是让几个人暗暗高兴的。最明显的就是外汇经纪人麦克和彼得。他俩总是形影不离，但是一碰到墨菲就会很恶意的走开。仿佛墨菲除了是美国人、天主教徒，还是一个有偷窃癖的人。

在五个小时不间断的工作后，随便吃了个快餐，墨菲想去咖啡室休息调整一会儿。咖啡室还要再上六层楼，是一个单色的很宽敞的大房间，一个落地窗朝着泰晤士河。他喜欢来这里喝一瓶汽水，一边喝一边观察着他的同事——就像人类学家研究一个社会群体的习惯一样。

意识到自己作为一个观察者可能会引起注意，他尽量使自己站在最不起眼的地方。这样即使有同事打招呼，他也可以做个微小的手势以致意，以防给人以装腔作势的感觉。

实际上，在观察同事的时候，他自己也不清楚到底是什么让他最灰心丧气。有人似乎永远年轻，也有人快速变老——也许是过度劳累所致，也有可能是快速持续增长的饮酒次数。

正在他观察的时候，老板约翰·保罗维茨突然出现在他面前，这让他很诧异。因为老板除了穿着朴素，以至于显得老套之外，还是一个低调得有点沉默寡言，又严肃得让人害怕的人。如果将戴高乐将军的形象定格为一个有着几缕发白的褐色头发的男人的话，那么可以说老板就是一个小号的戴高乐。

"您感觉好点了没有？"老板问墨菲，口气是那种习惯性的友好，还有一点老哈佛学生关照师弟的样子——他们都是波士顿人，也都是哈佛毕业，"您知道，我对您可是一直有很大的期望的。"轻轻说完这句，他就端着咖啡悄悄走了。

现在咖啡室基本上空了。露台上遮阳篷投下的阴凉里两个女孩正在抽烟，突然尖叫了一声——风把她们的衣服吹开了。以前这时候，墨菲就会心灵感应一样地给娜拉通电话。他知道她正手里拿着一本书，乖乖地坐在咖啡馆里，或者是在格林公园里散步。

"你绝对想不到我买了什么！"以前她经常一边对他喊，一边挥舞着手里的大纸袋。

一个谜语就意味着二三百英镑。

今天，他尽管闭上了眼睛，试图回味以前，但是那种心灵感应的感觉再也没有了。

他知道她已经在远方，生活在一个陌生的城市——很可能是巴黎；他还知道她已经不再想他。但是嫉妒就像是一个望远镜，似乎让他看到了几百公里之外的娜拉——正在床上为一个陌生人的激情动作而热烈响应。

一想到娜拉将来会为一个陌生人怀孕——墨菲这时是那么怀旧——他不得不立刻躲进卫生间，任由泪水夺眶而出。

11

　　检查留言箱的时候，布莱里奥发现父亲已经给他打过两次电话。这时候，他正在卢森堡公园附近，刚好位于阿萨斯路和奥古斯特·孔德路的交叉处。背靠着公园的栅栏，他被热得一阵阵发晕。

　　他甚至感觉自己已经六十岁了。

　　突然——既无预兆，也无警示——他在最后一条留言里听到了娜拉的声音。随即，大脑内所有关于父亲和母亲的信息全部消失无踪了。

　　这是耶稣升天节后的第二十一天。

　　她跟他说的是英语，一字一句说得非常清楚：她将在五六点的时候到达多麦斯路的那家咖啡店——以前他们经常在那里约会。如果他不能到的话，她周二早上一定还会给他打电话——她留言的语气很肯定，而且最后还不忘吻他。

　　当布莱里奥顺原路穿过公园返回的时候，他走路的姿势突然完全变了，脸上也容光焕发，以至于长凳上的几个人怀疑这还是不是刚才经过的那个人。他似乎可以随心所欲地更改自己的年龄，走路那么快，以至于疾步向前的时候，竟然超过了两个正在跑步的人。他一路走向离公园最近的地铁站，步行的速度可以赶超专业的竞走运动员了。

但是他一边走，一边还是不停地想问题，尽量让自己不激动，走的速度不要超过音乐的节奏——这样才能冷静地思考下一步该怎么办。

他当然很清醒：绝对不能浪费这第二次机会。相反，他要珍惜它，将它舒展开，组织好，归于计划，付诸实践，直到将这个机会拥有一生。但是他不知道，他们将从哪里开始。

一切都取决于她，取决于她对这次见面的期待。

在他看来，此刻，他只是在重新做回自己——在消失了两年的自我之后。

就在他一边冥思遐想，一边尽量控制自己的行走速度时，他有种感觉——似乎他被生命之流、激情之浪所裹挟，就像个孩子迫切地想快乐那样，人行道上每走一步，都有要跳起来的冲动。

就这样一边走，一边狂想，布莱里奥足足提前了一个小时到达了多麦斯路。到达了约会的地点后，他站在一个小卡车的车窗后"侦查"——以便于第一眼就能看见娜拉。

之后，他突然冷静了下来，几乎感到一阵放松——犹如意识被剥离了。他感到自己不是在此刻，而是在回忆此刻——所有他看到的都如同印在了一帧帧的电影胶片上。

巴黎上空各种形态的云在胶片上，死胡同里的那辆黑色轿车在胶片上，那两个刚从宾馆里出来的金发女郎，正在用面包屑喂鸽子的中国人……另一个正在焦躁地乱翻手中的导购报纸的中国人也出现在胶片上，当然他自己也在上面。

五点整，娜拉在迟到了两年之后终于来了。

当她在原地转着身寻找他时，一切声音似乎都消失了，空气似乎也凝固了，就连地球似乎都暂停了几纳秒的自转。旁边的两个中国人看到眼前的一幕也禁不住吃惊。布莱里奥明显意识到自己的激情在跳动，犹如一种声波——他正在计算声波传播持续的时间。

实际上，他认出了是她，然而此时的她自己又似乎已经不认识。

在那天的她和今天的她之间，也许还有另外一个她。也许是卡车窗玻璃的缘故，他感觉到似乎一层薄薄的胶片挡住了自己的视野，胶片中的娜拉既是她自己，又似乎不像。

她依然是那么青春夺目、光彩鲜艳，依然是那头齐耳短发，还有那几个雀斑——这些都是她最明显的外貌特征了。而且还是那么优雅，黑色套装里面是一件白 T 恤。但是还有其他东西：她的脸有点变了，瘦了一点，更紧绷——也许是焦虑的缘故。

她在想也许他不会来了。

然而布莱里奥这时还是只在暗处观察，一步也不动——尽管内心已经激情澎湃。他的双眼始终贴在车窗上，想让自己牢牢记住再次见面时刚开始的这种快乐的感觉——趁未来还没有开始，一切都还平静。

当他从隐蔽处站出来，举着双手就像投降那样对着她时，她看着他，做了个滑稽的鬼脸，是惊讶，更是羞涩。然后跑了几大步一下子扑到他身上，抱住了他的脖子，一点儿形象也不顾了。

"哦，路易，我好想你，好想你啊!"她一遍又一遍地说着想他，激动得就像一个还没有跟男孩子拥抱过的女孩一样。

两个人都激动得不知道该说些什么好，也不知道该从哪里说起。

布莱里奥想试着嘟哝出一些话，表示欢迎她回来，也想表明自己是多么想她。但是他的声音屡次中断，挤出来的几个字只是"内维尔，我知道，我向你发誓我知道"。

她不会明白他到底知道什么，因为——她已经将他带到了咖啡馆内，手拉着手。

他们的手已经两年没有彼此牵过了，都在急着寻找对方的手，都是那么温热潮湿。指尖传过来的电流瞬间使彼此都感到那么幸福。

等眼睛适应了咖啡馆里黯淡的光线后，两人立刻机械地走向了以前经常坐的位置——靠走廊的角落，还点了相同的饮料，就像什么都没有改变一样，爱情穿越时空后又完美再现。

然而两个人的感觉还是有所不同：对于她来讲，似乎离开他只不过半个月而已；而他的心却已经经历了那么长的时间——二十五个月三周零五天。

激情过后，双方都冷静了一点儿。当他问起她在巴黎打算怎样生活时，娜拉带着点犹豫的笑容告诉他：她希望赶快找一个迎宾小姐的工作——现在的她一没工作，二没钱，正是最狼狈的时候。

如果不是刚好有个机会可以住一套郊区的房子——她的表姐芭芭拉借给她的，她跟布莱里奥解释说情况还会变得更复杂。

虽然没有明说，但是布莱里奥还是不大喜欢谈这些涉及物质的东西。他更想谈一谈他们之间的事，谈一谈她自离开巴黎之后的生活。但是凡事都是该来的时候必然会来。

尽管他是个容易激动的人，但同时也是个做事畏首畏尾的人，所以当然也不敢建议她立刻带他去参观下那套郊区的房子。而她却一点都不着急，又点了一杯啤酒，似乎两人的共同生活就在眼前，需要的只是漫长的等待而已。

然而，种种迹象表明，他们很明显面临着相同的焦虑。

不管怎样，他该建议她打车离开了——她看起来就是在等这个建议。然后，她将啤酒一饮而尽，嘴唇上沾满了啤酒泡沫。

之后他们一起走向多雷门，去找附近的地铁。他们一直手拉着手，腿也好像失去了重力影响一样——似乎是在滑行，是舞蹈家在跳双人舞，而不是在走路。

尽管他们都走得很快，然而调整了几下步伐后，两人很快就再次找到了默契，也找到了在大街上并排走路的快乐，还有在出租车中的热烈拥吻的激情。

出租车进入环城大道后，他们就一直拥吻在一起——这个长吻应该是有史以来最长的一个——布莱里奥甚至一直感到有点窒息。终于在几公里后，车停在了里拉镇一个前方没有出口的小巷中。而他们也结束了长吻，走出了出租车。眼前是仍然有点灼人的傍晚的阳光，还有阳光下的一座白砖小房子。"就是这儿。"娜拉推了下花园的大门。

"你知道出什么事了吗？"娜拉突然给他看了看自己的手袋。"不知道。"他老老实实地回答。

"我找不到房子的钥匙了。"

12

　　他们拨开临花园的百叶窗，从窗户里跳进了房子。他们的脚步声于是开始在房子里回荡。布莱里奥发现客厅的地板上堆着一些纸箱子，还放着几件盖着白色床单的家具。位于走廊中间的一间屋里亮着一个没有灯罩的灯泡，里面还有几件工作用的简单设施。

　　整套房子只有厨房还有人住过的迹象。这个厨房装修很豪华，全部都是整套的不锈钢设备，厨台是大理石，冰箱特别大，而且是玻璃门的。

　　"她是做什么的？你的这个亲戚，芭芭拉？"他一边问着，一边用手在她背上轻轻地抚摸。（好像自从他们进入这套房子，他们就再也不敢相互对视，也不敢再拥吻。）"她是搞审计的，一年有一半的时间都是在旅行。这个时候，她正在新加坡工作。"她说，"她跟我姐姐简直是一个模子里刻出来的。"

　　"我嘛，我是整个家族里的跛脚鸭。"她说着话拿来了一瓶酒和几个杯子。

　　"你还一直没跟我说你在伦敦干什么呢。"

"我在那里学戏剧，学校就在坎墩路（Camden Road）。课实在没有什么意思，我觉得还不如回巴黎来呢。"她回答说。边说边靠在窗边喝酒。窗外就是花园。

"应该是九点多一点了，也许是九点半。"布莱里奥一边盘算着时间，一边欣赏着晚霞——晚霞余晖对他来说再合适不过了。

他沉默了片刻，眼睛只盯着手里的酒杯。

胆怯与激动之下，他感觉双耳里面嗡嗡作响，以至于忘了对戏剧这个话题该说些什么好。

喝完了手中的酒，又抽了一支烟后，他终于小心谨慎地问她——表达错误总是在所难免的——想不想一起去卧室里，因为他在厨房里待腻了。

"你说怎么，就怎么好了。"她回答说，而同时那双褐色的眼眸直勾勾地看着他。

卧室是一个没有什么家具的大房间——只有一张床和一台电视，让人不免想起宾馆的房间。此外，还有一个卫生间，还有一处凹陷进去的空间，算作壁橱。娜拉带来的东西放得满地都是。

"芭芭拉答应我九月份会弄些家具过来。"她跟他解释说，同时打开了电视，然后蜷起短裙下的双腿坐在了床上。布莱里奥有点吃惊，惊讶于她的这种坐姿，也想模仿一下——结果就倒在了床上。

脸上没有露出想触碰她的意思，他却靠紧了她。一只手揽住了她的纤腰，他开始轻轻地咬她的脖子和肩膀，而她一直在不停地换台。

"我希望你回来是为了看我，不是为了看斯班赛。"他突然开口说话，好像在怀疑什么。

"路易，你还记得咱们的约定吗？"她对他说，手中的遥控器停在了一个正在播放娜塔利·伍德的片子的频道。"当咱们在一起的时候，他人都不存在。不过，为了让你更放心，我可以告诉你：斯班赛现在住在爱丁堡，已经结婚了，管理着他父亲留给他的那家公司。"

"他之后的那个人呢？"他说。

"他之后的那个人一直住在伦敦。如果你乐意的话，我更想谈点其他的事情。"

接下来是片刻的犹豫不决。

"我向你发誓再也不会谈这些事了。"布莱里奥回答她说。这时他的双手已经有意无意地罩住了她的乳房，而且很明显他激动得甚至有点失控——当人们的身体接触到他人的身体时，大脑都会有这种复杂的反应。

似乎是在梦中，但是他的手不是在做梦。因为她的乳房现在就被握在手中。

为了肯定他的这些爱抚，娜拉抽空将电视关了，又安静地坐在他身旁，并将嘴唇凑了过去，还顺手解下了他的领带——那么自然，似乎经常这样做。

脱下他的衬衣后，两个人不紧不慢地站在卧室中间，一点儿也不疯狂的以相同的动作继续为对方脱衣服。他脱下鞋子后，她费力地往下褪他的牛仔裤，而他则轻轻解下她的裙子。犹如在梦中一样，他的指尖划过她光滑的臀部，仿佛一阵电流击中他的身体。

当她浑身赤裸、双手枕在头下躺在床上时，布莱里奥感到喉头一阵打结。他仔细看着她身体的每一部分，一切都是失而复得。她的乳房，她的阴部，她的骨盆，她那结实的、青春的双腿，她的那双瘦削而有点大的脚，她的那个有点突出的肚脐眼——就像气球上的结……一切都给他带来阵阵眩晕，无论是触觉还是视觉，都让他有点飘飘然。

"你知道，内维尔，已经两年了啊，两年。"他强调着时间，身体向她倾过去。他那高大的身影遮住了她的双眼，他看不清她的目光。

"是的，路易，我有太多的事情需要你原谅，"娜拉说，"来吧，好好利用它们吧。"

这是他听到最奇怪的句子，也是最刺激的句子——他还从没听到过。

于是他压在了这个充满忏悔的身体上，脸埋在她的脖子里。就这样，他们待在黑暗中，不说话，但是身体因激动而不住地颤抖，两人都似乎能感觉到多巴胺在大脑内流淌。

然后他双手撑起身体，好继续看着她。当他慢慢地，聚精会神地进入她的身体，开始这个奇怪的结合方式时，他觉得这是一个挑战——因为两个人的身体共生共存只能靠一个点。这时，他觉得娜拉的眼睛是那么澄澈，如虚似幻，宛如月光。

他们忘了窗外此刻是白天还是夜晚。布莱里奥觉得他们的交合可以持续几个小时，可以创造纪录——不管会不会被记录，被认可。

突然，不知道什么时候，也不知道为什么，"萨碧尼"这个名字突然出现在他的脑海中：萨碧尼独自一人在家里等他。于是，他中止了插入，突然陷入了空虚中。

之后，他摇摇头，从这个想法中摆脱出来，立刻又开始了新的冲击。他们都达到了忘我的境界，彼此分享着快感，身体的每一部分都像在燃烧——直到娜拉突然紧紧抱住他的脖子，就像有什么特别重要的事情要说。这时他的耳朵里传来一声长长的、温柔的呻吟声，就像是传说中海妖那神秘的歌声。

这一瞬间之后，他的双腿开始抽搐，几乎痉挛。而她则身体反弹了一下，似乎要一跃而起，还发出非常不一样的叫声：她的小腿抽筋了。"抽筋？"布莱里奥很惊讶，似乎他从来没有抽筋过。

13

　　第二天早上，他从房子里出来又走到门外那条里拉镇的小路。他的感觉由于劳累而变得异常敏感，一点噪音都会让他受不了。白天的日光很刺眼，让他一时难以适应。

　　为了放松心情，他从口袋里掏出了自己的 iPod，一边调低声音听马斯奈的《哀歌》，一边向环城大道方向走去。

　　穿过两三条街后，他遇到了几辆洒水车。它们正在广场上洒水，之后就开往一条下坡路。环卫工人穿着靴子正在拿水枪清洁柏油路。他们过去之后，人行道就像沙滩一样湿漉漉的。天空很蓝。

　　他时不时地感到身体有点失衡，还觉得应该是很晚了。但是他看了看表，只不过才十点。下坡的时候，他发现路上竟然空空如也，这在周日的早上是很罕见的。

　　从路边一扇半开的窗户里，他看到一个男人正躺在床上睡觉。男人身边有一个小女孩，一边吮着拇指，一边呆呆地看着天花板听广播。

　　在拨打了娜拉的号码后，他走进了一家小餐馆，点了一杯咖啡和两个羊角面包，坐在了临窗的一个靠背椅上。突然，他有了一种复杂感觉：为自己单独待在一个几乎没人的空间里而快乐，同时也为必须回家这个念头而灰心丧气。

布莱里奥是相信报应的，有时会想他要为这种谎言生活付出多大的代价。会得肺癌吗？会遭车祸吗？还是会患严重的抑郁症？

不管怎样，他知道自己迟早会付出代价的。

他的自我保护的本能提醒他：也许是该告诉自己的妻子，通过离婚来获得自由，好挽救他的自我。

但是他也非常清楚——自己是不会那样做的，至少现在不会。因为他知道自己墨守成规的性格，办事拖拖拉拉的习惯，还有他那带有孩子气的对过去的留恋。此外还有一个更重要的原因：他内心其实希望萨碧尼会早他一步提出分手。

也许有一天他会按响内视电话，而电话中就可以听到："一切都结束了，你可以走了，没有什么需要过来看的。"为了使心里更清楚，他还会再按一次。然后会再次听到萨碧尼的喊声："我跟你说过已经结束了！现在，我需要安静。"

如果是那样，他就会走开，会离开自己的生活，就像离开一个房间——自己给自己解释只是进错了门。

由于光照太强，天气突然闷热起来，一丝风都没有。他放弃了步行，打了辆出租车驶向里拉门。出租车里有空调，司机是个越南人，带着白手套。布莱里奥又重新戴上耳机听音乐，在一段时间中他甚至感到自己很幸福，似乎什么也不缺。

从出租车里下来，走到他家那栋楼前时，他小心翼翼地收好耳机和墨镜，就像是那些犯完罪赶紧到花园深处扔掉假鼻子和假胡子的坏蛋一样。然后他若无其事地推开大门。

但是在楼梯上的时候，他感到自己的喉咙发干，耳朵也嗡嗡作响。

他看到妻子正坐在客厅中的电脑前。当他过去亲吻她时，她只是并不在意地将面颊向他伸了伸，手还继续在键盘上打字，就像什么事都没有发生一样。

她只是显得更苍白，更冷漠，也许比平时更易怒而已。

而布莱里奥一直是有点怯懦不安，在客厅里转来转去，也不说话。他尽量的小心谨慎，不碰到任何家具，最后在墙角的沙发上悄无声息地坐了下来，内心希望自己的这种可怜的举动和沮丧的神情能够给妻子带来一点安慰。

"我原以为你会想到给我打电话的。"她说，手还是不停地打字，以至于在接下来的几秒的沉默中，布莱里奥觉得她正在起草起诉书。

这多少更让他感到难受。

"我想到了，不过我还以为可以赶得回来。"他比较肯定地说。同时自己也在暗自揣摩这个说法会不会被接受。

"我想你是在朋友家里吧，玩得太开心了。"她说这话的时候转过头看着他，"实际上，你跟他们都一样。有些日子我觉得你跟其他人一样虚伪。"

布莱里奥不知道她影射的是谁，但是他不想让别人背上这么个骂名。所以他尽力纠正她的判断，并向她保证说她完全错了——他只是在雷欧纳家加班过夜。

"我们两个都忙得不可开交，"他说，"因为至少有二十多页的东西要翻译。"

但是她的目光中有什么东西挡住了他继续说下去。

因为这时她走到他跟前，用一种异样的目光盯着他看。目光里闪烁着智慧，也带着哀怨，是那么复杂，以至于他觉得一辈子都没有见过这样的目光。于是他低下头，抱住了妻子，心中充满悔恨。

尽管他知道谁都没有错。

因为爱是没有办法阻止的。

下午三点。房间里一直是那么热，尽管还开着电扇。他们在厨房里坐在一起吃饭。每个人扮演着自己的角色：他，是一个老犯错的孩子；她，则是一个慈爱的母亲，无限宽容，每次都原谅他犯错误，出于疲惫，也可能是认命。

布莱里奥很想抓着她的手，跟她说一些温情的话，一些真心话，以减轻自己的负罪感——可惜什么话都找不到。

过了一段时间后，他感到自己的四肢由于一直不动而有点发麻。空气的凝重和沉默带来的尴尬让他头痛，以至于他预感到将来会得偏头痛。

他们的一切以及周围的一切似乎都静止不动了。外面也没有任何响声。

除了洗涤槽里的水滴声，没有任何东西能够显示出时间还在流动。

手掌摊开向下放在餐桌上，手指分开不知道该干什么……布莱里奥似乎在一秒秒地计算时间。他甚至观察到了木材的纹理，不锈钢厨具的阴影……就像一个正在被施催眠术的冥想者。

然而这一令人窒息的画面持续了那么长的时间，以至于他觉得她已经石化了——变成了大理石雕像。

"路易，你能陪我去米兰吗?"她突然问他，将他从恍惚中拉了出来。

"只是两三天而已。我在工作的时候，你可以参观下那个城市。顺便可以透透风，还可以到附近的贝加莫和维罗纳去玩。这样挺方便的。"

"我真的很喜欢再去维罗纳呢，但是现在手头上的事情太多，去不成啊。"他言不由衷地撒谎说。

然而这些话终于还是结束了尴尬的气氛，他可以站起来了。之后，由于没办法继续聊下去，他就去书房了。妻子并没有说什么，但是他似乎感觉到她的眼睛像 X 光一样一直射在他身上。

这天他时不时地感到一阵阵焦虑。在埋头翻词典的时候，偶然发现"性（sexe）"和"修剪（sécateur）"竟然来源于同一词根——secare。然后，在给父亲打电话之前他又翻译了几行有关淋巴紊乱的文章。

父亲跟他聊的依然是些老话题：母亲的性格依然是那么古怪烦人，家里的气氛依然是令人压抑。父亲总结着家里的生活，声音中可能由于电话的原因老是有噪音，就像父亲是在跟他聊一个热带国家，而那里一直在下雨一样。

"这几天你能抽空过来吗？"

"现在我还不知道行不行。"他回避着答案。

在这个问题上，两三分钟后专家们就能在布莱里奥身上发现人格分裂的迹象——他已经急不可耐地想跟娜拉打电话，想去她那套小房子了。

而且，这个想法是那么的迫切而强烈。

很久以来就知道"化学"没有"心理学"代价大，所以布莱里奥最后吃了片安定，并躺在床上，在昏暗的光线中睁着眼睛等着睡觉。

他蜷成一团，像个胎儿那样。此刻的他已经在精神上处于快要崩溃的地步了。家里的问题，翻译上的困惑，还有作为一个跟别的女人通奸的丈夫……心中的焦虑和紧张让他精神上疲惫不堪。

傍晚时分，为了讨好萨碧尼，他陪她在客厅里看电视。她看的是一个老节目《星际迷航》。他故意将头靠在她肩膀上，还拿了个靠垫放肚子上——就像是害怕失重而引起呕吐一样。

"我们遭遇重大损失，舰长，不过我们的星舰还在掌控中。"斯伯克向舰长科可汇报。

"各就各位。"舰长科可下命令，眼睛紧盯着炽热的天空。

"多亏了斯伯克，一切又完好如初。"医生麦考说。

剧中人物各说各的话，然而布莱里奥却什么都不说。即使是有关他们之间的问题，关于萨碧尼，关于他自己。他真希望自己能够像剧中人物那样说话干脆。

"现在，向坦塔拉斯出发！"科可舰长下命令。

14

在湖边，墨菲·布隆代尔突然看到两个大胖子穿得像火星人一样正在拍照片。他们看到什么就拍什么，也许是想将照片拿回去在火星上卖。

阳光这时候特别刺眼，他很想找个阴凉的地方躲起来，再买一瓶汽水喝。

然后，他就尽量放轻脚步地离开了，斜着向大理石拱门跑去。现在只有他一个人在公园的小道上跑步，心和大脑都是空空如也。

尽管经历了一段令人沮丧的时间，生活变得压抑而单调，但是墨菲并不比另一个人更不幸。他只是更懒散，更迟钝，就像缺乏营养一样。

今天早上从公园回来他就坐到了电视前。不过在看一部中国电影的时候，看到中间竟然睡着了。报纸还在膝盖上，头却向后仰着进入了梦乡。他那副样子跟他父亲一样，也跟父亲的父亲没有什么区别。

有那么几天，坐在沙发上他甚至感觉到自己的身体在衰老，也许是静止不动更让他注意到了时间的流逝。

电话突然想起来，墨菲觉得应该是维姬·罗麦特。"生日快乐！"一个女孩用法语对他说。很明显不是维姬。然后他就听出来是谁了。"你还记着我？"他很惊讶地回答道。

对方说出了证据："我没有忘记你的生日。"

"我自己忘记了。"墨菲说。

然后是长长的令人难堪的沉默，她似乎要哭出来了。

"告诉我，娜拉，你是不是想一年只给我打一次电话？"墨菲无法控制自己，嘲讽的话语脱口而出。他不是这样的人，也不想嘲讽她的。

但是只要想想那么漫长的等待某一个人之后，才收到了她的一个尚在人世的简单的信号，怨恨的火苗不是那么容易就熄灭的。

"以后我只要能给你打电话，我就尽量打，"她温顺地回答说，"但是，暂时我正在巴黎找工作，还想继续学戏剧，我得缓几周才行啊。"

墨菲没有立刻回答什么话。他犹豫了一下，然后以轻松的语气问她，就像只是问一个小小的生活细节而已：她是否独自一人在巴黎生活。

"我必须回答么？"

"不。"他犹豫了一下回答说。因为他知道什么应该坚持，什么不应该坚持。

那些她不想说的话似乎在房间里无形地弥漫，徘徊在每面沉默的墙上。

"你还住在那里吗?"她问。

"在,娜拉。是你不在那里。剩下的,我只想听你确切地说一次:我到底是该继续等你,还是最好死了这条心,像个大男孩一样想其他的事情。"

"我没有说不会再见面了啊,"她轻轻地说,"我已经告诉你了,我只是暂时住在巴黎,因为有很多事情要在这里做。而且我空闲时间不多。"

过了几分钟后,当她列出一张长长的单子——她要在巴黎所做的事情,还不厌其烦地描述一些细节、说一些题外话的时候,墨菲不再听了。就像录音的时候换了音轨一样——他过滤掉了语言,而只是在听她的声音。

她那散发着青春气息的女孩的嗓音,她的呼吸声,她的犹豫,她的忽高忽低的语调,她的沉默,还有沉默后快速的再叙述……就像一首歌,而他,突然发现了旋律。

他一句话也不说,在沙发上躺下来,只是听她一个人讲,心中充满无限的惆怅。

"你在听吗?"她突然紧张地问他,"可以说几句话啊。"

"你尽情地说吧。我只是在等你告诉我什么时候回伦敦。"他回答的时候就料到她会重复说自己也不知道。因为她是一个喜欢选择"不选择",而且保留自己意见的人。

"可以的话,我会提前告诉你的。"她答应他,"你不会恨我吧,墨菲?"

"不会。"他对着话筒轻轻地说。圣·奥古斯丁曾经说过:

"我们等候你的承诺，虽然焦急，但是仍然耐心。"

"哦，墨菲，你永远不会变的。"

最后是他先挂的电话，黑暗中他能听到自己的心跳。过了一会儿他去洗澡去了。

"我还爱着这个女孩。"从家里出来的时候他自言自语地说。他还想说：看，天还是会亮。

这并不意味着观点或者爱好的改变。只是他的灵魂的起伏发生了改变。似乎有什么东西逼使他放弃幸福。

当墨菲在伊斯灵顿闲逛，呼吸着酷热的街道上那缕缕凉风的时候，他觉得自己内心中有一种激情在回荡——这远不是一个男人在过自己三十四岁生日时所应有的感觉。于是他突然改变了想法，想去找个能够认识人的地方。

他改道朝街上那边的挤满人的露天咖啡座走去。之后，在地铁站附近他又走向罗斯伯里。

实际上，是他的双腿机械地带他向前走。他就像个机器人一样，感受不到沉重，也不觉得疲劳。就这么漫无目的地走着，直到最后看到了梅尔西宾馆的橱窗——他与娜拉初次约会的地方。

那次，尽管他一再坚持，她还是不想去他住的地方。因为那时候，名义上他还是跟伊丽莎白·卡洛一起生活着。娜拉认为这样不妥。

现在，站在宾馆的门前，他仿佛又什么都看到了。淡蓝色的走廊，隐秘的电梯，幽静的房间，两个缠绕、结合在一起的身体，他的淡淡的汗味，街道上隐隐的噪音，还有七月的光线⋯⋯

回忆总是比真实的场景更浓，更亮，因为人们总是加上了自己的思想。想到当初，墨菲·布隆代尔不由得再度哽咽。

15

尽管墨菲和布莱里奥相隔很远，但是他们之间似乎彼此只隔着一堵墙。这堵墙很薄，就像一张透明的纸板。他们彼此都知道对方的存在，都在拼命想象着对方，但是又不知道对方的名字，更看不到对方是什么样子。以至于他们两个人就像两个梦游者——摸索在两道平行的走廊中向前走。

当墨菲从上班的地方出来，疾步走在福利特街上，为即将来临的暴风雨而紧张不安的时候，布莱里奥正在冒着瓢泼大雨从美丽城出发——心里很懊悔不该为了省钱而没有打车。他身上的雨水现在已经顺着上衣的袖子往下流了。

快到公墓的时候，他斜着穿过了雨水弥漫的街道，躲在一个地铁口内，好甩一甩衣服上的水，顺便擦擦头发。

随后，他一边站在一群默不作声的巴基斯坦人中间避雨，一边甩一甩鞋里的雨水。

当他抽烟抽到第三根的时候，突然瞥见一个女孩坐在一辆摩托车后面一闪而过。她那白色的裙子就像降落伞一样，被风抛起来。看到这个女孩，布莱里奥对雨的懊恼才减少了许多，因为这一幕提醒他——娜拉正在家里等他。

突然他又想到了钱的问题，顿时非常郁闷。然而转念一想娜拉，娜拉的美貌和活力，禁不住又乐观起来。

布莱里奥决定不再等了。不管那些巴基斯坦人怎么躲雨，他都要出发。于是在茫茫大雨中，他循着环城大道上的噪音和灯光向里拉镇走去。里拉镇这边是一片宁静，郊区的街道一片灰暗。走到这儿时，他才感到了熟悉的万有引力的作用，不由自主地朝那个小广场走去。小广场上是黑乎乎的树，旁边是水流成河的路。不过即使是这种天气，他还是发现了一家没有打烊的小餐馆。

其他的店铺很明显都已经关门了。街道两边那些红砖砌成的建筑物让人想起50年代的工人村。此时的布莱里奥确信自己是这里唯一的游客。但是突然，他注意到广场的另一边还有一个高大的男人，戴着帽子，站在一棵树下，似乎是在遛狗。

当他离那个人的距离刚好可以看清对方的时候，那个男人看起来也正在伞下注视着他。又走了几个街区之后，出于一种第六感，布莱里奥回头又看了看。这次他发现那个人并没有狗，而且似乎是在跟着他，离他只有几米远。

尽管这种事情他从来没有遇到过，但是很令人好奇的是：他没有感到害怕。甚至在加快走路的速度、每个拐角处都故意拐弯的时候，他也只是好奇多于逃避，似乎这只是一种他们两人之间的游戏。

皎洁的月光下，可以看得出那个人始终走在他后面。

那高大而模糊的身影偶尔也会消失一会儿，被树荫遮住。

然而随后又会出现在月光下，布莱里奥停，对方也停。他再开始向前走，对方也会，而且动作很明显控制得很好，一点儿声响也没有。再停下的时候，两个人都趁机喘口气。

不知道什么时候，也许是因为对方的个头或者是走路的样子，布莱里奥觉着这可能是雷欧纳，而且差点就喊雷欧纳的名字。但是同时，尽管知道雷欧纳的怪脾气，布莱里奥还是认为他不可能在这么个瓢泼大雨的晚上有心情跟自己玩躲猫猫的游戏。

走到一个被围栏圈起来的工地的时候，他又转了一次头，这次没有看到任何人。人行道上一片静寂，只有边沟里的雨水哗哗流着。

也许是自己的幻觉？是不是太担心、太紧张以至于……他无法相信自己的这个猜测，虽然对方已经消失，自己却一点儿都没有放松下来。

他在围栏上靠了一会儿，在昏黄的路灯下，已经分不清周围的噪声。于是他决定继续赶路，不再胡思乱想。

正在这时长裤口袋里的手机震动了一下，提醒他妻子刚到米兰，而且已经找过他一次，并且妻子已经为他不接电话的事而担心了。这对他来说不是什么大事儿。而且即使他听到了内心的警告，布莱里奥现在也不会放弃自己的计划。相反，他选择了关机，并且沿着自己想好的路线一路直走。似乎内心深处，他一直认为自己是一个自由的男人，可以做任何自己想做的事情。

娜拉站在连接花园的门洞里，显得那么纤瘦。她只穿着一条运动短裤和一件宽大的男式衬衣。衬衣简直比她要大两倍。

"我马上出来。"她一边喊着，一边光着脚来开大门。

由于草坪上都是积水，穿过草坪的时候她就像穿着鹿皮靴子一样。

"你之前在干什么啊?"她一把抱住他问，"我都睡着了。"

一进屋，布莱里奥立刻脱下了他那身湿漉漉的衣服，还喝了一杯白葡萄酒，然后就走进了浴室。刚才遇到的怪事他什么都没有跟她说。

"路易，你知道吗? 我找到工作了。"她隔着浴室的门对他大声说。

"在哪里?"他一边在找吹风机，一边问她，算是对她的回答。

"在一家宾馆，就在鲁瓦西机场旁边。这样，我就可以为我的戏剧课交学费了。"

一进入卧室，布莱里奥马上像个魔术师一样轻而易举地就脱下了娜拉的衬衣。不过，这期间还是停了几秒，清一清耳朵，晾一晾潮湿的皮肤。然后，没有任何多余的解释，他就将娜拉放到了床上。

当两个人并排躺在床上，头对着头的时候，他慢慢地、有条不紊地抚摸着她，就像是在为这迟到的温柔而补偿——他觉得这是自己亏欠给娜拉的。

另外要说的是，他们有的是时间:一个长夜，一个白天，都是只属于他们俩。

相互拥抱着在床上滚了几圈之后，他们开始聊天，喝酒，听音乐，看电视……也就是所有那些合法夫妻晚上所应该做的事情，他们都要做一遍。

在娜拉的建议下，他们畅谈将来的生活，勾画着以后的日子：他们将彼此绝不撒谎，不相互嫉妒，要有新打算，但是也继续保留逆向思维，而且从不向对方说出自己忧伤的原因。

"这个不错，很适合我。"布莱里奥一边说，一边摸着娜拉光滑如缎般的小腿。

根据她自己的规定，娜拉觉得有必要告诉他：她几天前跟前未婚夫通过电话。也就是住在伦敦的那位。

"那天是他生日，我得跟你说老实话：看到他那么可怜，我可不是多自豪。"说完这些话，她在床上坐了起来。由于几乎没穿什么衣服，她显得更加柔弱。

"你想回去跟他在一起？"布莱里奥突然担心起来，又喝了一大杯酒。有时候，当他回忆起所有那些他认识的、陷入感情波折的女孩时——第一个就是他妻子，会禁不住想：为什么偏偏老是自己来收拾她们的故事的残局？他本应该扮演其他的角色。

"你后悔离开他吗？"

"不是，路易，一点都不是。我只是想再见他一面。"娜拉说这些话的时候，脸上带着谜一般的微笑。这个微笑不知道是该抓住，还是该放过。

"决定属于你自己。"布莱里奥尽量使自己接受这个话题——这是他们所有约定中的一条——尽量保持无所谓的态度。他也尽量使自己不去想她说的这一切跟钱有什么关系。

"你知道吗?"她说着话,人已经趴在了布莱里奥身上,紧紧抓住他的肩膀。

"不知道。"布莱里奥说。他很害怕下面她要说什么。

"你让我感到幸福。"

"我让你感到幸福?"他很吃惊地说。因为他自认为自己如此不完美,如此的缺少时间陪她,这远远不能让一个女人满意,尤其是一个跟娜拉一样年龄的女人。

"是的。因为我觉得和你在一起的时候特别刺激。"她说。这时她用老虎一样的金褐色的眼睛看着他。

当他们再次站起来的时候,发现夜色又变得明亮了,一丝云彩都没有。布莱里奥去楼下找吃的,娜拉出现在狭窄的楼梯上。此时的她穿着一件长春花一样蓝的长裙,简直就像希区柯克的电影里面的女主人公一样。

"我们出去吗?"她倚在楼梯栏杆上用英语问他。

下一个画面就是:他们并排走在月色下的花园里。

16

　　八点的时候，娜拉已经到了楼下，脸色有点黯淡，头发也很散乱。他们随便吃了点面包片，还把剩下的白葡萄酒喝完了。在清晨的寂静中，那台大冰箱的门在开关的时候发出沉重的闷响。然后，他们又脱了衣服，听着收音机去浴室洗澡。

　　一想到要与娜拉一起度过的这一整天的假日——妻子今晚之前不会回来，布莱里奥在淋浴的时候心中就荡起一阵阵幸福的涟漪。而且，今天还那么晴朗。有时，从花园投射到屋里的阳光将他俩的影子印在白色的方砖地面上。影子上还看得见他们的微笑，似乎他们的身影已经微笑了几个世纪一样。

　　刮过胡子之后，他坐在沙发椅上，乖乖地将头向后仰。而娜拉，什么都没有穿，赤裸着身子给他按摩头皮，之后还给他修剪眉毛。"路易，不要动。"娜拉还给他磨指甲，就像个专业的技师那样。

　　"人生苦短。"他对她说。

　　娜拉正弯腰给他修剪眉毛，而当他这么近距离看她的时候，心中突然有一种冲动，或者是一种奇异的感觉：她那倾斜的身姿幻化成万千个光点，组合在一起使她变成一具闪光的女神雕像。

她是否闪光，与他是否幸福，现在的肯定程度都是一样的。

如果非要吹毛求疵的话，那么也许嘴角的一个痘痘，身上的一小块疤痕可以算是娜拉不完美的地方了。但是这些都无所谓，只是一个爱的眼神就可以让布莱里奥心中无限幸福，而且会永远记住这美妙的一刻。

"我给你说了，不要动。"在给他挤鼻尖上的黑头的时候，她又重复了一遍说过的话。

作为一个安静又随和的大男孩，布莱里奥听完她的话立刻将手从她的两腿之间抽了出来，乖乖不动了。

当他们出门的时候，外面太阳已经很大。阳光普照着整个城市，阳光下的人们戴着遮阳帽和浅色墨镜从一棵树走到另一棵树下，寻找着一丝清凉。

娜拉和自己的情人都没有戴遮阳帽。他们毫不犹豫地选择了贴着墙走，而且避免走那些笔直的大道，改为穿过一些幽暗的小巷。这样他们就出现在一些完全陌生的地方——废弃的街区，悄无人声的小广场……他们完全凭着感觉走，而且时不时地感到非常刺激，不管是到什么地方。有时候他们甚至想在街道上脱光了衣服，以极端的方式来享受此刻开心的心情。

"路易，我开始饿了。"她开始抱怨，好像这是他的错。

当他们疲惫不堪地进入这片唯一还开着门的餐馆时，至少都已经两点半了。餐馆的大厅没有什么人，显得很空旷，里面光线也比较暗。那些仿皮靠背椅也已经陈旧，似乎是战后制作出来的一样。不过，他们没有说什么不满意的话，只是慢慢地走到一个角落，乖乖地把双手放在餐桌上，等服务员过来。

"他们来了，他们都在。"歌手夏尔·阿日那沃的歌声突然开始在餐厅里回荡。与此同时，一个头发蓬乱的服务员拿着菜单过来了。选择只有两种：香草煎鸡蛋或者牛排土豆泥。

他们两个相互带着疑惑的表情相互一笑。

"哦，Mamma…"阿日那沃的歌声从厨房里传来。歌声引起了娜拉的狂笑，只有她知道秘密在哪里。（mamma 为意大利语，母亲的意思。但是在法语中是乳头的意思。）

"牛排土豆泥！"他们之后又变得严肃起来，朝着厨房喊。因为很明显，服务员的耐心超过了他们的限度。

然后，餐厅里又是一片宁静。只有偶尔路过的卡车发出的轰鸣声或者是人行道上的嘈杂声传到餐厅，这些声音才提醒布莱里奥和娜拉：外面的生活还在继续，劳动的人还在忙于自己的生计——尽管下午的闷热是那么的令人窒息。

这顿饭跟他们预料的一样，太过于一般。不仅量少得可怜，而且服务也极其糟糕。但是这些并没有影响到他们的心情。相反，娜拉吃得特别兴奋，以至于布莱里奥都怕她会开始哼那首滑稽的歌。

当他们吃冰淇淋的时候，她给他讲了一个故事。故事的主人公是她自己，而发生的地点是托基。那时她十六岁，跟自己的好朋友维姬·罗麦特一起去度假。"那时候的我更像是一个同性恋。"她跟他说实话。说出来的法语让他惊愕不已。

尽管这样，她跟女伴还是在一个男孩的陪同下在海边度过了一整天。那个男孩叫阿荣——他后来建议她们去他的房间里睡。由于她们很好奇，而且那时候也已经有点放得开了，什么都没说就跟着对方去了他的房间。

她们在浴室里面脱了衣服。脱衣服的时候就预感到之后会有很可怕、很激烈、很不知羞耻的事情发生——叙说的时候她强调着当时的心情。这件事发生之后一切都不会再像从前，就如发生了革命一样。

"革命发生了么？"他禁不住问道。

"革命的反义词是什么？"

"什么都没有发生。"

"是的，就是这样。"实际上，阿荣在最后的一刻泄气了，让她们重新穿上了衣服并待在房间里——因为他觉得她们未成年，而自己已经成年了。她们当时简直无法相信自己。

"他之前就没有想到吗？"布莱里奥说。他看起来是支持两个"革命者"的。

她继续讲述当时的情况：结果，为了报复自己所受到的侮辱，她们两个占用了他的床睡觉，而他坐在沙发椅上看了一整夜的电视。虽然他什么也没有说，但是第二天他脸上的表情还是出卖了他。娜拉讲到这里的时候还故意模仿当时那个男孩的脸色。

布莱里奥开始结账。边结账，边问娜拉，"那你的小情人呢？她还经常见你吗？她后来怎样了？"

"她后来在伦敦跟一个不可思议的家伙结婚了。现在住在一套二百多平方米的大房子里。"娜拉交代了下女伴后来的生活，但是言辞之中有点什么东西让布莱里奥感到了一点疑惑。

娜拉的这个反应让人深思，然而做点猜想不无道理：尽管大肆挥霍着恣意、另类的青春，然而对于跟爱情相关的东西，她并不缺少判断，也并没有失去道德感。

出了餐馆，他们继续着两个人的郊区之旅，漫无目的地走着，一直走到环城大道。在那里他们看到了一栋栋大楼和一条条笔直的大路，还有大楼窗户里面一张张满是忧郁的脸。

于是他们转了个弯，决定打车去奥德翁剧院那里的十字路口。

由于起了风，还有大树的遮挡，天气似乎突然不怎么热了。他们就顺着奥德翁大道慢慢地向前逛。娜拉斜倚在他的手臂上，就像他们是夫妻一样。她走路的时候张着嘴，像是在吞咽着幸福，而布莱里奥则闭着嘴——似乎在防止娜拉消失。

他们一边聊着天，一边看着电影海报。还时不时地进一些小店逛逛。一切是那么自然，简单，就像是一对幸福的夫妻。他们还顺便买了些没有用的东西：一些小礼物，几条围巾，几条领带，还有几件纤巧的首饰——似乎挥霍钱可以让他们感到更轻松一些。

娜拉送给他一件波士（Hugo Boss）的亚麻衬衫，条件是他必须向她发誓：每次穿上这件衬衫，他就应该回忆起他跟她在一起时是多么快乐。

"我发誓。"布莱里奥说。然后他旁若无人似的亲了下娜拉那闪烁着快乐和"阴谋"的脸，并轻轻咬了下她的脖子还有她那小巧的耳朵——似乎他们被一层膜围住了，外面的人谁都看不到他们似的。

　　之后，他们又沿着卢森堡公园的栅栏散步。一边走路，一边又吃了冰淇淋。他们听到了不知从哪辆汽车里传来的布隆迪的音乐。这时候夜幕开始降临。

　　他们知道马上要分开了。她要回戴高乐机场，而他，则要在妻子回来之前赶到家。

　　"好吧，我该走了。"布莱里奥说。但是手还是抓着她的胳膊，就像他们此刻已经融为一体了一样，他似乎要带着她回去。

17

　　当萨碧尼背对着他在镜子前面化妆的时候，布莱里奥正全身泡在浴缸里。头全部埋在水里的时候，他突然意识到：今天是第二次洗头了。他不知道这对健康来说，是不是一种怪癖，也怀疑这样下去是否会形成洁癖或者强迫症。

　　尽管头部全浸在水中，但他还是听到了萨碧尼的声音。她再次催促他快点，因为方思华·莫里斯跟他们约好的时间是九点到十点之间。

　　"我也被邀请了？"他一边问，还一边继续在浴缸中玩着水。

　　"当然你也被邀请了。"妻子说。这时候她的妆基本上已经化好了。

　　一听到要去参加方思华·莫里斯和他的那个小圈子的聚会时，布莱里奥的第一反应就是不管找个什么理由赶紧推辞掉——太劳累、已经迟到了、最近几天工作太忙……但是大脑中有什么东西在提醒他：最好还是谨慎些，接受这次夫妻一起出门的机会。为了讨好萨碧尼也好，为了摆脱目前家里这种面对面的紧张关系也罢，这个机会都很难得。

擦干身体、头发，又刮了胡子之后，他穿上了那件新衬衣，系上了皮领带，然后还喝了一杯马蒂尼好振奋下精神。

"我准备好了。"他对她喊了一句，还不忘朝对方摆出一个殷勤的微笑。之后他又温柔得"过了分"：将手放在了妻子裸露的乳房上，抚摸她那光滑的皮肤。

"路易，我们已经迟到一个小时啦。"她一边提醒他，一边让他将"爪子"挪开。

出门后他们沿着塞纳河开车到巴黎市区。她开着车，他坐旁边。他将手放在车门上，看着车窗外的景物。夜晚潮湿的空气，散步的行人朦胧的身影，码头上的建筑物，倒映在水面的云彩……仿佛——都被尽收眼底，然后化在了他身上某个秘密的地方。

"这个时节，晚上差不多天天都有雷雨。"他提醒萨碧尼注意。他只不过是无话找话罢了。说着话，眼睛已经开始瞄着妻子那晚礼服下饱满诱人的乳房了。

妻子什么话都没说，眼睛只是死盯着前方，好像雨刮器是马塞尔·杜尚①设计出来的一样。

"你不喜欢雷雨吗？"他问她。她还是一直不说话。这样的

---

①即 Marcel Duchamp（1887—1968），纽约达达主义团体的核心人物，现代具有革命性的艺术家。出生于法国，1954年入美国国籍。他的出现改变了西方现代艺术的进程。西方现代艺术，尤其是第二次世界大战之后的西方艺术，主要是沿着杜尚的思想轨迹行进的。

沉默让他最后开始猜想她在想某个人。而那个"某个人"，如果直觉没有欺骗他的话，最可能的就是她的同事马克·杜瓦利埃。这个人以前就在苏黎世陪过她。

当他们的车开到莎朗东街区那雨水横流的街道上时，布莱里奥已经想象到了更缥缈的地方：很久之后的某个晚上，他像个精灵一样游荡到家里，结果却发现杜瓦利埃（最近所听到的消息表明他已经结婚，而且是三个男孩的爸爸）正躺在他的位置上，也就是萨碧尼的身边。

"别动，别在意，我只是过一下。"看到自己的代替者在床头柜上找眼镜，他赶忙说。然而让他震惊的是：他既没有感到痛苦，也没有生气，心中的感觉更像是一种狡诈的轻松。

"你在笑什么？"妻子问他。她一直在纷乱的小巷中开来开去找车位。

"我没有笑啊。"他不承认。但是随后赶紧看着后视镜整理一下自己的头发。

他们两人挤在一把大雨伞下走进了方思华·莫里斯家。深V露背装下的妻子，仍旧是一如既往的优雅，跟所有人行碰面礼，就像一个明星。而布莱里奥那身打扮，再配上他的尊荣，怎么看也像是贴身保镖或者是随身秘书，总之只是个完完全全的附庸品。

尽管脸上没有什么特征，但是他也令人想到那种三流的蹩脚演员，所配的台词只是一句：晚上好，我是萨碧尼·梵沃特的丈夫。（她出于谨慎保留了自己的娘家姓。）

这个角色很明显不能让人感到满意。不过让布莱里奥感到一点欣慰的是：还有其他的"助手"、"跟班"也是一句话也不说。他们也应该只是满足于在房间里，在别人不怎么注意的角落露一下聪明或是不聪明的脸而已。没有人会注意到他们这样的人。

当妻子眉飞色舞地从一个小圈子飘到另一个小圈子，带着她那似乎遗传下来的社交激情，滔滔不绝地谈天说地时，布莱里奥却知道自己的能力有限。他只跟几个很少见的客人聊天，最好还是那种没见过什么世面的人。因为他那可怜的社交能量一旦遇到需要同时跟三四个人说话的时候，就会立即枯竭。

尤其是当聊天的对象是不同年龄、不同性取向、不同政治倾向的人的时候——就像今晚这样，他更会感到一个字——累。确切地说是劳累性"神经痛"。

当看到冷餐台就在旁边的房间时，有点经验的布莱里奥立即摆出一副轻松自在、有意无意，甚至无所谓的表情，斜着移向那里。最后几米的时候他加快了步伐，并抓到了一瓶香槟。

"我也可以喝一点吗？"他旁边的一位年轻女士问道——无疑，她看穿了他的小伎俩。

接下来他演得很好，爽快地给对方斟满一杯香槟，并留在原地跟对方说话。这位年轻女士，无疑还是个女孩。她那富有活力，又有点狡黠的目光突然激起了他的好奇心，让他想起了某个人。

"玛蒂娜·巴索。"她做了自我介绍，并跟他握手。

"很荣幸认识您。"他说。这次他觉得没有必要宣布他是萨碧尼·梵沃特的丈夫。

经过相互介绍，布莱里奥才得知眼前这位漂亮的女孩是意大利语翻译，已经翻译了几部卡尔维诺的中篇小说。她这次来巴黎是为了过一个安息年。

布莱里奥一下子来了感觉，仿佛年轻了许多，又给对方倒了一杯香槟，并带对方到里面的一个房间里，好安静地聊聊。这次他不再是一副卑微、谦虚的态度了。

雨已经停了，窗户打开之后，他们肩并肩地站在窗户旁聊天，心中都感到了夜晚十一点时那轻飘飘的温柔。渐渐地，他们越来越感到彼此相悦，彼此吸引，甚至都有了立刻甩开所有人、偷偷一起溜出去的冲动——当然，这很明显是布莱里奥个人的想法。

然而两个人都没有动身。似乎一切都已太晚，游戏已经结束了。

透过玛蒂娜的声音，还有她那充满活力的眼睛，布莱里奥发现她特别喜欢跟他聊天，特别喜欢跟他在一起。但是对方没有任何邀请，也没有任何明显的信号发出来。

他们又在一起聊了一会儿，身子都欠出窗外，还喝光了那瓶香槟，交流了些意大利语——他过去曾经学过意大利语。但是之后，就各自归位，每个人都恢复了自己的角色，回到了自己生活的框架内。

当妻子被众星捧月般围着跟其他客人畅所欲言的时候，布莱里奥则百无聊赖，跟索菲和贝特朗·德－拉索麦有一搭没一搭地闲聊。这对夫妇堪称"财主"，拥有的财富数不胜数。但是夫妻生活上又是世界上最贫穷的一对。

"几点了?"索菲问道，神色有点担忧。

"一点二十八。"她的丈夫回答起来非常精确，就像是一个会说话的钟。似乎他们不回家的话，会损失一大笔财产。

这时候的布莱里奥已经开始喝第七杯或者第八杯香槟了。已经微醉的方思华·莫里斯的太太走过来一看，立刻向他这个冒牌"助理"冷冷地瞥了一眼。而当她众所周知的情人彼得·诺斯过来的时候，眼光里的冷立刻又翻了一番。

聚会到了后来简直是混乱不堪。

不幸的是，布莱里奥这时候已经喝得晕晕乎乎，不记得之后发生的事情了。

勉强上车之后他应该是再次失去了意识。因为当他再睁开眼，车子已经到了共和国广场——他认出了广场上的灯光后，立刻变得清醒了。又过了段时间，他费力地爬了一段楼梯。爬楼梯的时候，他的眼睛一直盯着妻子的腿，想多少集中一下自己的思想。

"刚才跟你在窗户那儿聊天的女孩是谁?"萨碧尼一边像梦游一样脱衣服，一边问他。而站在妻子后边的布莱里奥却正在趁着酒劲悄悄抚摸她那冰凉的屁股。"一个意大利人。"他说。

"你认识她吗?"

"一点都不认识。"他回答道，而手指还继续在她身上游走。而她既没有反抗，也没有表示拒绝。

妻子的这种温顺的态度完全跟平时的习惯不一样，这一下终于激起了他的兴致。于是他的双手握住了她那丰满坚挺的乳房。就像在扮演一个医生一样，他还要求她完全弯下腰，双手支撑在床沿上。

"你在干什么啊，路易？"她表示抗议。

"等会儿就知道了。"布莱里奥不动声色地回答说。

"再弯下来一点点。"他命令她。同时还让她保持这种姿势不动，然后三下五除二就脱光了自己的衣服。

18

时光再倒退两年，差不多三年。

他们两个都在游泳池边。这是一个春天的傍晚，大约五六点钟。别人都在泳池里来回游泳，他们却穿着泳衣在安静地晒太阳，只是把腿伸到了水里。

此时他们还从未在一起睡过觉。

然而娜拉已经在他的生活里扎了根，一如她在自己的家中那样。他们几乎每天都见面。每次见面的时间都是中午十二点左右——这是他们的"神话"时间，然后卿卿我我地在植物园里散步，吃饭。饭后再视情况而定，去电影院或者是去游泳池。

他们从未躲避什么。似乎他们是隐形人，别人都看不见。他妻子一点都不怀疑他，而娜拉的男友看起来也不知情。至于在路上碰到这二者的机会则更是微乎其微，于是他们没有任何理由担心什么。另外，他们并没有伤害、妨碍任何人。

很久之后，当布莱里奥回忆起这个春天时，他很惊讶地发现：这个春天所有的画面中，他看不到妻子的任何影子，似乎她被剪辑了一样。

当娜拉躺在沙滩巾上伸展着有点苍白的双腿，开始看她的《汤姆·琼斯》时，布莱里奥就在泳池里独自游泳。他一直保持着相同的速度和节奏，身体保持着平衡，眼睛始终不偏离前方笔直的视线。

就这样独自一个人来回游了十五圈之后，他终于停下来休息一会儿。双手握着泳池的扶梯，他又开始欣赏自己心爱的"小说迷"。即使经过了那么多的遭遇，在他眼中，她始终还是保持着一副单纯的、有所期待的表情。她的表情之中蕴含着耐心和温柔——就像是画中的人物。画中这样的女孩就总是拿着书，戴着小帽子。

不过，穿泳衣的人，我们是很难猜出他们的内心世界的。

休息了一会儿，喘过来气之后，布莱里奥又开始优雅地划水。这次他被两个胖"美人鱼"和四个小男孩挤在中间。四个小男孩都戴着同样的白色泳帽，这让人觉得他们好像是四胞胎。为了避免被这些人挤到，他立刻潜到水下，不厌其烦地去数泳池底方格的数目。这个游戏他玩了很久，直到水变得有点凉。

像一只突然从水底钻出来的水妖一样，他突然露出水面，一把抓住了娜拉的脚。看着娜拉又是笑，又是躲的样子，突然一个想法袭上心头：就这样一个人一直陪着她。

布莱里奥攀上池沿，看到游泳池上方——天是那么的幽静与深沉，高处的几朵孤云缓缓向前移动，将阴影投射到了水面上。

两个身上文了刺青的胖男孩，活像日本黑社会分子一样坐在跳台上，似乎在凝视他们在水中的倒影；几对夫妇在安静地小憩，他们一对对紧挨着的身体好像是放在浴巾上的大提琴。

　　"也许相爱的人太多，而爱情却远远不够。"布莱里奥似乎突然有了哲学灵感，对娜拉大声说。

　　"你想说什么？"她从自己的书中抬起头，问他。

　　"就是我刚才说的啊。"他一边说，一边躺在她身边，头枕在她的肚子上。

　　他们周围，泳池里面的人已经越来越少，扶梯几乎安静了下来。只有在泳池的另一边还有几个练跳水的人，他们那边不时地传来身体跃入水中的声音。

　　就像一只在阳光下摊开四肢的狗一样，布莱里奥眯着眼睛听着那几个人跳水。他有一种冲动：走向远方，永不回头，就像一不小心走进了时间机器中那样。

　　他茫然了几分钟，不知所措——娜拉已经准备好要走了，包已经挎在肩上。

　　"我想他们要关门了，咱们该走了。"她对他说，不无忧虑的大眼睛深沉地望着他。也许是因为她在等他的决定。

　　突然醒悟过来的布莱里奥开始猜测他该下什么样的决定。但是似乎他越是知道这个决定无法避免，她就越让他害怕。

　　首先，他以前就一直是一个在女人面前非常优柔寡断的男孩；其次，他与娜拉之间的关系将来会怎样也让他非常担心。他们的关系是丑闻，是谎言，是欺骗，是不入流……也就是说，他们的关系会被社会排斥，被天主摒弃。

如果说之前他犯过错误的话，那也只是一些内心里的不安分，并没有什么实际的事情发生。

当他们两个人在街上一起走路的时候，他一边走路一边思考：不能再这样下去了——几个月来，他一直徘徊在对不忠的担心和对忠诚的压抑之间。这两者之间没有正常可言。

"你要是想陪我一直到我家的话，我得立刻告诉你：斯班赛就在家，你到了我家就必须要跟他说话。"她突然插了一句话，还带着她那总是让人意料不到的幽默，看不出来是喜是忧。

"你更想去宾馆吗？"布莱里奥于是问她，嗓音有点无力。

"我不知道。我更希望你不会后退。"她抱住了他的脖子，紧紧贴住了他的身体，以此来证明她可是一个女人。

"不管怎样，我们别无选择。"他说道。

"如果你愿意的话，我们可以这样解释。"她回答说，然后提出了两个条件。第一个条件：她十点之前必须回到家里，最迟不超过十点半。第二个条件没有必要说：他可以带她到任何地方。最好是一个不怎么起眼的宾馆。

"后退我也从来没有想过。"他向她确定这一点，同时眼睛瞄着过往车辆，开始寻找出租车。

如同达成了一个不约而同的默契一样，他们在车里一句话也不说，两个人都乖乖地坐着，直到出租车将他们带到一条偏僻的街道，离蒙马特公墓很近。

"我希望你明白你在做什么，而且将来一点都不后悔。"她突然说出这句话，同时转身看着他。

"当然。我绝不会后悔，也绝不会忘记。"他向她发誓，看着她戴着墨镜走上了宾馆的台阶。

她那一米六或者一米六一的个子，让她显得很轻，仿佛一个没有发育完的孩子。这让他既激动又难堪——好像是害怕宾馆的服务员对他们的关系想入非非。

他们走进大厅，没有带任何行李以蒙混过宾馆人员，勇敢地走向接待服务台。

很明显这家宾馆特别适合他们：大厅大得跟电影厅差不多，扶手椅厚实舒服，还有巨大的镜子，墙上也是红色的天鹅绒壁毯。

至少她不会抱怨他做事情不够彻底。

他们在服务台等着的时候，两个服务员一直在打电话确定57号房间今早是否已经退房。每次电话打过去，都没有人接。两个服务员当中那个年纪大一点儿的不停地跟他们解释。他说话的声音就像《秃头歌女》中的演员念台词一样。

"肯定有人。"另一个终于说。然后把59号房的钥匙交给了他们。房费包含第二天的早餐，七点之后开始提供。

他们什么都没有说。

骰子已经掷出去，没有反悔的可能性了。他们再次穿过入口大厅和红色的接待大厅，面色尽量放松、自然。

"你知道吗？"娜拉在按电梯的时候说，"一切都正好相反。"

"跟什么相反？"他问道。

"跟刚才你在游泳池说的相反。爱情太多，而相爱的人不够。所以，总是有剩余。"

"不错，但是我还是建议待会儿再思考。"布莱里奥一把将她推进电梯。

19

　　如果知道有一天会被裸体写进一部小说的话，娜拉很可能会拒绝脱衣服。她会尽一切可能地提醒大家记住她对契诃夫的戏剧和博纳尔的画的品位。

　　但是她不知道。所以她一丝不挂，赤身裸体。紧翘的屁股，纤小的乳房，脱毛后光洁的性器，还有那双显得有点太大的脚，这一切都似乎显示出她还没有结束发育。

　　然而，她告诉布莱里奥，过去在考文垂的时候，她就已经认识了一个摄影师。那个摄影师的年龄是她的两倍，对她的双腿迷恋不已。

　　"我跟你发誓，我绝对没有编造。"她对他说，两腿还缠绕在他的腿上，"我希望至少你会相信我。"

　　"我当然相信你。"布莱里奥一边说，一边用胳膊肘支起上身，好细细欣赏。

　　这时候的他们都赤裸着身体，静静地在床上待着。房间里充满了静谧。似乎激情已经将他们燃烧得筋疲力尽。还有一点时间，他们躺在床上消遣着时间，狂跳的心开始慢慢减速。

实际上，他们都已经太疲惫，以至于懒得穿衣服、出宾馆。

他们仅仅剩下一点去房间内的小吧台上倒一点喝的东西的勇气。两个人都去倒了点伏特加，掺和着百事可乐，一小口、一小口地喝了下去。

她坐回到床上接着说她和摄影师的过往。摄影师又一次将她带到了瑞士，借口要给她出影集。他们在汽车旅馆里待了有一周左右，然后又去了一家条件更不怎么样的旅馆。

刚开始的时候，她想这就是她想要的完美的生活：没有父母，没有忧虑，没有家务——傻瓜才会拒绝这样的生活。

表面上她是陪朋友维姬和祖父母去那里做冬季运动，每天晚上她还煞有介事地跟妈妈打电话，告诉她自己滑雪进步了多少，维姬摔了多少跤。

"实际上，你们就在房间里，不出门！"他打断了她的话，还掐她的大腿。

"跟你想象的完全不一样！"她信誓旦旦地说。这家伙实际上是个发狂的疯子！一起床就注射毒品，然后就是喝掉所有他能发现的酒。当他完成了他所谓的影集的时候——相片是什么内容她没有说——就拔腿走了，没有任何解释。而她，就像个被非法监禁的孩子一样，在摄影师离开后，还一直苦苦等着他回来。

"我那时候的感觉就像是在一个空中旅馆中迷了路，而旅馆又在阴暗幽深的峡谷深处。"

"旅馆中那时候肯定还有其他旅客的。"布莱里奥说，转身又走向小吧台。

"我不知道。"她说，"不管怎样，他们什么声音都没有，也看不到任何人。偶尔能听到关门的声音，或者好像是有人在洗澡的声音。就是这样。"

"有一天，我哭得太厉害，于是有人敲了两三下门，但是我不敢应声。"

然而，这个故事中最让人难以置信的是：她事前就被警告过，而那个老引诱女孩的家伙在考文垂所有的高中里都已经臭名远扬。但是很明显，他名声越臭，女孩们就越急着想成为他的猎物。

"这就是蓝胡子症候群。"布莱里奥对她说，"你知道，内维尔，我觉得你该将自己的生活写出来。"

"那样，我会觉得自己是在作弊。只有作弊的人才写自己的生活。"

"你真是个奇怪的女孩。"他沉默了一下，说了这句话。说的时候手还抚摸着她那小乳房上颜色有点深的乳头。

"你可要记住，我们不会在这里过夜的。"她突然站了起来，在地板上开始收拾自己的衣服。

外面还没有完全黑下来。布莱里奥坐在床边抽烟。一边抽烟，一边看着她在房间里走过来走过去。他在想象眼前发生的事情，把自己当成一个旁观者。此时他已经完全放松了下来，把自己想象成一个模糊的天体；而她，只是一个孤独的女人，在一个阴暗、空荡荡的大房子里赤裸着身体走来走去的女人。

一个不知名的、快乐的女人。

"你快乐吗?"他提高了嗓门问她。因为她进洗澡间洗澡了。

"很快乐! 但是我更想你快点儿。"她站在淋浴喷头下面喊道。已经九点了。但是布莱里奥还没有动。他闭上眼睛,想记住这里的一切,犹如一个要将学过的课程记在心里的学生。窗帘的沙沙声,街上的喧闹声,淋浴喷头下面喷溅的水声,房间内的换气声,洗澡间内娜拉的声音的回音……

"路易,你准备好了吗?"

当他再次睁开眼,娜拉已经站在了他面前。她的位置有点逆光,身上只穿着内裤和 T 恤。

看到这一幕,布莱里奥仿佛又回到了那个一条女人内裤就能引起好多幻想的年龄,神经又兴奋了起来。

"如果我再将你剥光一次,你会怎么想?"他一边问,一边从床上跳下来要抓住她。

她想这是在做梦。

"已经十点啦!"她一边反抗,一边说。斯班赛在家里至少已经等了她两个小时了,她还要换衣服去参加晚上的聚会。而他给她的所有建议只有一句话——回到床上。

而不是下楼去服务台,叫出租车。

斯班赛的名字在一刹那间冷却了一下他的冲动。离开游泳池之后,这已经是第二次她提到他的名字。然而,他们曾经彼此约定,都绝口不提彼此的另一半的名字。

但是这次,布莱里奥却假装没有听到。

"还有,太热了,我也有点累了。"她一边穿裤子,一边抱怨。

"我可不是，我觉得自己像个小新郎。"他一边说，一边又抱住了她。而他那敏感的耳朵也捕捉到了对方加速的喘息声和声带里微小的痉挛。

"最后一次。"他坚持。

"那好吧，快点。"最后她终于放弃了，任由他脱她的衣服，双手举在空中，就像是在投降。

窗外夜幕已经完全降临。他们喝光了小吧台上的几瓶啤酒，立刻双双躺倒在床上。

当娜拉翻身骑在他身上的时候，他感觉到了她小腹肌肉的蠕动。然后他用手撑起身体，开始舔娜拉从脖子和肩膀上流下来的汗水。那汗水犹如春雨。

两年过去了，他还是渴望那种味道。

20

在浏览了一下市场行情之后，墨菲·布隆代尔开始工作。不过时不时地他也会隔着透明玻璃望一眼右边挨着的那个女同事。他的眼光很复杂。这是个平凡无味，但是人很聪明的女人，名字叫凯特·米罗。

她比所有人都更严谨。每天早上她都是七点整进办公室，一直待到最后熄灯为止。她甚至会半夜起来，只是为了不错过亚洲一些股市的开盘信息。

一般来说，对于她的这些情况，墨菲都不知道该怎么评价。

似乎是出于命运的嘲弄——他自己也对他们之间的许多共同点感到好笑——他们有相同的年龄，都来自美国，曾经并肩一起做相同的工作有几个月。更重要的是，他们又都是单身，工作能力都被公司里的同事竖大拇指。

他俩甚至已经"被结婚"了十次。

凯特·米罗将自己定义为一个简单、幽默的大女孩。有时候她会陪他去咖啡厅。在那里会跟他聊《泰晤士金融报》上的内容，还有跟老伦敦有关的闲话。然后是似乎约定俗成的大笑，再然后就是离开。那些笑声墨菲其实并不喜欢，甚至有点反感，但是很明显它们会让别人开心。

同事里面像马克斯·巴尼那样，对墨菲多少还有点爱心的人看到他每天早上坐在自己的办公桌前，而旁边就是他那纯洁无瑕，但是又有点怪异的"未婚妻"，都开始严肃地担心总有一天他会被"套上龙套"。

"小心，我的老朋友！"马克斯·巴尼已经警告过他，"这个淫荡的斯达汉诺夫主义者迟早会吃掉你！"

但是绝对不可能——每次墨菲都反驳。然而他又不能在入门大厅处贴一张大告示或者海报来宣告自己与凯特之间的清白。

"今年夏天你做点什么？"她在电梯里问他。

"什么想法都还没有呢。还在等公司的情况。"他有点戒备地回答说。

咖啡厅已经站满了人。从十点钟开始，咖啡机旁边的非正式会议参加者就会越来越多。咖啡机似乎变成了一个力比多离心机，旁边的大笑声、吵闹声、手机的铃声此起彼伏，组合在一起，以至于让墨菲差点没有听到自己手机的来电铃声。

"是我，"一个有点不确定的嗓音，"你在听我说话吗？"

"在听。"他回答了一声，同时给凯特·米罗做手势，示意她可以走了。

然后他立刻转身走到旁边的一个房间里，并关上门，收拾了一张桌子，将咖啡放在上面。他以为自己听错了，因为电话里已经没有了声音。

"娜拉，娜拉，你还在吗?"他重复了几遍。那声音让人觉得他是在黑暗中摸索一样。

"我在。"她终于开口，似乎他这样很好玩。

"我只是想告诉你——我昨天给你寄了一张一千美元的支票。我知道我还欠你很多，但是暂时我只能做到这一步了。我刚找到了工作。"

"可是，你什么都不欠我啊。"他激动地说。这时他注意到那两个外汇经济师——麦克和彼得——正在窗户外盯着他看，活像两只蹩脚的狐狸。

"我不相信你跟我打电话只是为了这个。"他继续说着，同时转过身，背对着那两个人。

"也是想听听你的声音，"她温柔地补充了一句，"有时候，看着时间就这么过去，我就会想有一天回到伦敦的时候，你或许已经不在那里了。我会再也找不到你，因为那时你已经忘了我。"

他真想如此回答她：人不可能什么都拥有，不能既在场，又不在场，既忠实又不忠实。不管怎样，她不能同时给他自由——就像她离开的时候那样，而又想让他继续做她的囚徒。

但是他做不到。他很害怕她会亲口说出让他重获自由，那样他会继续痛苦下去。

"实际上，你知道吗?"她对他说，"我觉得没有我你过得很好，你不过试图证明自己过得不好而已。"

"可是，我什么都不想证明。"墨菲说完这句话就看到了安德森小姐。她挺着胸，鼻孔有点颤动地突然出现在这个房间里。

"十分钟后开会。"她喊了一句，然后把门砰地关上了。

"娜拉，待会儿再打给我。"他在电话里小声说。但是她应该已经挂上了电话——听筒里已经没有了任何声音。

当其他人都急匆匆地走向会议室的时候，他又待了一会儿喝咖啡。一边喝着咖啡，一边从帘子的缝隙中看着窗外步伐轻盈的女路人，还有在晨曦中闪闪发光的汽车——他突然感到一阵怀旧的思绪涌上心头。那种思绪是如此的强烈。

像他这样的年纪，人们都已经有了应有的爱情。墨菲有点自怜。但是他不想继续自己怜悯自己，准备享受生活，并逃掉这次有关投机基金的会议。然而当他看到安德森小姐双手交叉在胸前，正在监督所有人的时候，不得不改变了主意。于是他坐到了会议室的最后面，最靠近出口的位置。当出口处没有人，所有人都被保罗维茨那沙哑的嗓音腻烦得恹恹欲睡的时候，他悄悄打开后门，蹑手蹑脚地轻轻走了出去，直奔电梯。

走到大街上后，他在齐普赛街附近逗留了一会儿。风有点大，吹得他有点摇摇晃晃。但是他仰望着天空，看着浮云飘过，心中竟然也飘飘然起来，似乎双脚就要脱离地面。

过了一会儿，由于没有什么特别的计划，他随心所欲地跟着人群走向了摩尔门和芜田的圣玛丽大教堂，决定先去教堂待一会儿。

走进阴暗凉爽的教堂之后，相信圣徒和圣徒们神力的墨菲不禁在长凳上做了一个长长的祷告，然后还做了忏悔。但是忏悔的过程中，思绪情不自禁地就已经飘向了远方。那是一种令人沮丧的思绪，自然是跟娜拉有关。他不清楚娜拉那目的不明的举动，也难以厘清她与自己模糊复杂的关系。

最后，当他还在想这些事的时候，还沉浸在回忆与思考中的时候，尽管路上无休止的喧闹声还是从侧门传进来，但是内心逐渐找到了静寂。

也许他来找的正是这种内心的静寂。

外面，退休的老人，无所事事的人，被社会抛弃的人……所有被经济奇迹淘汰的人都坐在花园的椅子上晒太阳，就像是一群徘徊在食物链最低端的动物。

看到他们，墨菲再次想到将来他会过上一种"模范"生活，没有名字、黯淡无光的生活，整日为别人的事业忠实地忙碌着——即使有世上最好的打算，也不知道该从哪里开始。

然后，当他听到教堂的钟敲了三下的时候，一想到此时娜拉正走在巴黎的大街上，他甚至因孤独而突然颤抖起来。

于是他站起来准备去老伦敦，好返回办公室——他可以找借口说是跟医生见面。路过神殿前面的一个小店的时候，他要了一份三明治。这时，视野中左面的角落处出现了一只又脏又丑的老狗。

狗很瘦，还瞎了一只眼，像是两只狗合二为———头是德国猎犬，身子却是卷毛狗。它瑟瑟缩缩地走向墨菲，似乎是为自己的丑陋而感到难为情。

然而墨菲绝不是在找狗，而这条狗更不可能是他愿意找的狗。

出于怜悯的冲动，他还是给了这条狗一块自己的三明治。但是他非常希望它会立即消失，就像变魔术一样突然不见。

它三两口吃完了三明治。

然而，那只心怀感激的狗却一直在他的膝盖前安静地抬着头，直到最后墨菲被它的坚持所感动，将它那因感动而摇晃的身躯抱在怀中。他一点都不顾忌旁边人的目光，还开始很严肃地对着狗的耳朵说话，告诉它他现在必须回去工作，所以它只能另找一个好心人。

"你懂了吗?"他最后说。

那只狗还是犹豫不决，用那双已经患了白内障的眼一直盯着墨菲。而墨菲在抱住它的时候，突然有一种感觉，自己比刚才老了许多。

他越是抱着它，就越感到自己更老。

似乎由于偶然的好感，他与狗合二为一了，现在将跟它一起变老。

21

他们两个一起在厨房里喝了些白葡萄酒。

已经很晚了，大概一两点左右。娜拉穿着睡衣坐在椅子上，前后摇着椅子，脚搭在桌子上——露出了大腿。他却只是站在窗台那里。因为他很喜欢花园里的雨声。

刚才她告诉了他最近的戏剧课——她就在特罗卡德罗附近上课。她还告诉他自己想扮演的角色。比如《女孩薇欧兰》和《海鸥》中的妮娜。

"我没有看过《海鸥》，也没有看过《女孩薇欧兰》。"他老老实实地回答道。

"你真的至少应该看看它们的。我知道你读过不少东西。"

"我的生活就是阅读和翻译医疗文字。所以，除了这个，今年我所有读过的东西加在一起就是一本科幻小说、两本侦探小说，还有丘吉尔的回忆录。不过在朋友的建议下，还是开始看莱布尼茨的《神正论》了。基本上就是这些。"

"你读的书真怪。总有一天我会让你看看《海鸥》的，如果你愿意的话。"

"那些扮演妮娜·查拉沙伊娜的女演员，"她解释说，"都是在尽量模仿自己在剧院里看过的妮娜的样子，或者是生活中遇到的某个人，模仿对方的一举一动和说话的样子。所以，结果总是那么令人失望。因为大家已经认识了妮娜。"而她，只想将妮娜演成一个还不存在的女孩。

"你懂吗?"

他似懂非懂。但是不管怎样，他对"爱上一个还不存在的女孩"的想法还是留下了很深的印象。

然而同时，他也感到了一点难堪、担心。因为在娜拉谈论戏剧的时候，她那夸张的嗓音让他想起了那些幻想主义者在高谈阔论真理。

不过这些想法他没有说。

"我觉得房子前面好像有人。"她突然站起来对他说，手里还拿着酒杯。

"是吗?"他说，转过身去看外面的街道。

他俩就像两个被警察包围住的小偷一样，关了灯，在黑暗中潜伏起来。他站在窗子边，而娜拉躲在他身后，贴身靠着他——透过娜拉的家居衬衣，他感觉到了她的乳头。

"我好像已经看到他了。"他说。借着模糊的月光，他看到了一个戴着帽子的身影。对方与雷欧纳很像——他再次有了这种想法。

为了确认这个想法，他轻轻在手机上拨了雷欧纳的号码。没有人接听。

外面此时又一个人都没有了。关上窗户之后，他们又回到卧室，将那瓶葡萄酒放到了阴凉的地方。

"你太小题大做了，真被你折磨死了。"跟着他上楼梯的时候，她抱怨道。

"两年了。"他提醒她，并揭开了她的睡衣。

在花园大门处跟她分别的时候，布莱里奥在黑暗中想抓住她，吻她的嘴唇。娜拉躲在了一边，还不住地大笑。他又抓了一次，还是没有抓住。

就好像在抓一朵云一样。

他打着伞一直步行走到了里拉门。期间时不时地回头，看看有没有人跟着。街道上空空如也。远处的某个地方，可以看到风挟着雨把暗处的一个花园里的树吹得来回摆动。

一赶到美丽城，他就立刻小心翼翼地给娜拉打了个电话。她已经差不多睡着了。

"你爱我吗？"她问。

他一下子感到特别的轻松，甚至想并脚跳进排水沟里。

回到家之后——妻子已经去了马赛，布莱里奥衣服还没有脱完，就感到筋疲力尽，甚至发晕，四肢百骸都已经懒得再动——就像是被超强安眠药给摧垮了一样。

梦中他陪着妻子在音乐厅中。大厅红色的壁毯让他想起了奥林匹亚音乐馆。幕间休息时，他被一个脸庞瘦削的小个子金发男人给抓住了。那个人声音很尖，想突然抓住他的胳膊。

"这是玛丽·奥迪尔的堂弟。"他的妻子冷静地说，似乎这是个理由。

趁他还来不及反应，那个人奋力将他推到了楼梯上，差点把他推翻。然后他开始反击，推搡对方，直到最后两个人都从楼梯上滚下来。

一直滚到下一层，才有人将他们分开。然后两个人都整理了一下的自己的服饰，调整了一下情绪，像绅士一样礼貌地握手。

此时的布莱里奥既在楼梯角，又是在自己的梦的放映室。让他吃惊的是，几秒钟后，那个攻击他的人变成了面带愁容的雷欧纳。

"他们没有任何关系啊。"他在梦的放映室中揣摩。

"影片"又放映了一段之后，梦中的他又重新回到了座位上，似乎什么都没有发生。然而却带着一脸不合情理的睡意，还坐在了那个小个子金发年轻人的旁边——对方似乎突然又变得充满善意。

他很清楚不论如何自己应该坐在妻子旁边——梦中的他很无望地爱着自己的妻子，但是他已经筋疲力尽，懒得去想为什么却这样。

"该克洛德·方思华①出场了。"那个人碰了碰他的膝盖，提醒他。

"可是，他不是已经死了吗?"布莱里奥吓了一跳，梦也醒了。

_____

①Calude Francois（1939—1978），法国 20 世纪六七十年代最有名的歌唱家之一，也是作曲家。最著名的作品是 *Comme d'habitude*（与往常一样）。

第二天早上，洗了澡，穿上衣服之后，他一直在想：在这个故事中雷欧纳到底在扮演什么角色。

没有打车，他一直步行走到布特·肖蒙公园，期间偶尔停下来呼吸下街上清新的空气。他还在调整心理状态，以便面对他还不认识的一个年轻人。这个人没有那么好说话。

"是我，布莱里奥。"他按着内视电话的按钮说。

沉默。

"布莱里奥，我的小可爱，如果不是很影响你的话，我更想咱们下次再见。"一个微弱的声音说。布莱里奥简直分辨不出来这是谁的声音。"我真的不便见面。"

"我无论如何必须见你。非常重要。"布莱里奥坚持道。

终于听到了电子锁的反应声，他转了转门把手。

五楼上，雷欧纳穿着睡袍站在布莱里奥面前。他面无血色，显得又老又丑，就像一座悲伤的山一样，横亘在布莱里奥眼前。

雷欧纳的嘴角开着缝，左眼半闭着，眉毛上面还包扎着。由于包扎得半透明，还可以看出来眉弓受过伤。

"发生什么事了？"布莱里奥问。他心中有种感觉，就像是梦境还在没完没了地继续。

"该来的迟早还是会来，"雷欧纳一边活动着身体，一边说，"拉希德昨晚走了。"

从他女儿家回来后——拉希德以前结过婚——他就疯了一

样，中了魔一般，狂怒之下将雷欧纳家里的东西几乎全砸光了。

雷欧纳不无疑虑地描述着当时的情景，看得出心中非常沮丧。他只记得当时在客厅里想劝解一下拉希德，还骂他，让他理智一些。然后拉希德就突然对他挥舞拳头，还咆哮着扑向他。

然后就什么都看不到了。

"他没有下重手。"布莱里奥一边查看着雷欧纳肿起的眼睛，一边说。

"发生这件事的时候，"雷欧纳继续说，话有点流利了，"我想，我也许拥有过所有我配得上的东西，还有我们两个都配得上、值得拥有的一切，然而，我们不知道如何爱那些爱我们的人。"

因为拉希德过去爱他——他继续说，而且天意让他得到了这份意想不到的幸福，但是也将他投进深渊。这就是他的命运。

"我还没有问你为什么要来呢。"雷欧纳一边说，一边坐在了扶手椅上。他就像一个衰老的君主，还保持着自己的尊严。脸一直往四周看，尽量掩饰自己肿起来的眼睛。

他下巴上还带有一点变干的血迹。

看到眼前的这一幕，布莱里奥想起那个戴帽子的身影，内心不禁为自己的想法感到非常羞愧。

"还是钱的问题啦。"他解释说——知道别人会信这个说法的，"我又一个子儿都没有了。银行卡被冻结，老婆又去马赛了。"

"布莱里奥，我的小帅哥，你真是个不可救药的朋友，还唯利是图。"雷欧纳说完这些话却还是去钱匣中取了三张一百的钞票。

"想不想一起去什么地方吃个午饭？"他问他，还随手开了一瓶伏弗莱白葡萄酒。

"你确定想出门吗？"布莱里奥有点担心。

"你觉得我真的这么让人担心吗？"

一刻钟之后，他们两个人走在了布特·肖蒙的街道上，一个扶着另一个，还都戴着大墨镜，穿着殡仪馆制服——就像"蓝色兄弟"那样。

"离最后还有不到三年吧。"一个说，"时间过得真是飞快。"

"是啊，也许正因为这样，咱们甚至还没有时间相互认识呢。"另一个说。

22

　　这天，路易·布莱里奥一兰盖在看海。他坐在一把长椅上，裤腿卷到了小腿肚上；妻子则趴着在看皮卡比亚①的传记。秋末的阳光依然炽热，把沙滩晒得滚烫。在他们夫妻旁边，一把太阳伞下还有一家德国人躲着阳光在有气无力地玩纸牌。他们已经被热气折磨得恹恹欲睡。

　　风中传来了碎瓜乐队的歌声。游泳的人一个个像飘在海面上的微小的云朵。

　　"沉浸于冥思中"的布莱里奥悄悄在椅子上转过了半个身子，还将墨镜往下压了压，好更方便地观察旁边的一个女孩。他被对方白色泳衣下挺拔的乳房给吸引住了，好像是在搞立体观察一般。

　　"艾玛跟弟弟都在外公家，"那个女孩在电话中说，"他们特别喜欢去那里度假。度完假就是他们的父亲负责照看他们了。"

---

　　①Francis Picasia（1879—1953），法国画家。

不知道为什么，布莱里奥觉得自己已经听过上百遍这个故事了。

他转眼去看沙滩上的酒店的藤架，那里的旗杆上还挂着几面有气无力的美国和日本国旗。

尽管下午即将结束，五六个游船爱好者还是浑身湿漉漉的，依然兴致盎然地在泳池的小吧里喝鸡尾酒，似乎是在庆祝他们的长寿。

"你知道的，"旁边的女孩继续在说话，"希尔潘现在独自过。他跟同事丰塔纳一起住一套房子。你想起来了吗？不是，丰塔纳是那个总是穿很短的长裤的那个，说话声音很小，就像吉米尼·克里盖。我向你保证，他们俩值得去看看。"她一边说着话，一边检查自己的脚指甲。

布莱里奥又转了点角度。妻子已经睡着了，脸颊就放在书上。

"我该去那里了，"他对着妻子的耳朵轻轻说，"如果你愿意，我待会儿过来找你。"

妻子"嗯"了一声。

"就六点钟吧，在沿峭壁的小路的那边见。"他继续说，一边磕着两只便鞋，好倒出里面的沙子。

一走到大道上，他就买了包烟。这时沙滩上的喧闹声似乎突然戛然而止，就像是谁在身后关上了两扇门一样。他能感到的只剩下沉默和热浪。

然后他又穿过几个偏僻的街区，还有几条热得像在喷火一样的大路。他尽量沿着墙根有阴凉的地方走。这时候他感觉自己的双腿就像是棉花一样，软绵绵的。

在一个铺着黑白色石板，围着围栏的院子里，两个老人穿着贴身汗衫正静静地坐在折叠桌边，活像两片夏日画布上的阴影。

更远处，小市场的周围，几群海鸥正在台面上喳喳叫着。

他住的酒店是一个八九层高的白色大楼。正面可以看到几条开放式的拱廊，它们让他想到了一个圆柱风格的大楼的照片。酒店内部，大厅与走廊都显得有点异样的冷冷清清，一点生气都没有，似乎从窗户里投射进来的热浪已经吞噬了一切。

回到房间后，布莱里奥从拱廊的窗帘后面看了会儿来往的火车，然后就决定洗澡、翻译。翻译的内容都是跟神经有关。

他就这样穿着短衬裤坐在电脑前过了一段下午的时光。然后给娜拉打了个电话。但是她的手机还是关机。如果没有记错的话，这是前天以来他第五次或者第六次联系她。每次打她的电话，他都感到一丝同样的痛苦。那种滋味一度消失到意识深处，然而又会螺旋般地回到眼前。

为了忘记那种感觉，他又去看火车在地平线上平行行驶，还看太阳从海上慢慢落下。玫瑰色的火车站在高楼大厦中时隐时现，显得那么小，那么虚无缥缈，就像是从云中飞出来的模型一样。

将近六点的时候，布莱里奥一共才翻译了二百五十个词。于是他敞开上衣，戴着耳机从酒店中走了出来，一溜烟下了一个通向海滩的大坡。

沿着大道，这时黄色的光线洒落在公园的棕榈树上，一些傻乎乎的乌鸫在草地上到处跳来跳去。

他停了片刻，又开始给娜拉拨电话——似乎她对乌鸫的举动可能感兴趣一样，然后再次无奈挂了电话，于是加快脚步向峭壁的方向走去。

在萨碧尼面前，他一脸的轻松和刻意装出来的漫不经心——只是为了让她安心。而实际上，他的内心已经矛盾到了极点。尽管这样，他们两个人还是手牵着手，跟普通的游客一样，慢悠悠地去寻找带阴凉的露天茶座。他们的时间很宽裕。

他们没有孩子。

"咱们已经至少两三年没有一起住过酒店了。"他在叫马蒂尼酒的时候提醒妻子说。

"我曾经建议你陪我去米兰，但是你还是找了个理由溜掉了。"她回答说，眼睛藏在深色的酒杯后面。

有时候，由于这种隐藏的目光，布莱里奥禁不住会想她到底是如何看待他们这种夫妻关系的。当然对于他自己来讲，妻子那么多活动，无论是上流社会的社交还是职业上的需要，都留给他足够的时间去自省。

"你本来也可以陪我去马赛的，"她又加了一句，"我是那么想让你去。"

当她谈到她在马赛的行程，还有一个叫让·克洛德－喀麦尔的人时——他想跟她一起在提特斯·喀麦尔的展会上工作，布莱里奥虽然一直在听，但是好几次大脑内都突然闪现一个念头：多么羡慕前面那个人的孤单。那个人一边啃着槚如果，一边看着自己的赛马报纸。

因为他心情并不好。

跟雷欧纳一样，他的心中尽是苦恼，还有苦恼引起的沉默。

为了不浪费这个夜晚，还有抵制心中这些不快的想法——尽管他知道原因，他建议萨碧尼早点去港口的餐馆吃饭，然后要么去电影院看一场意大利电影，要么去赌场玩一玩。

"你来选吧。"她回答说。因为她可能只要能跟他一起散步、聊天就已经很知足、很开心了。在斜阳西下的英格兰大道上并肩而行，喁喁而谈，在街道上尽情呼吸夏末的清凉——萨碧尼也许已经别无他求。

他突然想起一句话："人的痛苦正是生命的大问题。"

但是又能做些什么呢？

直到此时，他还是没有下决定。

在电影院前面，萨碧尼正在忙着查看场次和时间。这时一个想法突然袭上布莱里奥的心头：他先是退了一步，然后是两步，三步，逐渐退到了光线较暗的地方，再然后是手插在裤袋里转到了一栋楼的拐角处——他从萨碧尼的视野中消失了。

一旦发射出去，一切都变得明朗、简单起来。生活就像是一个球。

他乘了一辆公交车，随便选了个站下去，然后朝第一条上坡路走去。路很长，他爬了很久的台阶最后才走到一个有光亮的小广场。小广场上有些长凳，他坐在其中一个上面喘气。手机已经关机了。

没有停留多长时间，也来不及认真思考什么，他又选了条陡峭的小路。小路从几个平台上的小花园间穿过，将布莱里奥引向一片完全黑暗的地方。几十米之后，小路上已经全部是荆棘丛丛，随着布莱里奥的脚步，不断地开合。

偶尔，他似乎听到了身后有人在喊他的名字，这时他就进一步加快脚步，朝小山顶上爬去。他紧紧抓住石头向上爬，就像是一头生命力旺盛的野兽。

眼前豁然开朗，他爬到山顶上的一个岬角。整个海岬的灯光都出现在眼前，一直延伸到尼斯机场。

头顶上的天空不时有非常明亮的光点划过，留下一道道光线，就像是流星雨一般。布莱里奥——或者说一个名字叫布莱里奥的物体——开始飞奔，一边跑一边挥舞着胳膊，似乎想抓住那些流星。

这次，他走进了镜子的另一面的空间。

在他周围，各种昆虫的鸣叫声此起彼伏，随着他的激动的节奏也时高时低。

良久之后，他斜着从山坡上往下走，直到看到一对小情侣坐在草丛中，这才突然清醒了过来。

他已经忘了自己消失了多长时间。

又回到通向那个小广场的台阶上时，他看到两边椴树下的长凳，就赶紧打开手机。

"刚才我有点迷路了。"他一边解释，一边尽量控制住呼吸，好让自己尽量显得很自然。

萨碧尼什么都没说。但是他知道，即使等一会儿也无所谓。

十二点差一刻的时候，他在台阶的下面看到了她。

"咱们还有时间去赌场。"他开玩笑地说，还从最后几个台阶上一跃跳了下来，似乎已经恢复了自己的情绪状态。

"路易，你真让我害怕。"她说。但是没有看他。

23

第六天他们乘飞机回到了巴黎。巴黎的空气很潮湿，树木也都变得发灰，空中飘浮着苦涩的味道。布莱里奥挤入车流当中，感到的是又回到了社会，听到的是相互不耐烦的牢骚。他急匆匆地穿过美丽城的街道，耳机依然在头上。这时他已经很后悔以前找娜拉的时候既不着急，也不担心。因为那时她就在门口等他，而他，已经在她那里储存了那么多的快乐与幸福。

到了里拉城——他对那里的地形了然于胸——他就从体操馆和市政府门前经过，然后穿过那些两边布置了无名小亭子的小街道，径直跑向她那里——心中已经因为担忧而焦躁不安。

一切都跟他想象的一样。那座房子看起来已经没有人迹，门窗紧闭，花园也空空如也。信箱中还留着娜拉的堂姐芭芭拉·内维尔的信件。

尽管布莱里奥知道娜拉完全可以做到既不提醒、也不解释地消失，也能以同样的方式回来，但是这次他还是禁不住地想：他们之间的账已经清了。于是，他感到不寒而栗。

这时他的手表上的指针指向十点十分。

他摘下了耳机——看来是珀西·斯莱奇①给自己带来了厄运——漠然地，但还是时不时地拨打娜拉的号码。好几次。不打的时候就像是为了节约时间好思考一下。

老实说，她的消失还没有她的沉默那样更让他害怕。

现在他才知道他们的生活差异是多么大。他甚至不知道去哪里找她，也不知道该通过谁找她。他既不知道她就读的那个戏剧学校的名称，也不知道她是在鲁瓦西机场的哪家酒店上班。更让人沮丧的是，他既不知道她家的地址，也不知道她那个伦敦的前未婚夫的地址。

由于他以前曾经很愚蠢地告诉过她——她主动再见他没有什么不妥之处，她应该是将这句话记到了心里。

以前说过的话是那么的冠冕堂皇，如今他真的想修改一下当时说话的语气。

沮丧之下，他关掉了手机，站在了路中间——不知道该等待什么。他的沉默接近于迟钝。他想尽量地呼吸均匀一些，还看着四周的景物，好转移一下注意力。但是抬眼望去依然忘不掉内心的恐惧。

过了一会儿他意识到自己杵在人行道上纹丝不动没有什么用，除非是自己想故意吸引周围人的目光。最好还是做点其他事，离开这个街区。

---

①Percy Sledge（1940—2015），美国著名的灵魂青年歌手、演奏家与作曲家。代表作是 *When a Man Loves a Woman*。

于是他顺着坡走向来时的那条路，但是不再考虑去哪里。因为有时候，不管我们怎么做，总是无所适从。

他就这么失重了一样，飘飘忽忽地走着，一直到了一个卖烟草的酒吧中。在昏暗的酒吧里，布莱里奥感觉自己的神经像被麻醉了一样。胳膊变得那么沉重，以至于连酒杯端起来都觉得很吃力。

他回忆起上次娜拉消失的时候，自己一直等了她几个小时。当时就是坐在一家咖啡馆的短椅上一杯接一杯地喝啤酒，不停地出汗。

次日早上，他在手机屏幕上看到了一条短信：尽力爱我吧。我们将彼此分开很长一段时间。

那次的分别是整整两年。

然而当娜拉在耶稣升天节那天给他打电话的时候，从那一刻起，他心中的痛苦就立即烟消云散。

不过他也清楚地记得：当他上车去父母家的时候，自己早已很悲观地预见到——自己很快就又要面对难以接受的结局。

尽管她两年后最终还是会回来，尽管她很快就让他去她住的地方，尽管他们做了该做的事情，说了该说的话，但是这仅仅因为她重视他。没有任何人、任何事可以束缚她。

"任何人，任何事。"他又重复了一遍。这个想法几乎是一闪而过。

他猜想现在娜拉应该是已经回到了伦敦，回到了自己伤心的未婚夫旁边。除非她又心有所属，爱上了另外一个人，一个不知名的人，一个不比别人聪明多少的人——那个人迟早会理解爱上娜拉的代价会有多么大，多么让人痛苦。

她有过那么多恋人，那么多彼此相继又交错在一起的生活，以至于让人怀疑她是不是会产生什么神秘的物质。这种物质在接触男人的时候，可以让他们一个个都拜倒在她的脚下。

不管怎样，有一件事是肯定的：他不会再等两年后她打电话的。

因为做事的方法有很多种。

外面，天空一直是阴沉沉的，风又湿又冷。走也是白走。美丽城的街道显得是那么遥远而无尽头，人行道都像是在不断地延伸。

但同时，他还是忍不住在走路的时候盯着看每一对迎面走过来的夫妇，仔细辨认每一个女人的轮廓。每一次别人的欢笑都会引起他的回头——似乎一切还可以重新再来。

然而今天，没有任何事情可以让他缓解一下心中的哀愁。

布莱里奥回到了家中。他想在妻子的怀中大哭一场，还想告诉她一切真相。

幸运的是，她不在家。对他来说这可能也是件好事。

他来到楼上想工作一会儿，好结束手中的翻译——已经拖延了六天了。但是每次当他想开始工作，眼睛盯着显示屏的时候，"也许再也见不到娜拉"的想法就会涌上心头，牵扯着他的注意力，让他无法凝神工作。

翻译出来的每个词他都犹豫不决。

在这样的情况下，他一般都更倾向于放弃。这是他惯常的做法。

从两点到五点，他一直躺在床上，感受着秋日萧条的光线。这天应该是今年最长的一天。他一根接一根地抽烟，还机械地拨打着手机，如同一个呼吸暂停却在漫无尽头的忧伤中活动的人。

偶尔他也会起来去上厕所。每次被消化系统的排泄物折腾一番后，从厕所里出来，他就又躺在床上。

"气体和细菌的结合，这就是我们还剩下的一切。"他再次打开手机，心中这样想。

偶尔也会有变数，他会开口说："喂，喂？"——似乎是在练习回答电话一样，然后——还是无奈挂上。再也没有人回答。

他觉得自己被泡在了酸性液体中。

脱下衣服之后，他将衣服放在床脚，然后裸体坐在床上。

一只手端着啤酒杯，另一只手来回抓着自己的胸骨——布莱里奥的脸色就像是一个在自忖的人：自己到底犯了什么错，误了什么事，以至于受到如此严重的惩罚——如此的孤独。

他抓得太用力，几滴血开始出现在胸口。

这一幕就像是《监狱殖民地》中的情景，只不过没有荒原，也没有机器。

24

加上凯特·米罗和自己，他们一共是六个人经常乘坐同一部电梯。帕加内罗是个为达目的无所不用其极的家伙，苏利文整天沉浸在酒精的麻醉中，布劳恩是个情场浪子，巴尼是个彻头彻尾的悲观主义者——墨菲·布隆代尔有一段日子曾经认为自己生活在一群典型人物中。直到有一天安德森小姐经过部门精简人员的考验，来到了这里，并让这里的工作高效运作起来。

这次出了电梯，他先一步走进入门大厅。那里正三五成群地站着好多人，都在相互打招呼，还带着下班后的喜悦，准备去布莱克费尔斯附近喝杯啤酒。

这时候的股市操盘手与消防队员、建筑工人没有什么分别。

墨菲与凯特、马克斯·巴尼正在想去福利特大街是否妥当。因为他们不想跟其他人一起。这时候突然有人不知道在哪个地方对他喊了一句："嘿！就是你！"听声音好像是别人等的正是他。

说话的人在门的另一边，由于是逆光，看不清楚。他抬头看去，甚至还晃了一下眼，一点都看不到。

"嘿，认出我来了吗？"她走过来，还带着一种平静的自信。

她在门槛处停了下来，而他走过去的时候却满是冲动与错觉——似乎他在穿过一片磁场。

先伸开怀抱的是她。

"你该恨死我没有事先打招呼了吧？"娜拉说。这些话似乎就像是在说：你该发现我老了很多。

"一点都不。"他一边反驳，一边紧紧抱住她——再次感到她那充满活力的躯体的温度。此时周围的人应该是怀疑发生了什么事情，但是都——有点茫然不知所措地走开了。

他又一次紧紧抱住她，然后才后退一点好仔细端详一下她的脸。

她皱起鼻尖笑着的样子是那么漂亮，神色又是那么年轻，充满活力，而且显得欢呼雀跃，以至于让人觉得这是他们第一次见面，而时间，不过是一种幻觉。

不过他随后又看到她是穿着防雨风衣，戴着皮草围巾，手中还拎着一个大旅行箱。

这时墨菲才猛然回过神来，开始思考一个实际问题：该不该建议她住自己那里。当然，这样想是有点奢望了。不过他也在考虑是不是应该以一种不怎么坚持的语气问她今晚想住哪里。住她姐姐多洛黛家？

"我姐姐太让我头疼了，"她回答说，"她总是不停地唠叨，给我上课。借口不过是她比我大三岁，还有一个经济学的硕士文凭。我可不想让你晚上还要陪她。"

茫然了片刻后，墨菲最后叫了辆出租车，让司机带他们到伊斯灵顿的中心。似乎这只是一次情感的朝圣之旅，他并没有介入其中。

"带着这个大箱子，我本来想还是先回你那里好些。"她在出租车中说了一次。

既然是她这么建议……

墨菲悄悄将她的头揽在自己脖子上，不再提任何问题，也不再想究竟是哪种天象竟然将她又带回到自己身边。

当再次回到曾经一起生活过的房子里，当最后都脱下了衣服，他们两个突然都有了一种飘忽的感觉，相互看着不知道该干什么，彼此都觉得很尴尬。

内心澎湃的激情，感觉异样的场景，再加上彼此的拘谨，他们不由得相互观望起来。

尤其是墨菲。他为自己的轻信付出过高昂的代价，现在也非常清楚在娜拉柔美的外表下还有一颗多么躁动不安、任性无常的心。她为了出头，不惜做出任何莽撞的行为。

"可以给我倒杯酒吗?"这时候她开腔了，似乎是在建议确定一下他们的重归于好和新生活的开始。

"当然。"他大声回答，声音中夹杂着茫然，并不介意去厨房一趟。

"你一直在读《圣经》。"她站在墨菲身后说，一边打量着桌子上的一堆书。

"偶尔吧。更直白地说,"他一边解释着原因,一边在找开瓶器,"读《圣经》与其说是最后的希望,还不如说是为了安慰自己。"

这样的解释更像是花言巧语,但是除此之外他不知道该怎么说。

也许是懦弱的缘故。

"你还看莱布尼茨?"她很惊讶,"莱布尼茨是谁?"

"一个大哲学家,天主教徒,还是个数学家。"他说。一边说,一边笑着她那点头的模样。

像以往甜蜜的日子一样,他们双双坐在客厅的那把沙发椅上时,手中都还握着酒杯。他们现在的样子就像是两个在彩排剧情的演员一样,而剧情就是夫妻生活——她将头倚在他肩上。然而,不幸的是,两人都忘了台词。

"我自己很喜欢这套房子。"娜拉站起来说。然后她即席说了一段怀旧的话。她提到了每个房间,甚至最小的那个;提到了在这里养成的生活习惯;还提到了她喜欢在这里度过的那段时间。

"你知道的,只要愿意,你可以在这里随便住,不管多长时间。"他配合着她的情绪回答说。因为她的温柔与敏感他一点都没有料到,更没有想到她会说那么长的时间,说得那么让人动情。她的话刺激了他大脑内的每一根很少兴奋的神经,开始逐渐突破他的每一条防线。

"我想先冲个澡,再去单洁罗饭店吃晚饭。"她笑着说,似乎没有听到他的话。

"随便你了。"墨菲说。其实他内心的希望是比去单洁罗更简单、更热烈的事情。但是他什么都没说，因为她的话已经让他难以自持，快要让他丧失自己的判断。

过了一会儿，他们双双穿过了圣琼斯和罗斯贝里大街。轻风中，两个人紧紧依偎着，就像过去他们还天真、快乐的时候一样。单洁罗一点儿都没有改变。他们走进洛可可风格的前厅，服务小姐穿着上了浆的衬衣迎上来，但是他们拒绝了寄存衣服。几个穿着硬胸衬衣的服务生簇拥着将他们引导至昏黄的大厅的一个角落。

一张桌子接一张桌子的窃窃私语，可以明确地判断出来：娜拉的到来，绝非没有人注意。她穿着皮靴，还穿着带着一副国际冒险家派头的风衣，再加上她的美貌，注定会引起微小的骚动。

大厅里恢复了平静，只听见轻微的餐具摆放的声音——他们点了烤大菱鲆，还有食客们的轻言细语。这些声音中，还时不时地夹杂着那种突然爆发出的赞叹声。从这些赞叹声可以判断出来是谁发出来的——这些人一定是那种自控能力还不强，会被美貌震惊并情不自禁大声赞叹的年轻人。

其余的人中，大部分都是一副疲惫不堪、垂头丧气的神情。而僵直地坐在他们身边的妻子们，却一个个不时地左右转着脖子偷看，就像一个个摆在载物台上的潜望镜。

此时的墨菲，已经完全忘了自己设想好的要做的事和要说的话，只是呆呆地看着自己对面的这个女人泰然、轻巧地吃着蔬菜。

"为什么要离开，娜拉？"当她吃完了蔬菜时，他还是忍不住低声地问。

"为了体验回来的感觉和再见你时的快乐。我就是这样。我需要感觉到自己是自由的。"她也小声地说。那双棕色的眼睛睁得特别大，似乎要将他吸进去。

她的解释是那么令人心痛，但是由于她那眼神的影响，墨菲无法做到去怪罪她，也几乎不再寻找解释。相反，他的脑海里只是想着他们相识的时候，她是多么年轻。

他最终能做到的只是带着一点轻微的嘲讽的语气问她如果是在巴黎，她是否感觉自由。"很自由。"她坚定不移地回答说，然后还说出一些细节来证实她的肯定：芭芭拉表姐曾经一度想介入到跟她无关的事情当中——想看着她所有的外出活动。

不知道为什么，墨菲感到自己此刻很遗憾——无法相信她。但是他什么都没有表现出来。

"你要在伦敦待很长时间吗？"他问她。他的声音一直很低，尽管他们周围已经一个人都没有了。

"还不知道。"她将头藏在甜点单后面回答说，"不管怎样，我想我该可以一直睡在书房的沙发上。"

"你自己决定。"他说，没有表露出自己真实的想法。

其他顾客现在已经都走了，服务生也已经很疲惫，急着要回家。墨菲掏出了钱包——种瓜得瓜种豆得豆，还小声喊来了饭店的老板，"请结账。"

这时候他付钱是为了让她跟自己在一起，为了让她不再撒谎，为了让自己不再认为她在对他撒谎，为了让他们的共同生活还有意义。

一切尽在账单中。

25

"是你父亲。"他妻子朝他喊道，还将电话递给他。布莱里奥在浴室门口，脸上还带着清晨神经痛的懊恼表情。他给妻子做了个手势，示意自己要到楼上接这个电话。

"喂。"他那带着不耐烦的呼吸声在电话机中显得很大声。

"我希望没有怎么打搅你，"他父亲说，"还是你母亲的问题。我在一个电话亭给你打电话。"

他一直在那里等布莱里奥接电话。

从电话中听出来，母亲的神经质和坏脾气已经愈来愈烈，最近几周已经直接转化成对外界的敌视，到了辱骂邻居，甚至两次对丈夫大打出手的地步。

父亲还告诉他医院的实用精神检查也查不出毛病出在哪个地方。这个七十多岁的老人坚持用镇静的语气说出这些话，语速很慢。但是最终布莱里奥还是听到了结果：母亲依旧被送回家中。

"我要崩溃了。"老人无奈地说出自己的心里话。

布莱里奥自己的精神状态也不是多好。但是他还是觉得自己此刻无论如何要保持理智，还要以更超脱的态度来看待现在的状况。

"今天我就坐火车回去。"他答应父亲。说着话就开始在电脑上找订票网站。

"千万不要告诉她是我通知你的。"父亲又提醒他，似乎是非常害怕遭到什么惩罚。

"不用担心。"布莱里奥说这句话的时候，脑海里是父亲在电话亭中那孤零零的身影。

他又回到浴室把澡洗完，还准备了几件衣服，再跟妻子吻别——她那漂亮的眼睛中充满忧伤和恐惧。九点钟布莱里奥就走到了街上。他的胡子刮得很干净，心情却是异常的失望与冰冷。

上了车之后，他首先检查的是娜拉有没有给他留短信——没有。然后才翻下座位来听马斯奈的《维特》。音乐中，那个精神的、快乐的他依然跑在乡间的公路上。公路上是电线，还有一辆辆孤独的汽车。

现在，不管他怎么推理，不管是思考他和娜拉的故事当中的哪个细节，她都让他感到沮丧——以至于他更想去想点别的事情。

只要不是想目前的健康问题就行。

那还能想什么呢？想自己的童年，想自己那时候在塞文山中骑单车，想这之前的那些年：娜拉没有出现之前，萨碧尼没有出现之前，初恋之前。

《维特》也难以让他专心想其他的事情。

所有人都会怀念那段漫长的时间。那时生命还充满弹性。

从火车站里出来时，布莱里奥租了一辆车。开了几公里之后就进入了遥遥无尽头的丛林中。车往前开，两边都是起伏的山峦，一个个村庄都散落在各个山上，那里只有风和潮湿的云经过。

所有的迹象表明：这里的夏天也已经断然离去，跟那些卑鄙的老板们一样——他们将门紧锁，去回归线下开车驰骋。

经过菲雅德镇之后，布莱里奥想起应该向右拐。这样才能走上那条通往圣·塞南的弯路，才能看到那个小桥和桥边的小教堂——这两个标志每次都是自己最重要的路标。

在家门口前，他看到一个"妖怪"滑稽地戴着一顶渔夫用的草帽。"草帽"在雨中向他不停地摆着明显的手势。他用了好几秒钟才确定那就是自己的父亲。

他的背驼了，脸色很苍白，眼睛也一半是恐慌，一半是呆滞。也许是因为感情上的打击，也许是因为他正在承受着感情的"结晶"。

"路易，我不知道该怎么办了，"没等他下车，父亲就对他说，"你母亲真的折腾死我了。"

"你必须帮帮我。"他一字一句地跟他强调着在电话中说过的话。

为父亲思考了一会儿后，布莱里奥开始问母亲知道不知道自己来了。

"当然知道，她为了你甚至还穿了衣服。不过，这很难算得上是穿衣服。你马上就看到了。"

乍一看上去，他们家没有什么变化。印花布墙饰，糟糕的画，还有几幅镶了框的照片……这些东西让他想起以前这个家曾经一直很干净整洁，也很平静。

老比利还是一直睡在沙发上。

然而细看上去，就知道这个家需要整理、维护。自从保姆被粗暴地赶走之后，布莱里奥的父亲不得不在家里什么都干。做饭，购物，洗衣服，熨烫衣服……甚至每天负责妻子的两次如厕——她已经逐渐忽略了上厕所这件事。

"不需要我陪你进去吗？"在母亲的房门口父亲问他。

他看了父亲一下，"不需要。"——因为他一直无法接受父亲的这种变化。

一个勇敢的旅行家、身手矫健的乒乓球手——过去所熟识的父亲，如今为什么竟然会蜕变成一个惴惴不安、犹豫不决，一点小事就会被吓住的老人？

一进门他看到了母亲坐在电视机前，腿上什么都没有穿，上身似乎是个蓝格子的套头衫——实际上是一件既是桌布，又是家居服的衬衣。电视屏幕映照着的脸显得瘦削了很多，头发也全部变得灰白。

看起来她已经老得不知道自己多大了。

"今天是九月二十一号，我叫柯莱特·拉瓦雷，我没有阿尔茨海默病①。"她在开玩笑似的对布莱里奥说话，似乎看透了

---

①阿尔茨海默病：Alzheimer，一种老年性痴呆症。

他的心事。

然后就开始唠唠叨叨地数落他如何自私，如何靠别人过活，如何对任何人都不关心。

"不管怎样，你还是你父亲的同谋！你们一起将我送到了医院。"

他只是听着，一点儿反应都没有。

"我知道你是来要支票的，"她突然站起来说，"嗯？不是吗？你敢说不是吗？"

"你只对钱感兴趣，我的小路易，我很清楚，你对柯莱特的钱感兴趣。你就跟你父亲一样。"她开始在房间里转圈，边转边说话。

"你很清楚我是来看你的。"他静静地回答说。说这话的时候，他想尽力抱住她。尽管他在她的眼神中看到的是厌恶、尴尬和拒绝。

没有用。尽管他知道这是自己的母亲，她将自己照料、抚养长大，与其他的母亲相比不怎么好，但是也坏不到哪里去。甚至可以说她用自己的方式一直爱着他，但是如今，他真的对她已经没有任何感受，无所谓爱与恨。

他无法控制自己。神经元已经被割断。

"爸爸很担心你的。"他试着让她明白。

"你们就是一对无能的家伙，两个都是！"她回答他说，口气又变成了小学校长。

"你要搞清楚，我只是累了而已。你知道什么叫累了吗？"

体会到了父亲的那种担忧后，布莱里奥如今也是那种感受。他甚至觉察到刚才她还想给他一耳光。

父亲在地下室的那个小房间里等他。他已经知道了全部。

"现在，你想让我怎么办？"父亲问他。那种绝望的语气似乎是一个老人在说——他该将脑袋直接放火里，还是坐车里用一氧化碳将自己闷死，"我已经什么都试过了，都忍受过了。就像故事中的芦苇一样，折来折去却没有断，唉！"

"我真的是完全崩溃了。"父亲又加了一句。

因为父亲如果愿意的话，平时还是很幽默的，他怕他误解。

雨基本上已经不下了。黄昏的时候他们一起走出门，在周围路边的树荫下散步。还带着雨水的树叶变得比平时重，时不时地往下滴水。当他们经过的时候，脖颈里偶尔会滴进雨水。父亲一直是一个人在说话。

根据他的分析，拉瓦雷家族应该是有抑郁症遗传。他告诉布莱里奥：他外公在战后就上吊自杀了，而查尔斯舅舅一辈子都无法工作，至于住在克莱蒙的玛丽·诺爱——柯莱特的妹妹，自从退休后就一直在吃镇静剂。

作为父亲的儿子、母亲那个家族的唯一后代，布莱里奥不想分辩什么。沿着篱笆，母牛们卧成一圈，它们那安静的眼神只盯着夜空。布莱里奥认为所有的动物，不管是人，还是普通动物，都有必要沉思。

至少他自己特别想倚在一根看不见的赶牛棍上沉思。

但是他找不到那根棍子。

回到房间，他们一起做了点家务。不过碗筷只摆了两副

——母亲不想下楼。他们听到她在他们头上不停地走来走去，上厕所，回到床上，撞翻东西，再走到走廊……她不会在一个地方待着。父亲告诉他："她每天都是这样，晚上还要去一趟花园。要让她上床，我甚至还要将她的脚绑起来。"

"有时候，她走得鞋子里面都有了血迹。"

布莱里奥还是一声不吭。他们不能就这样让她放任下去。

"不管什么代价你也要将医生叫来，"他恳求父亲，"再把她送回医院——不是她去，就是你去。"

第二天，当开车经过蒙波利埃环城大道的时候，在一所小房子前布莱里奥看到了一个头发金褐色的年轻女人。女人在门口等人，却只穿着浴袍，外面套着睡裙。

她应该是匆匆忙忙地穿了衣服就出来的，也许是为了截住邮递员，也许是要接什么邮寄品。

女人一只手撑着一把红条纹小伞，另一只手想把一缕头发拨在耳后。布莱里奥慢慢地开着车，目不转睛地看着她。

"她这么完美，"他想，"这么对自己的完美一无所知，真是值得停下车，停下旅途，去求得她的同意，跟她一起繁衍后代。"

当他扶着方向盘这样思考的时候，车子的轮胎碾到了平行侧道的碎石上，还发出了响声。他将车开到女人的旁边，还降下车窗。女人探头看着他，在想他也许是要问什么事情（您没有结婚吧?），但是布莱里奥只是看着她的眼睛笑笑而已。

然后就慢慢地开车离开了，没有结婚，没有后代……

这是他沉思的时刻。

26

墨菲由马克斯·巴尼和苏利文陪着，正打着伞去新沁街。苏利文在他右边，这是个金发的大块头。墨菲最近的日常生活被娜拉全部打乱了，心中充满忧虑。

现在是五点。每到这个点，苏利文都像听到了铃声一样会起反应——口渴，必须喝一杯啤酒才行。今天也不例外，他竭力邀请两个同事陪他去喝一杯。作为好同事，另外两个都接受了他的邀请，但是喝完啤酒之后也就任由他自己安排自己的事情了——摆脱他不是什么让人不快的事。

就在墨菲为他家里的"不速之客"头疼不已的时候，巴尼也向他倾诉了自己的不快——他在公司的前景非常暗淡，估计离被解雇的日子已经不远了。保罗维茨已经对他放出了一点风声。

这已经是四年来他第四次要被辞退了。自己工作上的失败，还有在公司里面一直走的霉运——巴尼甚至觉得自己的这一系列失败是不是专门有人在整他。

"会是谁呢?"墨菲从自己的麻烦中挣脱出来，清理了一下思路后问他。但是巴尼没有回答。

有些话很明显是不能说的：巴尼在公司会议上那总是含混不清的讲话，还有他那总是不合时宜的玩笑，确确实实不怎么讨公司领导人喜欢。

跟往常一样，他们在摩尔门分手。深陷忧虑中的墨菲之后竟然弄错了乘车线路。

当最后乘坐公交车到伊斯灵顿的时候，他突然非常确定：当他回去的时候，娜拉已经走了，房子里会悄无声息，每件东西都会收拾得很好，跟往常一样。但是一切对他来说又都会像中了魔法一样，死气沉沉。

他已经想到了空旷的走廊上他的脚步声，还有关上门后他的有气无力。

但是她还在。她还是躺在书房里被当作临时床的那张沙发上，双腿蜷着，背朝着他。

他觉得自己急需要放松，于是跑到厨房里倒了杯葡萄酒，然后悄悄地坐在她旁边。

楼上不知道哪个房间里，有人在用钢琴弹着拉格泰姆爵士乐的一个小调。

墨菲将椅子靠近娜拉。音乐中这有点异常的一段曲子在他脑海中是那么的凄美。因为他知道，也许，这种美将再也不会重复。

"在睡吗？"他最后终于开口说，手摸着她的脸颊。

"不是，就是烦。"她伸了伸懒腰，"几点了？"

她很烦，他觉得很吃惊。因为她完全自由，可以随便出去，可以去任何她想去的地方，见任何她想见的人。

"都三四天了，怎么会烦呢？"他坐在床沿，轻轻抚摸着她的脖子和她那有点发烫的耳朵。

她探起了点身子，看着他，没有回应他的动作。然后很从容地说她就是这样，没有什么理由，就是烦。而且，无论如何，她在伦敦已经没有一个认识的人了。

墨菲被以前和现在的两个不同的娜拉折磨得已经很窘迫，不知道该怎么回答她的话。

"你烦巴黎。"他最后终于说。说话的时候盯着娜拉那双金褐色的眼睛，似乎他现在在享受着痛苦。

自从她回来之后，有那么几次——用一只手的手指就可以数得过来，娜拉曾经同意谈谈她在巴黎的生活。他没有坚持。但是那漫长的四个月横亘在他们之间，就像一个打不开又搬不走的包裹一样，阻碍着他们的心。

现在，他想解开这个包裹。

"我想是有人在巴黎等你。"他对她说，还随口说出了"山姆·郭凯"这个名字——他已经给墨菲打了十几个电话了。

"可怜的山姆，他几年几年地等我。"她笑着回答他说。她的语气告诉他：这个人在她心中没有一点位置。

"我希望所有的男孩都这么耐心。"

这时候的墨菲觉得她的话一点儿都不可笑。他甚至想让娜拉知道：他对她始终不渝的忠心，应该有权利要求她也同样对待自己。

"要求什么?"她说,语气中已经出现了针锋相对。

"要求你一次说清楚,你到底是跟谁在巴黎一起生活。"

想了一会儿后,娜拉坐在沙发上,又点了一支烟。她提醒墨菲:首先她不欠任何人真相。不过,既然他一定要知道,她可以告诉他那个人的名字。但是她自己认为对他来说这没有什么用。

她一直是一个人在说话。

"他叫路易·布莱里奥,在认识你之前我就认识他了。"她看着他说,并没有为他的反应感到不快。

"路易·布莱里奥?"他重复了两三遍这个名字,因为她的直白坦露已经让他手足无措,"但是,这什么意思?这不是一个飞行员的名字吗?"

"随便你想。但是不管怎样,"她回答说,语气中全是挑衅,"这个男孩我跟他在一起很开心,非常开心。"

也许是墨菲生性太认真。他不愿相信,也不能相信,她这么长时间地跟一个男孩在一起竟然只有一个单纯的原因:他可以让她开心。一定还有其他的原因。

"其他还有一个原因。"她沉默了一会儿承认道,同时她站起来自己去厨房里找酒,"这是个很奇怪的男孩。"

墨菲一直很耐心地坐在一个凳子上听娜拉讲。他终于逐渐意识到:在他与娜拉同居的所有的日子里,娜拉是属于另一个人的——不管是不是身体上的,而他自己,从未怀疑过一丁点儿。

有可能是因为没有经历过这种事情,或者是没有面对这种境况的经验，他还没有产生任何抗体，无法查获她以前的谎言。

现在，他心中有数了。

他静静地坐在凳子上，一直沉默了几分钟。心中五味杂陈，混乱的感觉影响着他的思维。

"我在想，"之后他说，还一边将她抱入怀中，"你想很快回去跟他一起生活。"

"我没有跟他在一起生活。只要你温柔一点，认真一点，懂一点点心理学知识，"她静静地反驳他说，"你就不会继续提这类问题，而是会考虑一下你是否愿意永远跟我生活在一起。"

"跟你一起生活？"

她已经让他尝尽艰辛，历尽痛苦。

几乎是条件反射一样，他非常想大笑一声，然后回答说"不，不，不！"——连说三遍不。因为即使她承认自己属于他，即使最纯粹的假设，他也猜得到与她生活在一起自己将要付出多么大的代价。

他松开了她。从她脸上的表情可以看出来，她应该已经觉察到他们的关系正在接受重新考验，而且未来的前景不是那么乐观。因为此时她已经将身体探出窗外，一句话也不说，只是弯腰看着外面的大街。

墨菲知道现在他应该对她说她最好就这样离开，她还有自己的人生，而且将很快地忘记自己。但是他保持沉默，似乎在等别人替他说出这些话。

过了一会儿，她又坐在沙发上，他的身边。她将头靠在他肩上，而他也不再提任何问题。不管怎样，她从没有忏悔的习惯，而他也没有绝对的权力来要求她怎么做。

然而他一直不明白的是，她为什么要背叛自己，又为什么回来跟自己住一起。不过，好吧。天地之间，如此广大，如此平静无声——她来去自由，可以做任何自己喜欢做的事情。

"你知道吗，墨菲?"她说着话抱住了他。"不要这样。"他说。

"我爱你的单纯。"

"我的单纯?"

27

一大早雷欧纳·塔南博就给他发了封电子邮件。内容正式，言辞恳切，甚至都可以当成起诉书或者告诫文了。五百多个字，字字都是在指责他总是忘记与朋友联系，甚至都忘了他们还是朋友，完全不顾他现在还病在床上。

布莱里奥这时才想起自己曾经答应过要去看他的，然而已经完全忘了。自从娜拉走了之后，好几天他什么事情都记不住，甚至觉得自己再活下去都没有什么必要。

他并不是雷欧纳所说的那样忘恩负义，雷欧纳自己也知道的。于是他立即放下手中的翻译，穿好衣服打了个出租车直奔布特·肖蒙，希望能给雷欧纳带去些安慰。尽管他的心并不在这件事上。

一个脸颊褐色，垂着八字须的小个子男人过来跟他说话——这个人的脸色看起来有点像普鲁斯特。

"雅克·库萨马诺。"那个人伸出指尖跟他碰了碰算是握手，还自我介绍。然后将他领进房间。那人的脸色告诉布莱里奥，他的朋友现况不妙。

"等一会儿，不是太严重吧？"布莱里奥有点警觉地问对方——他已经害怕这是雷欧纳的弥留之际了。

"他在他的房间里休息。"对方让他安定下来，还和气地建议先告知雷欧纳他的到来。

当对方从走廊里进入房间后，布莱里奥突然回忆起雷欧纳说过的一句话。雷欧纳不是个能保守秘密的人：当年他与雅克曾经不约而同地在准备实习考试，那时还不怎么认识——直到有一天他们偶然发现彼此都特别喜欢毛发浓密的褐发男生。这个世界真的很小。

不过，此后雷欧纳马上将自己的想法付诸实践，而雅克·库萨马诺也许有点畏首畏尾，只是在母亲家里一直等待着自己的白马王子。

"您可以进来了。"卧室门后传来声音。

雷欧纳·塔南博像只鳄鱼一样有气无力地躺在床上，勉强睁开一只眼看到布莱里奥进来后，立刻像条件反射似的感到羞耻，不由得在床上要起来。

他的腰一直是弯着的，脸庞瘦削，络腮胡已经几天没有刮了，盖住了脸颊。

他的四周杂乱无章地放着一些书和杂志，还有一些空酒瓶子、包装盒。散落在椅子上的一些衣服可以看出来这里已经很久没有收拾了。

"你看看，老同学，我已经变得卧床不起了。"雷欧纳抱了抱他说。

听到他那有点模糊的嗓音，看到他那恢复一点神采的小眼睛，布莱里奥已经知道，他喝了很多酒。

"你可能运气更糟糕呢。还好，你有书看，有朋友来，甚至还找了个看护。"布莱里奥一边说，一边帮助他往后背上垫了个枕头，好让他靠着舒服些。这时候，库萨马诺已经走过来，坐在椅子上。

"库萨，你可以让我们单独待一会儿。"雷欧纳说，语气有点不悦。但是随即转身看着他的客人——布莱里奥，眼神里充满一种"贪婪"的微笑——他想让布莱里奥毫无遮拦地把自从他们上次见面以来所有的事情都给他讲一遍。

布莱里奥先是咽了口唾液，调整了下情绪——犹如是在对自己的忏悔牧师忏悔那样，然后就开始讲他与娜拉之间那剪不断理还乱的关系，还有这种关系引起的痛苦，带来的严重伤害。

"你跟你妻子还一直过着夫妻生活吧?"雷欧纳有点担心，他对婚姻生活中的一些细节问题特别喜欢钻牛角尖。

"当然了。从她的反应，还有她跟我说话的方式来看，我觉得她还不知道这件事。"他有点小心翼翼地说。

"照这种情况来看，不算太糟糕。"雷欧纳回答说，"但是你要知道，自从你有了奸情，说话不坦率以来，我就一直在为你担心。我的小帅哥，你已经陷进去了。我不知道这事儿什么时候才会结束。但是目前来讲，"他说着话，还一边轻快地拍着布莱里奥的膝盖，"你和我，咱们两个就像一对老难兄难弟。"

布莱里奥不想说什么，但还是觉得现在自己比他更痛苦。

"拉希德还是没有给你通过信儿？"

"问题就在这里。"

雷欧纳现在不得不承认他已经想到了可能的结果，而且根据一切可能的情况来判断——拉希德回去跟他妻子一起生活了。可能是迫于他的几个弟兄还有他女儿的压力。

随后雷欧纳说到了别人给拉希德的女儿出的怨毒的建议，还不忘加几句有关穆斯林的家庭生活的评论——布莱里奥真的不忍心再听下去。

"说得玄一点，我错过了一切，"雷欧纳总结了一句，还随手打开了放在地板上的电视，"我既没有女人，也没有家庭，还没有朋友。现在每天都是在打发日子，除了看西部片就是看色情连续剧，一直看到凌晨两点。"

"不得不相信，我现在的生活真的不怎么样。"雷欧纳最后做了总结。说话的时候，还一下子后仰，全靠在了枕头上，似乎访谈已经结束了。

布莱里奥并没有不高兴，而是陪着他又看了会儿电视。这时窗外布特·肖蒙公园里的树就像是在50年代的彩色电影中一样颜色浓郁，树叶的秋色将窗玻璃也染上了黄斑。

"你想休息了吧？"布莱里奥看见雷欧纳捏鼻子之后终于说。

"电视，"塔南博欠起身找遥控器，"比生活中的噩梦要好——什么时候想让它停，就能让它停。"

"你知道世上最普遍而又从不被人所知的秘密是什么吗？"

雷欧纳突然问他，还在书架上拿起一本佩吉的书。

"最玄奥的秘密……没有在任何地方写出来的秘密？"他扶了扶眼镜，"这也是最公开的秘密，然而四十岁的人从不比三十七岁的人懂得多，同样，三十七岁的人也从不比三十五岁的人懂得多。而这个年龄以下的人从来不知道这个秘密。"

"你知道是什么吗？"

"不知道。我在听你说呢，雷欧纳。"

"人并不幸福。"

"自从有了人，"他的声音变得雄辩起来，"就从来没有任何一个人幸福过。"

"我有点怀疑。"布莱里奥反驳说，他还想说点什么。这时候，库萨马诺——他们已经忘了他还在候客厅，告诉他们有客人来了。

"是克莱蒙太太和贝纳德太太。"雷欧纳突然情绪变得有点激动，告诉他。

布莱里奥也已经显得局促不安，很想立刻消失。然而他还是在走廊上跟菲利普·克莱蒙和小贝纳德打了个招呼。小贝纳德还正在对着镜子扑粉。雷欧纳对她们两个礼貌地挥了挥手，让她们坐在自己身边。

这种情景让人想起了雅尔塔会议。关门时布莱里奥最后一次看到他们的样子：菲利普·克莱蒙带着嘲弄的神情叼着哈瓦那大雪茄，而雷欧纳坐在扶手椅中脸上的微笑则像极了已经久远的富兰克林·罗斯福。

28

谨慎起见，布莱里奥在手机上删除了娜拉的短信——她终于从伦敦回来了——然后像什么事情都没有发生一样，他下楼准备烤面包片、看昨天的晚报，神情尽量冷静。

就这样，还是用了半个多小时他才真正冷静下来。然后，他终于开口跟妻子说说话。因为从浴室的门可以看到妻子准备了些衣服行李。这时他的内心终于为即将到来的机会忐忑不安起来。

她今天下午应该再次去马赛。

三口两口吃完了午饭，布莱里奥尽量不显露出一丁点儿的不耐烦，唯恐引起萨碧尼的怀疑，给她以口实——那会引起长篇大论的评论。之后的时间他都是在电脑上打字，在书房里转圈——以排遣那激动的心情。如果艺术家想要画一幅有关宁静的画，那么他现在刚好就是一个绝妙的对比。

为了平静下来，制止自己闲散的神经元去想入非非，他时不时地透过窗户观察一下那个八十多岁的老邻居。老人跟往常一样，穿着睡裙在电视机前睡觉。

"生命越短暂就过得越漫长。"他一边想着自己发明的哲学思想，一边时时窥视着妻子什么时候走。

"你能给我叫一辆出租车吗？"她在楼梯上喊他，"已经两点半了，我已经迟到了。再帮我把那个小蓝箱子拿下来行么？"

"拿蓝箱子。"布莱里奥"出于关心"，甚至还帮妻子拿下来了那个大黑皮箱子。然后他就巴巴等着妻子上车。妻子一走，他立刻去浴室洗漱打扮，一边还祈祷着妻子千万不要忘了拿什么东西。

洗了澡，刮了胡子之后，他打上自己的布鲁斯曼领带，换上了那双旧牛仔靴，顿时觉得自己充满了活力。

匆匆忙忙之中，他关门的时候还忘了带身份证。当然内心里的证件也忘得空空如也——那些证件压抑着他的欲望。楼梯他连跑带跳地三两下就"飞"了下去，但是开楼下的那扇门时，他还是很小心。确实看不到妻子后，他才冲出了家门，再次飞奔向里拉镇——刻不容缓。

百叶窗开着，花园的门虚掩着。在穿过那条野草疯长的甬道时，他有种感觉，就像在飘，没有了重力。他一把推开房门。

双手喇叭状放在嘴前，他大喊一声："是我！"

当布莱里奥看见娜拉穿着小连衣裙和连裤袜出现在楼梯上的时候，他内心中的感觉就像是突然一阵寒流散布向四肢百骸——这种习惯由来已久，根深蒂固。

"你来了。"娜拉对着他微笑。

但是她没有动，似乎是害怕他的反应。

"我可以上去吗?"他用尽可能温柔的语气问她。

他们正在房间里脱衣服。他的动作有点急,激情正在燃烧,想在这午后就上床;而她,更多的是小心谨慎,只是在磨蹭时间——甚至埋头去清理连衣裙腰带上的斑点,就像是要对激情罢工一样。

但是这个时候的他几乎什么都看不出来。凭经验,他知道这些分分合合,这些漫长的别离一直在摧残着他们的生活,每次都让他们彼此感到不习惯。所以,他们需要的是耐心。

当最后的一刻来临,布莱里奥一如既往、激情似火地紧紧拥抱住娜拉的时候——她已经脱下了连衣裙和连裤袜,他竟然忍不住突然将娜拉举了起来,就像是在举一个裸体的新娘子那样。他就这样举着娜拉在卧室里走来走去,而她则咯咯大笑,还不忘小踹他几脚。

"路易,不要这样,求你了!"

但是很不幸,这样幸福的一刻,短暂的一刻,在他们躺在床上时就立刻结束了。他已经钻进了被窝,而她却毫不客气地将他推到墙边。

"我不喜欢你这样,"她大声说,双腿交叉了起来,"你这样,我觉得自己就像是在卖一样。"

顿感窘迫的布莱里奥靠着墙几秒钟都不知道该如何是好。他的手还在床单下面,而她已经蜷在床边,随时准备跳下床——如果他要是继续的话。

"我说,内维尔,你在玩什么啊?"他最后终于问道,还探身想抓住她的腿。因为此时的他既失望，同时又觉得刺激。

"不玩什么。就是这样。"她反驳说，还一边用腿夹住了他的手。

看到她的神经质，她那固执的神情，还有抖动的嘴唇，布莱里奥马上猜出来她是不可能改变主意的，自己最好还是放弃。

很明显，所有的信号都是红灯。

"我想，"他终于让自己平静了下来，并说，"是这次的伦敦之行让你成了这样。"

"可能是吧。"她回答说，同时坐到了床上，手臂圈住了膝盖。

他的猜测已经转化为担心，于是用最温柔，最有说服力的口气问她，让她仔仔细细地将在伦敦发生的一切事情都告诉他。而她，在他旁边点了一支烟，样子就像是一个叛徒要开始招供一样。

但她还是以同样的姿势开始磨蹭时间，一直沉浸在跟她前未婚夫漫长的关系发展史中。期间还时不时地穿插一些有关她姐姐和她堂姐的事情——很明显是为了将事情变得更复杂。

直到最后布莱里奥终于忍不住了，坚决地祈求她言归正传，讲一讲她跟墨菲到底做了什么事情。他现在终于知道那个人叫什么了。

"很好。"她回答说。但是嘴唇突然开始剧烈地上下碰合，无法自控。

随后她很巧妙地叙述着跟墨菲在一起的事情，眼睛似乎在盯着一个虚拟的台词架子一样：本来她是想去旅馆的，已经在坎墩路订了个房间。但后来还是接受了他的邀请，住到了他家——因为他看起来真的太痛苦了，她想再陪他几天。

"我一直是住在他书房的沙发上。"她很明确地告诉布莱里奥，似乎这句话可以改变些什么。

"我希望至少你宠爱了他，这个可怜的墨菲。"他以一种开玩笑的语气逗她说。他想尽量避免提一些太直白的问题，这样可以减轻自己的痛苦。

"一点儿都没有。谁都会这么做的。"她一边回答，一边在床上找自己的衣服，"不管怎样，我早知道你不会相信我了。"

"不是这样的，娜拉。我绝对相信你。"虽然他嘴上这么说，但是内心却在暗暗发誓改天一定要把这些信息重新排列组合，从中抽出些真话来，就像是求一个数字的平方根那样。

"我可是从不提跟你老婆有关的问题。你还是让我安生一会儿吧，路易。我有跟所爱的人做自己喜欢的事的自由。"

"看，这至少才是一个直率的声明。"布莱里奥脱口而说。这是他第一次意识到优雅与任性在一个女孩身上是那么容易地结合在一起。

话一说出口，就已无法挽回。布莱里奥只能选择回避。他走到了窗户旁边，自己也点上一支烟，因为他很苦恼地感觉到他们已经走到了要摊牌的地步。

但这是哪种意义上的摊牌呢？

他猛抽了几口烟，对着窗外的暴雨吐出烟圈，还对娜拉说了几句自己的想法：鉴于她的所作所为，那么，在跟一个美国金融经纪人结束关系之后，顺理成章，是不是她最终还会躺在一个俄罗斯寡头或者沙特王子的怀抱中呢？

"你没有权利对我这么说！"娜拉突然咆哮道，还将自己的内衣扔到他的脸上，"你竟敢这么说！"

"你竟敢这么说！"娜拉又重复了一遍，气得直跺脚，将身边所有的东西都打翻在地。

激烈的吵架在所难免。

极少走极端的布莱里奥这次终于清醒过来，知道不能再火上浇油，也明白了必须及时收手。就像个飞行员在空中翻跟头时将飞机又重新拉上天空一样，布莱里奥最后关头终于没有跳伞，而是安全地重新返回航线。

"好吧，内维尔，我收回我说的话，咱们不要吵了。"他突然建议，似乎是在想安全着陆。

首先，什么事都没有发生。

娜拉的脸离他的脸那么近，以至于他可以看到她皮肤上的每条纹路，还有她的黑眼圈上的细纹。他们就这么静静地呼吸着，似乎在听街道上的喧闹声。然后紧张的气氛慢慢消融，疯狂与激动慢慢消失。

"我很想咱们一起喝杯白葡萄酒，然后去找个地方吃晚饭。"他平静下来后说，不想把和好的场面搞得太夸张。

由于雨下得太大，他们只好去街边的中餐馆吃饭。

"你绝不会猜到我又见到谁了，就离这里不远，隔两条街。"她告诉他，"戴帽子的那个人，那个跟踪你的人——你这么想的。"

"是他，还是像他的人？"

"就是他，我几乎可以确定。实际上，这不过是个无家可归的人，一个可怜人。他就睡在一辆停在体育馆附近的汽车里。"

他想了一会儿说："真是疯了，恐惧让我们想起的故事太疯狂了。"

"恐惧或者是负罪感吧，路易·布莱里奥一兰盖。我很肯定有多少戴帽子的男人，就有多少个不忠的男人。"

"你觉得这句话不可笑吗？"她补充道。

"不可笑，我觉得甚至是让人难过。"他说着话结了账。

然后他们早早地从空旷旷的街道上回来。两人紧紧依偎在伞下。

夜里，当娜拉安静地蜷在被窝中睡觉的时候，布莱里奥想着墨菲，想着娜拉，一点儿睡意都没有。他突然有了一种这样的感觉——自己瑟瑟发抖地正在逛那些幽深的拱廊。拱廊里的每一块石头都是男人的伤痛凝结而成——长久以来所有被欺骗的男人的伤痛。黑暗中他越是摸索着前行，就越记不住回来的路。因为有些伤痛永远不可能痊愈。

29

娜拉半夜醒了一次——他确信自己看到了楼梯上的灯光，然后她又上来，什么也没有说就又睡着了——忘了她的一条手臂还在他身上。

当醒来的时候，布莱里奥发现娜拉放在自己胸口上的手臂很让他难受，而且一动都不能动。

由于保持不动，慢慢地他感觉自己像是被压在一根横梁下一样，身体逐渐变得麻痹。她的一条手臂可以赶走所有的睡意。

不弄醒娜拉、不推开她的肩膀，是不可能移开她的手臂的，于是他只好慢慢移动她的手臂，一厘米一厘米地滑。直到最后他终于将她的手臂贴着自己的身体放好。这时他有了一种异样的感觉。但是娜拉的手又返回原地，不过他已经站起来了。

他想过一会儿再处理那只手，现在正急着找自己的衣服，之后就悄无声息地穿上。然后打开门，走出去，到街上去找一家开了门的咖啡馆。

一个小时后，当他带着羊角面包和他的英语报纸回来时，娜拉还是闭着眼。似乎被她传染了，周围的一切也都似乎是在睡觉，阴影，窗帘，雨丝，衣服，还有电话……

这时候的布莱里奥耐心地像一个印度婆罗门僧侣一样，静静地坐在床沿上，一边小口吃着羊角面包，一边看摊在膝盖上的报纸。

当偶尔看烦了那些英语俱乐部的最新消息时，他就弯下身子看着娜拉，还轻轻地抚摸她的肩膀，还有她那弓起来的平滑的背。他希望娜拉能有所回应，最好是颤抖一下，但是娜拉什么反应都没有。

她一直都无动于衷。

这种麻木的反应让布莱里奥不免有点担心，最后终于按捺不住，轻轻叫醒娜拉："娜拉，娜拉。"他一边将嘴唇靠在娜拉的耳朵边轻声喊，一边用手指小心翼翼地触摸着她的皮肤——就像一个小偷在摸索寻找着珠宝盒的开关。

"娜拉，亲爱的。"他并不气馁，继续轻轻叫她。然后还用左手——他是左撇子——温柔地抚摸她的屁股。

"路易，你真烦人。"她突然有了回应，转过身，还挪开了他的手，"我跟你说过了，我不想做。"

"但是那是昨天说的啊。"他不服气。

"我向你保证，我现在真的对这个不是很感兴趣。"她说话的语气非常正式，就像是在念历史条文一样。

听她说话的语气，会让人想到这是发生在某个早晨，听着新闻，她突然发现性爱已经过时了——跟薇姿短裙和象脚裤一样，落伍了。

"好嘛，我也向你保证不会再骚扰你了。"布莱里奥求和了。

但是他心中还是从娜拉的话语和态度上感觉到了一丝新的因素。这种因素就像未知的化学因素一样，时时让人无法不担心。

"你确定对我这么冷漠，没有墨菲的影响?"他于是问道，又想到了前一天晚上的那一幕。

"绝对确定。"她回答说，同时把下巴放在了两个膝盖上。

"我不这样想。我觉得相反，你有点忧郁，已经在怀念他对你的爱了。"

"你什么都不懂，"她说着话一把推开了他，"我在怀念他的单纯。但是这个，你是不会理解的。"

在她坚定的眼神中，布莱里奥突然发现了一种怀旧——怀念的是那种纯洁的爱——超越了现实、感官的爱。

他几乎要开玩笑了，但是她以别样的眼神看着他，有点孩子气的庄重。于是他脱口欲出的嘲讽全部被剥掉了，不知道该说些什么好。

所有他能想到的话就是:如果说性爱在某些情况下显得沉重的话，那么孤独在他看来更沉重，更让人难以承受。

但他还是更喜欢到此为止。因为他害怕一丁点儿额外的压力反而会弄巧成拙，招致另一场危机。

"我从没有跟你说过孤独的问题。"她接过了他的话题。但是突然起来抱住他，吻着他的双唇，似乎是在证明:神秘的痛苦之间总是会突然冒出快乐的新芽。

于是他们在床上拥抱了一会儿。她继续吻他，而他则手忙脚乱地抚摸她。但是也就仅此而已，并没有更进一步。他们很奇怪地终止了彼此的冲动，似乎他们是在大街上，而不是在床上。

"我有个想法。"她对他说，一边还在大嚼嘴里的羊角面包，"天开始晴了，我想咱们打个车，去什么地方花点钱吧。"

除非是想扫她的兴，他当然不可能说不。

"这是我的兴奋点，我的动力源。"她在车中跟他解释道，"只要有三个钱，我就得花十个。"

说话的时候，他们的膝盖彼此触碰着。布莱里奥听后还是提醒她：常常也就是因为这样，才会有人破产。

不过，布莱里奥自己也一直是个长不大的年轻人，除了年轻女孩什么都不喜欢。他还尤其喜欢那种跟他一样不成熟、不负责的女孩。所以让他给娜拉泼冷水那是不大可能的。

他所有的优秀品德之中从来没有过"节俭"二字。

至于鲁莽行为带来的惩罚——信用卡被没收，银行卡被限制使用，还有其他种种不快……他当然明白后果。但是与其去让她明白事理，还不如去想点其他办法搞点钱。反正他总是有办法从妻子或者是雷欧纳那里搞到一些。

不过现在他还是提醒她：自己已经一个子儿都没有了。不过，似乎她在宾馆里还是挣到一些钱，还能指望得上。

只能相信她的话了。

由于之前已经"彩排"过多次，他们再次出现在巴克街和圣日耳曼大道上。这里的商店以奢侈和品位而出名，导购都是中年女人。她们尤其喜欢那些爱花钱的年轻夫妇。

也许是为了安慰他刚刚经历的痛苦，娜拉给他买了好几条领带，还有一条丝巾。他不敢拒绝，因为他可以猜得到，这样做她一定会很受伤。

"我特别想变得很有钱，很有钱。不为别的，只是为了给你买东西。"娜拉说。这时他们正一起走在阳光下。她那漂亮的笑容绽放在脸上就像是帕特农神庙墙上绝美的花纹。

"我不，我很自私，只想做个有钱的小白脸，开着豪车，喝着水晶香槟，看着一个个大美女，什么都不想。"

"不会的，你会想我的，"她对他说，"而且，想我的时候你会很痛苦。"

后来——看样子她已经不再生他的气了，娜拉将他带进大学路的一家餐馆里。他们吃了一盘奇怪的冰冻鱼，还有柑橘配菜和一个巧克力蛋糕。

这时候，没有任何人在旁边，他们坐在彼此的对面，她那双褐色的大眼睛深情地望着他。他们的关系变得很简单，甚至是自然：他爱她，她骗他。就是这样。他会像有人曾经做过的那样，再次演一遍老旧的内容。

她的意志不可更改，她会在欺骗的路上越走越远，而他的爱总是会捉住她。

只要能保持这样，他愿意双手来签字。

但是放弃的念头在提醒他：他已经不只是麻醉。

"下次我来付账。"走出餐馆的时候布莱里奥说。这时候天已经开始下雨。之所以这样说，是因为布莱里奥觉得这种捉襟见肘的感觉很让人难堪，而接受情人的慷慨更让人愧疚。

"别放在心上。"她在狂风中朝他喊道。这时候他们的头顶上是帘子和百叶窗的扑打声，而手中的伞也在狂风中好几次都差点脱手而出。

看到大雨倾盆而下，他们只好在路过的第一家电影院里避雨。不过大部分的电影内容他们都没有看，而是头靠着头在睡觉。电影标题似乎出现了"东京"的字样。

然而一出电影院，娜拉还是说："结尾我很喜欢。"

"已经将近五点了，"他有点忧郁地说，"想不想回去？"

随后在等出租车的时候——一切花费都是她来出，布莱里奥回忆起当年还在上大学的时候自己就已经患失眠症了。那时候只有在电影院里，而且是在放映70年代的印度电影的时候，他才能睡着觉。

"太爽了。"娜拉评论了一句。在车上，她紧紧偎着布莱里奥。司机的旁边坐着一只老流泪的母狗。他提醒他们说环城大道由于有些大树被风刮倒，已经关闭了，而且沿河的路也都已经被淹。

他们抬起头听了听司机的话，然后就开始长吻。但是吻得很轻，很轻，就像是担心找不到地球的平衡点一样。

30

娜拉正在床上摇摇晃晃地走来走去——她在秀刚买的镶边透视连衣裙。而布莱里奥正坐在卧室的地板上看他的短信：妻子一到马赛的宾馆就告诉他——她在家中已经找了他两次。

"你觉得裙子合我的身吗？"她一边照着镜子一边问他，"我有点担心它让我显得有点胖了。"

布莱里奥做手势告诉她不会的，一边还在听手机中的留言。听语气，妻子说话的时候已经有点紧张。

"你到底是更喜欢这条，还是那条查尔斯顿束口长裙？"她又继续问。因为明天早上她要拍一组照片。

"这条、那条都不喜欢。因为不怎么喜欢摄影师。"他关了手机，回答她说。

"不要像我父亲似的跟我说话，告诉我你到底在想什么。"

"我不是像你父亲一样跟你说话，只是想再说一遍，内维尔，可能多余的一遍。但是我还是想说——你会很失望的。"

"上帝是我的牧羊人，"她轻轻哼着一首歌，还故意给他看自己的腿，"跟着我会一无所缺。"

失望中的布莱里奥只好躺在床上，什么也不说了。

"你老婆的裙子和我的裙子，你更喜欢谁的？"她一边问，一边摆弄着裙子的下摆——就像电影《梦弗雷的走私犯》中的女演员一样。

可是此时的布莱里奥根本不想谈他的妻子。

他看着她的腿，什么都没说。然后像一个吃饱了饭、心满意足的孩子一样，将头转向一侧。他那双大眼睛看着窗外提前到来的黄昏，还有玻璃上大滴的雨珠。

在她换裙子和去找喝的东西的时候，布莱里奥点上一支烟，拿着烟灰缸重新躺在了床上，一只手枕到头下。

尽管从数学角度来看，时间上的一刻跟另一刻绝没有什么不同，每一刻跟另一刻都有着同样的距离——但是当前的这一刻对布莱里奥来说却应该是绝无仅有的幸福的一刻。

娜拉并不知道此时布莱里奥的感受。她回到卧室，又换上了一条黑色的双绉连衣裙，旁边开着衩。这条裙子是她借堂姐的。为了展示它，她让布莱里奥在床上腾出一点地方。

"我给你弄了些薯片和英国啤酒，"她对他说，随手把盘子放到地板上，"要不要看看这条裙子适合不适合我？"

"当然了，没有鞋子，效果是不一样的。"她提前告诉他，然后踮着脚尖给他看。

她好像没有注意到，此时的布莱里奥就像一只躺着的昆虫一样，在敏感的触角的帮助下已经开始侦查她的大腿了。

"老实说，我真觉得这条裙子很好，即使没有穿鞋。"他特别认真地跟她说。然而同时，手已经开始轻轻抚摸她光滑的大腿，暗示她先停一下。

这时候的布莱里奥体内的享乐系统已经开始爆发式运转，他不得不屏住呼吸才勉强控制住了自己。

而趁这个机会，娜拉赶快逃到了床的另一头。

"都最后了，还试个不停，我觉得这样好滑稽啊，你不觉得吗?"他说话的语气就像一个质量调查员，因为他想现在就做决定：到底是改变行为，还是坚持自己的想法。

"我可不确定咱们对试衣服是否有相同的观点。"她回答说。这时候布莱里奥正在抓她的脚踝，想把她放倒在床上——可以确定他要以实践来告诉她：跟正在试衣服的女孩还可以做点其他的事情，还可以走得更远。

然后在脱她的连衣裙时，"斗牛士"开始出场了。

"路易，你真是太坏了，"她又抱怨了一次，"真是受不了你。你越来越没趣啦。"

"你就不能想点其他的事情吗?"她朝着他喊，然后就扑了上去，小拳头开始频频进攻，而他则拿了枕头保护自己。

幸运的是，过了几分钟，她还是放弃了战斗，可能是太累了，也许是仅仅因为她急着早点结束。

于是她乖乖躺在了床上，双手交叉着。除了她的内裤，她已经全部赤裸了。

看来有些肉搏战结局比过程还是要更"糟糕"的。

布莱里奥静静地转过身脱了衣服，就像在卧铺车厢中一样——点完了行李就可以高枕无忧了。接着他轻轻走进了浴室。

从浴室一回来，他马上发现：酒杯跟嘴唇之间的距离没有想象的那么近。

娜拉简直是变形冠军——现在已经跷着二郎腿坐在了藤椅上，身上已经是一条牛仔裤加一件白色 T 恤，一副约翰·列侬的样子。

"喂，我刚才是在做什么来着，你觉得？"他一边说一边看着娜拉在椅子上摆姿势——她的膝盖上还放着她的时尚杂志。

"就在上面啊。"她毫不在意地回答，似乎是在回答杂志上的某个问题。

"上面？"他有点怀疑地问。

"上面。"她说着话就撩开 T 恤，露出了深色的乳晕——成熟的颜色，还引着他的手按上去。

这时候，她的骨感的双脚还在地板上。右脚的大拇指还在漫不经心地触摸着左脚，因为它们受另一套神经管束，根本不受"上面"正在进行的事情的影响。

"你真是个不可思议的女孩。"布莱里奥说。他记不起是在哪里看到的一句话：漂亮女孩的脚总是很大。

此刻她的双手紧紧抱着他的脖子，嘴唇贴着他的耳朵。凭着自己的性爱"侦查"经验，他感到了她的呼吸发生了变化。

似乎丢失了很久之后，她最终还是找到了欲望之线。

由于害怕再次失去机会，他什么话都避免说，什么着急的动作都不表现出来。

于是两个人就这么戒备着，紧张着，喘息着，而卧室里逐渐暗了下来。

不知在某个时刻，尽管两个人谁都没有说话——开幕仪式已经完美结束，他终于轻轻将手放在她的腿下。而她，则任由对方将自己抱起来，放在床上。

"等等，路易，"她突然从他的怀抱中挣脱了出来，"等我一会儿。"

他静静看着她走进浴室，黑暗中，娜拉像个小精灵一样，露着洁白的屁股，还带着孩子般的笑声。

她是如此年轻，以至于布莱里奥突然感到自己老了，变得多疑起来。

过了很长一段时间之后，耐心终于迎来收获：娜拉温顺地躺在了床上，手臂顺着身体，无声地等待他的欲望的降临。

四周突然安静了下来，欲望机器开始运转。她用手肘支起了上身，而他吻着她的每一寸肌肤，从上到下慢慢地滑动，缓慢得就像是在跳水中芭蕾一样。他们的腿已经到了床外，感受着房间内的凉意。

然后，他爬了上去。

当外面的狂风暴雨拍打着窗户的时候，室内的时间似乎停止了。

高潮一直在持续。

但是很奇怪的是，最后她非常满足地起来时，而他与其说是满足，不如说是失望。这一幕似乎在证明着：人体化学在快乐方面是从来不考虑报偿这个问题的。

为了安慰他，她虽然在吃着薯片，却还是再次对他解释说在她眼里这种事根本不重要。甚至没有吃冰淇淋或者是在巴黎骑自行车重要。她从来没有比较过什么。"你不这样认为吗?"她说着话还递给他一杯变了味的啤酒。

但是对于今天来说，他听到的类似的话已经够多了。他们看了会儿电视，又在厨房里喝了一瓶葡萄酒，然后带着疲惫与欲望被释放后的欣慰双双上床睡觉。

"我爱你。"关灯的时候她对他说。"我知道。"他说。

"有时候我真希望咱们像孩子一样单纯，路易。"

"你还记得梅乐士给查特莱夫人写的信吗?"

"不记得了。"他说，等着她继续说下去。

"现在是时候该纯洁了。"她在黑暗中叙述说，"纯洁是那么好，就像我灵魂中一条凉凉的小河。"

"你不觉得很精彩吗?"

"是，精彩。"他用微弱的声音说。

他本想跟她说一些其他跟纯洁有关的话，但现在不是时候，而且他也觉得非常沮丧。

于是他抓住她的手，他们不再说话。两个人都在床单下面蜷成一团，膝盖碰着膝盖，鼻子挨着鼻子，就像两个可怜的爱斯基摩人在抱团取暖。

31

　　布莱里奥回到了美丽城。他取了自己的信件,换了衣服,又随便吃了点午饭——一个煎蛋加一杯酸奶,然后就听着收音机在沙发上睡着了。

　　现在是下午五点。他趴在窗台上给娜拉打电话。远处,在林林总总的巴黎式屋顶上面,他仿佛看到了19世纪时红彤彤的天空。

　　“我总觉得自己特别苍老,而且落伍,”他向她说着心里话,“我想实际上我不怎么喜欢咱们这个时代。”

　　“你不是唯一这样想的人,路易。我是一个契诃夫时代的俄罗斯女孩,”她说着话,哗哗地往澡盆里放水,“今晚十点左右你有空吗?”

　　“大概可以,”他犹豫了一下说,“从马赛回来后,一般情况下,萨碧尼会继续到巴塞罗那工作。”

　　“夫人与他就这样生活着,”他跟她故意用开玩笑的语气解释着,“夫人旅行,谈判,出入上流社会,承担各种税务;而他,只待在巴黎,靠翻译赚几个小钱,靠夫人的垂怜生活。”

"还靠他漂亮的英国情人生活。"她插嘴说。

"还靠他漂亮的英国情人生活，随便你说啦。不管怎样，咱们两个都是不适应者。"

"也许我们在性爱上有天赋，"他又说，"这已经算不错了。"

"停，不要再开始谈这个话题。"她在澡盆中抗议。

"我只是如实说而已。"说这话的时候布莱里奥回了回头。他突然听到窸窸窣窣的声音，好像是织物之类的东西摩擦地板的声音——应该是有人在房间里，而这个人不出意外的话就是他的妻子。

两分钟后，看到门厅里的那个蓝色小行李箱，他的心一下子剧烈地跳动起来，他本人也愣在了门口。

"你怎么什么也不说了？"娜拉在他挂电话的时候问他。这时候的布莱里奥真愿意用十年的时间来擦掉刚才跟她说过的话。

慌乱之中他还没有丧失意识，还不忘赶快去接妻子，并摆出一副拿得出手的表情——一半微笑、一半吃惊地面对她的提前归来。

"我就在卧室里。"她干涩地对他说。

"我没有听到你的声音。"布莱里奥解释说。这时的他一下子不知道该如何面对她的表情。

她站在卧室门口一动不动，还穿着她的旅行风衣。"下次我会摁门铃。"她冷冷地说了一句，脸上的神情让布莱里奥想起了母亲。似乎跟刚才的一幕没有任何关系，但是他感到浑身无力，腿不由得跪倒在地上。双臂也瘫痪了一样张开了，整个人就像是游泳的人突然游到了真空中一样。

他看着她的脚，她的灰色的短袜，还有她那已经皱了的长裤，心跳一直在加速，视野中旁边的事物似乎全部暗了下来——自己好像很不舒服，头一沉马上就要撞到地板上。眼前的一幕他多么希望能逃避掉，但他却还是一直站在那里。

他不得不扶着墙才站了起来。她还是直勾勾地看着他，一动不动，背靠着门，一句话也不说。

平常的女人遇到这种情况一定会要求男人给个解释，或者是干脆朝男人脸上扔一把椅子。但是萨碧尼不是平常的女人——这正是他们的问题之所在。

两人都不说话，这种沉默一直继续着。空气中似乎弥漫着某种可感知的东西——担心与忧郁结合在一起，将他们两个人都打击得瘫痪了一样。

好几分钟内两个人都一动不动，就像是庞贝城的壁画里的人物一样——突然中断了一切动作，眼睛看着某个背景，似乎是看到了什么，而到底是什么只有他们两个人才知道。

这也许就是世界末日。

布莱里奥现在猜到了她什么都知道了。从一开始她就什么都知道。他已经在等着她下命令：打包好行李，收拾好书房，立即卷铺盖走人。但是她什么都没有说。

"你想对我说什么？"他终于打破沉默，问了她一句。

妻子没有回答，而是将自己的风衣脱下来扔到床上，又脱了鞋去厨房里煮咖啡。而他站在那里对她来说似乎是透明的，存在与不存在没有什么两样。

他跟上去，想对她说话。但是她手里拿着咖啡杯，突然转身走向窗户，似乎要切断一切跟他之间的谈话。

"萨碧尼，你可以跟我说说我们之间到底该怎么办吗?"他对着她的背影说。

为了表明自己的愧疚与之后的打算，布莱里奥建议自己去雷欧纳那里住，双方隔段时间不要见面——如果她不想让他出现在眼前的话。

没有反应。但是他知道爆炸已经迫在眉睫。几年来，她的手指在引线上已经按了很久。

"最让我受不了的是你的谎言。"她终于开口了。说话的时候从椅子上站起来，犹如在表演舞台剧一样，一步一步逼向他。

这时候妻子的身体突然显得高大起来，强壮起来，是那么的具有威慑力。以至于布莱里奥已经无法控制局面，无法控制自己，只能一步步往后退，似乎要缩进墙壁中。

"我在想，你对我撒谎成性，对她也应该对我一样，"她利用自己的"威慑力"继续说道，"你会毁了她的生活，就像你毁了我的生活一样。"

布莱里奥本想跟她说几句客套话，但是跟往常一样，总是开口的时候就已经晚了。

"不管怎样，错了就是错了。"他从墙里又走出来，稍微调整了下自己的情绪。他对她解释说自己之所以对她撒谎，总是有这样或者那样的原因。这些谎言是有意的，是出于对她的担心，对她的爱。这些话他自己都觉得可能会引起对方的冷笑。但是她一点儿都没有笑。她静静地听着他说话，交叉着双手，眼神中充满了伤心与激动。他知道，那是极度的伤心。

就在这时，停电了。黑暗中他似乎听见了呼吸声。

"我们谈谈你的那份爱情吧。"她看着他的眼睛说。他能感觉到她所说的爱情是加了引号的，"比如在尼斯的那次，你将我晾在人行道上，电影海报前，自己却消失到野外。"

"完了。"布莱里奥心想。似乎在一场海战中一开始便已战败。

"还有你在昂威尔时候的爱情，我那时四十度的高烧，你却几小时、几小时地跟你的英国情人在宾馆的天井里打电话。"

失败，还是失败。

他已经回忆不起来多少次跟她一起去昂威尔的情景。一个念头闪过——他怀疑她编造了一些虚假的回忆来更好地操纵他。

但是不管怎样，他真的什么都想不起来了。

他有一种强烈的感觉：自从妻子突然回来后，自己的大脑就已经短路。那种感觉很像突然间一分钱也没有了一样。妻子让他做一个选择，否则她会自己做出"重要"决定。他想了许久才明白"选择"是什么意思，也明白了她在等待他做什么。

也许是她的怒气，她的苍白，还有她那双深邃美丽的眼睛让他觉得更性感——却也让他麻木，让他迷惑了。

"萨碧尼，告诉我你想让我做什么。"他问她。愧疚感让他觉得自己矮人一等。

"我刚刚已经告诉你了。首先不要再对我撒谎，不要再欺骗我。然后，一切等着瞧吧。我们不能再这样继续下去了，你知道的，路易。"她的语气略微有点变软，"你必须做一个决定，一个彻彻底底的决定。"

"彻彻底底……"他机械地重复了一遍。

"彻彻底底的决定。"她又强调了一遍。

听到这句话，布莱里奥一时语塞，想启动大脑内的神经自我保护系统。他绝望地一动不动地看着眼前的窗户。然而，妻子的在场让他根本无法集中精神。

"那好吧。"她用一种怪怪的语气做了总结，并离开了房间。而他还根本不知道这到底是表示她的同意，还是只是一个简单的收据——收到了他的表情。

一个小时后，他正戴着耳机在超市的货架里面转悠。这时候妻子打他的手机，告诉他两个老同事——玛丽·洛尔和卡洛·西莫尼——邀请他们去吃晚饭。

"我弄完立刻回去。"他答应她，突然意识到：将来有一天她会再也不给他打电话，而他们也再不可能一起去任何人家里吃饭。

32

"看，冬天来了，"马克斯·巴尼说，"烦恼的冬天来了。种种迹象还表明——这是个解雇我的冬天。"

坐在他后面的墨菲一句话也不说，大脑中都是近来马克斯告诉他的一些令人沮丧的消息——他得了青光眼，还怀疑自己有两处溃疡。

"如果不是保罗维茨的话，我想我也不可能再待在这里。"墨菲看着灰色的天空回答他说。

墨菲、巴尼还有凯特·米罗，这个"郁闷三人组"总是跟别的同事有着距离，他们与其他人之间似乎有一条无形的边界线。这条边界线把他们三个在咖啡室里也与别人分开，并形成截然不同的两个集体。

边界线的另一边，公司里年轻的女职员此刻正围绕在咖啡机旁边，拥着一个新来的男性领导。这个人叫保罗·伯顿，对于管理不管怎么样还是有一手的。他总是不失时机地打击几个人，恶意地转给他们一个冷冷的后背；而对另外一些人却又时不时地开个玩笑、来点鼓励。没有选择就没有竞争——再说做这些也用不着费多大的神。可以看出他是有几年工作经验的。

他也是别人的重要话题。凯特就正在小声讲有关他的一个有点长的故事，主题是伯顿的情妇。一贯对这些闲言碎语很少感兴趣的墨菲，今天也不知道怎么回事，很惊奇地耐着性子在听。也许是自己内心的伤痛使他与别人的空虚有了共鸣。

但是过了一会儿，他还是没有听清楚故事到底是怎么回事，只是迷迷糊糊地听着凯特和巴尼在闲扯。

一帮分析员的到来打破了他的宁静。

墨菲一边揉着眼睛，一边看着那些人在工作大厅里急躁地来回穿梭，不知疲倦。他不由得思考起来：自己为什么会进入期货交易和投机基金这一行？本来非常明显他更适合教大学，甚至是做牧师。

不得不说他已经成为那些跟自己工作相冲突的人中的一员。

他还一个字都没说，一切都已经很不幸地成为事实。

曾经在好几年内，他过着光芒四射却又平静安稳的生活。那几年他在波士顿学习数学和凯恩斯的经济学。但是突然有一天——现实总是让人无可奈何——他的父亲因为赌博而破产，他不得不偏离自己天堂般生活的轨道，着陆在现实之中，为了生活而精打细算。

现在他什么都有了，除了生活。

他有点佝偻了，老了，即使外表还可以掩饰，内心却已经变成了盐雕一样，如同一个被怀旧抽干了的男人。

自从那天晚上娜拉又回巴黎，并消失在他的可知范围之外，墨菲的思想，不管他自己愿意不愿意，一直都是飘在她身上，就像魂儿被牵住了一样。

"你还记得昨天我的建议吗？"凯特突然对他说——她可以做个思想侦查员的。

"不记得了。"他转过身，老老实实地回答。他总是有点怀疑她怎么总是那么有激情。

"我告诉你说我邀请了几个朋友，还有些巴克莱银行的老同事。我可是还指望着你能来呢。"

墨菲不忍拂她的好意，什么也没说。

她可能觉得邀请他会给他带来快乐。恰好这时候巴尼又跟他说起了什么事情，凯特就坐在座位上继续等墨菲的回答。她那近乎虔诚的耐心，有点傻气的温柔让他彻底无法招架。

"我今晚即使去的话，凯特，也不会待很久。"他还是很谨慎地提前打了预防，然后站起来去露台上抽烟。

墨菲偶尔非常想让别人解释给他听：我们的大脑到底为什么会误入歧途，会坚信一个爱我们的人自然就拥有控制我们的权力。

他扶着栏杆，一边试着给维姬·罗麦特打电话，一边观察着远处的那些桥梁，还有那些叽叽喳喳的海鸥——它们一直在一个地方来回盘旋，为饥饿而焦虑。

"Pronto!"一个懒洋洋的男人的声音，"有那么几天生活真像个天大的舞会。"

Pronto 是什么意思？

凯特住在尤斯顿火车站旁边，离墨菲住的地方不远。这是个有点暗的小套房。双层的天鹅绒窗帘还有家具上的布套让墨菲感到一丝幽居和忧郁的气息。外面隔一会儿就会听到火车的声音。

"想来点什么自己动手就行。"她对他说，然后去她的卧室里打电话，"我一分钟就够了。"

不知道为什么，墨菲很确定她在给她巴尔的摩的母亲打电话。她那个令人难以忍受的母亲在几千里之外还一直在监视着她，要求她必须详细告诉她每天的行踪和生活细节。现在正是她们母女的日常通话时间。

在等她结束通话的时候，他打开窗帘，看着窗外开始飘落的雪花慢慢地聚集在铁道上。似乎雪花可以融化时间一样，他慢慢地感觉自己紧张的神经舒缓下来，犹如打了麻醉剂一样。

不自觉的，他的思绪又回到了娜拉身上。他想起了跟娜拉一起度过的第一个冬天。

那是一个星期天，他非常清楚。他们小心谨慎地走在汉普斯塔德附近的路上，踮着脚，一步步在黑暗中享受着沉默中的默契。

大概是晚上七八点钟。所有的商店都已经关门。他们很不想错过班车。但是却情不自禁地放慢了脚步，慢悠悠地彼此牵着手向前走。也许是因为注意到了脚下的薄冰，也许仅仅是因为过去走路就是比现在慢。

"其他人马上到了。"凯特对他说——他没有听到她从卧室里出来。

"是吗?"他被惊了一下。

他离开窗台帮她搬椅子,并将茶杯和玻璃杯拿到客厅。收拾的时候凯特跟他讲起了自己跟妹妹的纠纷。她妹妹靠着父母生活,却住在新港一套五居室的豪华套房里。她们之间都是通过彼此的律师来交流。

听着她说话,墨菲逐渐意识到:在其他人到来之前最好找一个脱身之计。但是同时他又不敢。他非常清楚,如果那样做,肯定会惹恼凯特。

"今天来的朋友中都有谁?"他最后还是问了她一句,装着在听她的话。

"有查尔斯·格罗休斯,我给你提过的;还有刚旦·比尔特,"她顿了一下,因为刚好一辆火车经过,"埃德·伍德,弗兰卡·里皮,卡洛尔·库斯里——她可是个让人吃惊的女孩,还有十几个人,时间足够,你可以慢慢认识。"

老好人还是做到底。尽管笑容有点僵硬,墨菲还是先认识了刚旦·比尔特——人跟衣服一样让人感到严厉,黑灰色的衣服让人想起神学专业的大学生。然而这人却是个计算机高手。还有,他的活力和天真率性也让墨菲大感惊奇。之后是久闻大名的麦克和埃德·伍德。这是两个大胖子单身汉,非常喜欢八卦,对皇室内部的纠纷特别关心。跟刚旦·比尔特相比,这两个家伙简直是天真汉和话痨。

至于卡洛尔·库斯里,背着双肩包,穿着雪地靴,一副四十岁左右的爱体育的老姑娘神情,浑身上下都显得又暖又软。

她脸上满是阿尔卑斯山似的漂亮的笑容，但是两三杯白葡萄酒喝完以后，人就变成了冷山，让所有人都能感到她那悲剧似的孤独。

看来没有几个人是自愿来的。

至少墨菲不是，他已经躲到了厕所里。

一个念头在他大脑中出现了好几次：社交生活就像是组织得很糟糕的旅行——无休止地等待，令人郁闷的聊天，一些自由散漫的人，还有总是满员的厕所。

可以确定的是：这样的事情再也不会发生在自己身上了。下次他一定会待在家里看《圣经》。但是现在，总是犹豫不决的墨菲只能寻找机会悄悄离开——还要做到一定不让任何人难堪。

幸运的是，凯特现在被弗兰卡·里皮堵在了客厅里。弗兰卡是个身材高大的金发女郎，今晚穿着套装。这时正津津有味地跟凯特聊她过去的二十年没有看过一本书，而如今每天都要看两本小说，似乎自己都转性了。

"这可怪了。"凯特说。这时她看到墨菲在弗兰卡的后面向她摆手势。

外面已经什么声音都没有了，大雪厚厚地积压在人行道上。空中飘着的雪花像是夜空中的蝴蝶，在路灯的灯光下飞舞。

犹豫了一段时间之后，墨菲终于还是获得了自由。出了门的他立刻在雪中奔跑，就像是平时追赶汉普斯塔德的公交车一样。

33

几乎是在一瞬间——这应该是梦史上最短的梦了——一个年轻的女人被三个情人追着（三个人都是由布莱里奥扮演）一直逃到了一座大楼的楼顶上。然后女人站住，整个身体向前倾，望着地面上的街道，一只脚已经踏空……

一看那个女人就是娜拉，布莱里奥立刻从梦中惊醒，浑身是汗。

他睁开了一只眼，看到扔在椅子上的衣服——它们现在的处境跟他一样，与他的妻子分床睡了，关了的电脑，乱七八糟的纸张，还有盘子上的剩菜剩饭。

外面的雪还在时断时续地下着。这种天最适合躺在被窝里，如果再看一本有关拿破仑从俄罗斯大撤退的书，那就更妙了。

听到门响，他猜到妻子已经准备好了，正在下面等他。

自从那次电话事件之后，他就不得不一直忍受妻子发脾气、哭喊，还有她的沉默和眼泪，以及她的专横。以至于他的生活越来越像一场耐力测验。

从梦里惊醒之后，他觉得浑身一爽，就像是从灌木丛里刚钻出来、抖掉了身上的枯枝败叶和灰尘一样。先听了会儿音乐，然后他开始在光线朦胧的卧室里走来走去，找一只不知道上哪儿去了的鞋子。

每次从浴室镜子前慢慢经过，他都会觉得自己像个瑜伽修行者。

他仔仔细细地刮了胡子，又在脸上抹了润肤水，然后开始长时间地揉自己的太阳穴。这些要求都是一个自然疗法医生告诉他的，可以减轻一直困扰他的焦虑症。

然后他下楼梯，心情灰暗，神经紧张，跟以往每次都一样——害怕妻子的反应。因为他根本不知道，每次妻子都会以一种什么样的姿态见他。

"早上好！"他用德语说了一句，但是只听到自己的声音回荡在冷清的房子里。

她背朝着他，正在穿靴子。

"你可以清一下洗碗机吗？"她问他。两个人在厨房的门槛上交换了个冷冷的吻，"我已经迟到很久了。"

布莱里奥听到这一句立刻觉得自己紧绷的弦放松了下来，马上答应会做好她吩咐的事情。

"另外，"在开门的时候她又捎带了一句，"可能的话，愿不愿意陪我去都灵一趟？下个月有个皮斯多雷多的作品回顾展，我被邀请参加了。"

"皮斯多雷多？"布莱里奥重复了一下这个名字——认知系

统一下子瘫痪了。

大脑恢复了正常后，他不得不祈求最近多来一些翻译活儿，然后就能就像上次米兰之行的回答一样——推脱自己忙，好不做任何承诺。因为就目前的状况来看，这个建议来得还不是时候，不是那么恰当。

但他还是把这些念头藏在了心中，只是让她去安心工作。

现在，好好思考了一下后，他终于确信：这是妻子的一个新计谋，目的是将他罩在自己的裙底，直到惩罚结束。

由于老婆的悲伤每天都倾注到自己的大脑内，布莱里奥每天早上都在希望萨碧尼会让他拎箱子走人。然而每天早上萨碧尼还是继续惩罚他，也不赶他走。他觉得她是想把他泡在悔恨中泡得更久一些。

在细细回想了他们之间的故事，又用了一整天的时间来梳理自己所有的莽撞、冒失、出格行为之后，布莱里奥终于确信——就像是斯德哥尔摩症候群一样——自己的一切都是咎由自取。

他现在要做的事情很多。要修复自己所犯的一切错误——怀着一颗投降的内心，要开始工作，要清空洗碗机——必须小心翼翼地别搞混银质餐具和不锈钢餐具，要擦亮洗涤槽和卫生间……真是疯了，负罪感可以让人变得如此具有奴性！还没有完。做完这些工作之后，还要继续擦地板，清扫化纤地毯，擦拭家具，直到他们的家变得像一个模范家庭：绝对的舒适，超常的洁净。

十二点的时候，厨房和浴室的地砖在阳光下发出了明亮的光芒，就像是被荷兰画家画出来的一样。

布莱里奥在做这一切的时候都非常用心，顺顺从从、服服帖帖地为妻子服务，跟他父亲对母亲的态度简直是一个模子里刻出来的。也许这真是他们这个家庭的宿命。而且跟父亲一样，他的心中也是充满无能为力的仇恨，动作上带着那种自我惩罚的色彩。

打扫卫生时，布莱里奥从一个房间到另一个房间，拎着水桶，拿着抹布，穿着他的旧帆布鞋——让人想起监狱里的劳改犯人。不过西西弗斯①应该跟这样也差不多。

一两个小时后，布莱里奥从自己的伪装中解脱了出来，洗了个热水澡，然后给娜拉打电话——他要给她讲那个奇怪的梦。

她已经接起了电话。"我待会儿给你打回去。"她对他说。

等待的过程当中，他热了热昨晚的一些剩菜剩饭，然后开始尽可能慢地吃起来。因为他突然明白——这也算是他的新移心法之一——改变焦躁心情最好的办法就是将咀嚼动作尽量慢下来，将每一个吃饭的动作都小心翼翼地按照时间平均分配起来，这样才可以将时间"缩短"。

他一边计算着如何分割时间，一边心不在焉地听着街上轮胎摩擦路面的声音。这些声音几乎让他怀念外面生活的精彩。

---

①希腊神话中的一个人物，由于得罪宙斯而被判向山顶上推石头以作惩罚。他每次将要把石头推到山顶上的时候，石头又会滚下来。因此西西弗斯要永远地、并且没有任何希望地重复着这个毫无意义的动作。

有时候，通过仔细审视自己深居简出的生活，他会突然有一种想并着脚跳出自己的生活圈子的冲动，然后再一切从零开始。而且，不管是哪里都无所谓。

但是萨碧尼和娜拉不能在身边。即使是娜拉，在这些异常时刻也进入不了他的大脑。

但是现实归现实。将厨房收拾好之后，布莱里奥又回到一些更理智的计划上来：乖乖地回到书房，自然而然地打开电脑。

除了一篇有关语言障碍的文章，他还不得不翻译一篇有关一个新系列的电子剃须刀的使用说明。这让他本来就郁闷的心情，更是感到绝望。之后，他还要翻译一些旅游小册子。

"我们的电子剃须刀，"他翻译着，窗外飞舞着大朵大朵的雪花，"既不是针对那些没有使用经验的人士，也没有寄希望于让那些感官和思维不敏感的男士享用。"他逐字逐句地翻译着，说明书的语气就像是一个负责顾客安全的人在监督着顾客，还向他们指出怎样正确地使用他们的剃须刀。

"如果出现明显的异常情况，"他继续冷静地翻译着，"请将产品连带发票邮寄到我们的技术服务部门。"

为了相信就必须翻译。

作为对自己的安慰，他可以说他的一天是多产的。因为除了家务活，他还翻译了不少东西——还只剩下两三页没有翻译。

当最后从工作中抬起头来的时候，布莱里奥发现这时才四点半。然后他一下子就变得茫然了，不知道剩下的这个下午大把大把的时间该怎么办。

于是只好在卧室里走来走去，就像他母亲那样，直到手机铃声响起——提示他收到了一条短信。

这是娜拉发的一条短信：我越来越想你了。你的女孩。

一个人怎样才能同时做到沮丧和快乐？现在的布莱里奥就是这种感觉。他看到短信的时候甚至都吃了一惊，然后就将脸伸到窗外，好感受一下雪花的湿润，同时也洗去一脸的疲惫。

当妻子六点左右回到家的时候，他依然保持着那个姿势：头发湿了，头略微向旁边倾斜——就像一匹站着睡觉的马。

34

第二天，娜拉终于给他打电话了。电话中娜拉责令他必须、马上停止做家务，并跟她一起出去——这是她在鲁瓦西机场唯一的一天假期。她要他立刻决定，马上出发——他的刑期早该结束了。似乎只消她打个响指，一切就会重来。

疯狂与谎言，秘密的约会和快速的相见——这场荒唐的爱情不可逆转，又开始了。

一般来说，他们会面不会超过一两个小时。他们偏向于去那些比较保险的地方，比如城外的大道，有时他们也直接就去郊区——如果为了更保险起见，害怕被别人认出来的话。

然后他们就像秘密组织一样，完成了一项任务后立刻分开，各自回到自己的生活轨道上来。她仍然做她的宾馆迎宾小姐；而他，则继续回到家中过他的夫妻家庭生活——一脸无辜地等着妻子回来。脸上没有多余的表情，手中、口袋里也没有多余的东西。

为了这片刻的欢愉，他冒着的危险是：到家之后要小心翼翼地回答妻子的每一个刁钻的问题。如果问题是火的话，他早就被烤熟了——不过也都无所谓了。

回答问题的时候，他心中总是绷紧一根弦，能掂量清楚妻子每个词的分量——因为他已经是惯犯了。

鉴于以往的经历，布莱里奥明白：万事都必须小心。小心每一个电话、每一条短信、每一张口袋里的饭店账单、每一片银行取款小票。简单来说就是小心所有将来可能成为问题的事物。

以至于现在的他，生活在一种万分谨慎的状态中。

但是另一方面，他也喜欢这种生活。除了他本身喜欢故弄玄虚之外，他自己确实也喜欢与娜拉组成一个"秘密组织"。两个人在一起的时候似乎合二为一，可以激情地享受每一刻，也可以安静地什么事情也不做——一切都是视情况而定，兴致所至。

这天早上，郊区，奥斯戴利茨火车站，艳阳高照。布莱里奥又即刻恢复了青春气色——他一向都是分裂的，时而苍老，时而年轻——登上了一辆开往城郊的火车。下了火车又上汽车——只是为了把行迹搞乱。然后又径直走向一个独立房屋组成的街区，那里大雪覆盖着每一条街道。走的时候他十分谨慎，尽量不惹人注意。

走到一个学校的时候，他沿着一个工地的镂空篱笆继续向前走。之后就把领子竖起来，拾阶而上，走进那条两边是砖房和冰封的小花园的街道。这时的街道上除了他，没有一个行人。似乎这里是一个被时间遗忘了的死角。

朝下望，离火车站很近的地方他看到了那个娜拉提到过的兼卖香烟的小酒吧。

于是他走进了这家小酒吧。里面只有老板和两个低声聊天的老顾客。他们一边聊天，一边看着电视。电视上正在介绍万塞纳赛马场的赛马。除此之外整个酒吧一个人都没有。布莱里奥叫了一杯布尔盖葡萄酒，坐在门边，伸开双腿，交叉着双臂。他所有的精力如今都集中在这空落落的一刻。

在紧张和莫名的忧郁中，他看着人们一个接一个地走出火车站，一直走到公交车站，但是怎么也看不到娜拉的身影。

过了一会儿，他拨了娜拉的号码，但是很明显对方的电话没有信号。已经十一点了，娜拉迟到了都一个多小时了。有些日子，他都怀疑娜拉是故意每次都迟到的。

他的焦躁在"忧虑"系数的控制下，终于达到了顶峰，突然有了站起身回巴黎的冲动。

手机铃声制止了他的冲动。

"路易，是妈妈。"一个女人的声音，那么热情，那么急切，以至于布莱里奥一时半会儿明白不过来，以为是有人在搞恶作剧。不会的，她在医院已经一个多星期了。

在母亲住院前两天，医生给她做了一个蛋白质和氨基酸测试，然后给她开了一剂新的抗抑郁药——特麦克斯或者特姆莱克斯——他忘了。不过看样子，新药疗效奇好。

"现在我正在尼姆的街道上散步呢。我的好朋友雅克丽娜陪着我呢。她就是让·菲利普一拉米的妹妹。让·菲利普是接替贝尔纳医生的那个。你呢?"她在电话中大声喊着。

"我很好，一切都好。听着，今晚我再给你打电话。"他急切地解释了一通。因为他的眼睛注意到了酒吧门口一个戴着羊毛软帽的女孩——娜拉正朝着她微笑，露出一口洁白的小牙齿。

这是白雪的微笑。

深色的木地板，茶几，凋零的花束，还有寒碜的卫生间——这家旅馆有点像曾经辉煌、然而已经落败的东方旅馆。管道发出让人难以忍受的噪音，而暖气片却是凉的。然而他们两个人却还是感到很开心，因为此刻就他们两人在一起。

他们站在窗前，脸颊贴着脸颊，看着铁路两边杂乱无章的小棚子和仓库——典型的城郊景色。天空是浅蓝色的，几乎接近白色。一眼望去到处都是雪，跟之前的雪没有什么两样，已经开始融化。乌鸦从电线上无声落下，像落叶一般飘到了那些房屋前面的草坪上。

当他们很惊奇地第一次谈论起将来——最终两个人生活在一起的将来，时不时地有火车经过，驶向远方，车轮撞击铁轨的声音也随之而渐渐变小。

"我开始觉得有点冷了。"娜拉说着话将窗户关上。

这时候，他还没有给她讲他的都灵之行。一种模糊的本能制止他说出这件事——他知道一旦说出来会意味着一个无法预料的结果，很有可能是爆炸式的。于是他采取了模糊战略，保持缄默。除非她首先问起来他跟妻子的未来这个问题。

现在，布莱里奥自己都惊讶于自己周旋在两种生活中的适应能力。娜拉还在浴室中忙自己的事，而他已经迫不及待地脱光了衣服。

"你来吗?"他透过百叶窗看着外面的街道问她。她没有回答。

一躺到被子里,他就闭上了眼睛,双手枕在脑后。那种舒服的感觉就像是在河流中间躺着,被缓缓的流水漂浮着。

这时候的他特别的纯洁,神经特别的兴奋,性器也勃起得像少年时那样。他觉得一切不好的事情都不会再发生。

娜拉最后穿着内裤,戴着胸罩坐在他旁边,下巴放在自己的膝盖上。

"现在不行,"她推开了他的手,"我给你说过,我很不喜欢你这样子。真的很令人讨厌,路易。"

"不入虎穴,焉得虎子。"他回答说。

"莱布尼茨的书中写的?"

"不是,我自己发明的,你不相信?"

"你真讨厌,路易! 真讨厌!"

"那,现在不做,就待会儿做喽。"他最后总结到——看来已经学会了做事情要耐心。

有时候,布莱里奥会想他都可以与桂妮薇儿[①]上床。所有他在感觉上失去的东西,又会转化为精神上的收获。

最终他还是将头埋在她的小腹以下,一动不动了片刻,只为闻她的少女皮肤的芳香——白色黏土和黑莓的混合香味。他

---

①即 Guenièvre,《亚瑟传说》中亚瑟王的妻子,亚瑟执政期卡美洛王国(Camelot)的王后。也是圆桌骑士之一的兰斯洛特的情人。她以美貌而著称,堪比古希腊的海伦,也象征着爱情和肉欲。

在搜索了一遍自己的记忆中有关香味的词汇后得出这一结论。

"真有点怪，你说话的样子就像个有了四十年性生活历史的女人一样。"他说着话又双手撑起上身，嘴唇从她的香颈游走到她的耳环——那里是她的欲望的爆发点。

"你知道，"娜拉说，一边轻轻躲开了一点，"我跟鲁瓦西机场的合同截止到三月份。我觉得到时候我就不得不重新回伦敦了。"

"真是疯了。"他苦笑了一下说。

当她轻轻抚摸他的脸颊时，他又闭上了双眼。这时耳中传来郊区火车那烦人的轰鸣声。

"我还会回巴黎的，当然。"她点着烟对他说，"可是在伦敦我只要想找工作就能找得到。我姐姐认识很多人。"

"另外，我很肯定，即使我再学几年戏剧，我也成不了妮娜·泽拉查依娜，也不会成为'女孩薇欧兰'，不会成为任何人。除了有可能成为一个英国小侍女。"

"你会成为我的情人，娜拉·内维尔，我唯一的爱，我的英国情人。"

"也许吧，但是我想放弃一切了。"她说话的语调很沮丧。

这种沮丧似乎是在几个月内经历完了自己的人生，然后得出的最终教训一样。

看来她已经没有什么钱付她的戏剧课程的学费了。

"如果只是这个原因的话，你想要的数目我有。"布莱里奥在回答她的时候抓起了自己放在椅子上的上衣，并从其中一个口袋里变戏法似的掏出了"很漂亮"的一捆二十元的纸币。他把钱呈扇形摊在床上，就像是在玩扑克牌一样。

"都是给你的。"他很坚决地将钱推到她面前。

尽管他明白不能用钱来衡量的东西最终还是无法买到的，但是也许这样可以让她往后推迟一两个月出发的日期。

"我很快就会还你的，"犹豫了片刻之后她答应他这么一句，"你想不想我们一起去什么地方吃个晚饭？"

"这样就太傻了。"布莱里奥说。他趴在床上要去取放在床头柜上的手表，"今晚萨碧尼有个预展，咱们可以好好利用一下这个房间。"

"你这样太危险了，简直是在玩火。"娜拉提醒他说。她一边说，一边想打开迷你吧台的镶嵌式挂锁，但最终还是放弃了，回头全身赤裸着趴在布莱里奥身上。

"你知道坐电梯游戏吗？"问他这个问题的时候，她摇身一变成为一个如此温顺、如此灵活的"伙伴"——就像个克格勃的女特工躺在某个国家代表的怀抱中一样。

很明显，他差不多还是很乐于接受这个比喻的。

"实际上，可能你才是坏特工，而我只是那个坠入爱河的小国家代表。"刚说到这里的时候，电话响了，"是你的手机。"

一向不喜欢一心二用的布莱里奥让她不要动。

他们就这样一动不动地任由手机就那么响着。她依然是小臂撑着上身，保持着一个很不舒服的姿势——这个姿势甚至让她微张的嘴唇都变白了。

然后他们洗了个淋浴，三下五除二又穿上了衣服。已经快九点了。

外面已经是黑夜，整个街区都寂静了下来。他们深一脚、浅一脚地并肩走在雪已经融化的街道上，还不停地咳嗽，就像两只狐狸。

到达火车站的月台时，布莱里奥的手机又响了。"是你老婆?"她有点担心。"我母亲。"他说，"真要命。我明天会再给她打电话。"

35

虽然相隔一个小时的时差，伦敦也是同样的潮湿与阴暗。
墨菲和维姬·罗麦特正在贝克法亚斯的一个酒吧里面对面坐着。

她，依然是一身白衣服，跟初次见墨菲时穿得一样；他，
很明显，穿得更古板，一身金融市场操作员的制服，公文包放
在旁边的凳子上。

尽管墨菲·布隆代尔有时显得过于认命，还过了几个月黯
淡无光、自给自足的生活，但是最终还是忍不住来找维姬——
因为她仍然是他与娜拉之间唯一的线索。

这天晚上有一点可以相信：他们似乎是唯一两个还在小声
讲一种已经消失了的语言的人。

"您有来这家酒吧的习惯？"她问他。

"是她经常来这里等我。一下班，当我们准备去找地方吃
晚饭时，她就会在这里。"

他告诉维姬现在自己只是周末才来，而且基本上每次都是
一个人。首先是因为他在伦敦没有多少朋友，其次是因为他还
心存希望：也许当他一个人在这里的时候，娜拉还会推门，还

会进来，还会走到他身边。

"我还很浪漫。"墨菲看着她开玩笑说。他其实也惊讶于维姬的美貌，还有她浑身上下饱满的女人味，但是对他来说这些不会造成任何困扰。也就是说，他感受不到来自于她的任何刺激。

真心话总是能换来另一个人的真心话——维姬也向他吐露了自己的心思：她那边，其实也依然为哪怕最微小的电话铃声而欢呼雀跃，因为总是相信还可以听到娜拉的声音。

"我不知道你还记得不，"她对他说，"布莱伯利笔下的一个人物，《火星纪事》①里的一个角色。当遇到某个人的时候，他可以改变自己的性别和身份。"

"布莱伯利的书我从来没有看过。"

"实际上，他自己也不是故意的。但是每次遇到某个人的时候，他会不由自主地换一张脸——一张那个人等了多年的脸。他总是能引起对方的欲望。"

"最后，所有人都追杀他，他只能不停地躲来躲去，疲于奔命，非常可怜。"

墨菲认为这是对娜拉的一个很好的注解。

"如果你的心告诉你，让你这么做，"她在站起来的时候很狡黠地说，"接下来的几个月你可以不停地碰碰运气。因为据

①即 *The Martian Chronicles*，美国作家雷·布莱伯利（Ray Douglas Bradbury）所著的科幻小说，于 1950 年出版。书中叙述地球人在 21 世纪派遣火箭前往探索火星，继而有许多人离开战乱纷扰的地球移民前往火星，并与火星原住民（火星人）发生冲突的过程。

她姐姐多洛黛说，她可能要回伦敦了。"

但现在的问题是，当她回来时，他不确定自己还是否在伦敦。

他解释说公司已经解雇了十几个员工，下一次可能就轮到他了。那时候他就不得不回美国。

"真是祸不单行。"他帮维姬穿外套的时候说。其实他内心非常清楚，随着时间的流逝，他与娜拉之间的关系最终也会结束，就像自然死亡一样。

他把维姬送到了霍尔本区后，对方打车回家了。他自己打着伞继续在雨中单独回伊斯灵顿。此时的墨菲心中都是对失败的悔恨。一路走来由于老是神不守舍，走几步就会迷路。不知道什么时候，一只跟他一样孤独的流浪狗开始跟着他。这只狗一只爪子断了，一只耳朵也耷拉着，跟着他的时候尽量不惹他注意。

它应该还是旁边另一只狗的兄弟。

墨菲心情恼怒，决定立刻使用些"强硬"手段。他要让对方清清楚楚地明白——就像狗与狗之间要搞个决断——他跟它没有什么要说的，它最好赶紧走人。

不过他是在白费劲。那位狗兄并不介意离他远一点儿。但是，只要他一开始继续走路，它便又紧紧跟着他。而且另外一只狗还是继续又跟着它，对墨菲的举动一点反应都没有。

墨菲这时候终于明白：伞下的他表情是那么滑稽和手足无措，以至于连狗——一向不怎么有机会戏耍别人的动物——如今也想给他点颜色瞧瞧。

一直走到克勒克维尔区，还没有摆脱两只狗，黔驴技穷的墨菲只能再次退让——走得更远一点。他斜着穿过人群，就像跟着两只狗的圣·罗西①。不过，他可没有圣·罗西那种感激的心情，而是巴不得赶紧过来一辆公交车将他们分开。

维姬回到家，脱了衣服就上床了。她没有吃晚饭，因为感到有一点恶心。大卫一直不回来。这差不多已经成为一个习惯了，如今他总是很晚回来。

跟往常一样，害怕忧郁或者说害怕感觉到忧郁的维姬侧躺着，膝盖靠着身体，而双手捂住了眼睛——像个孩子一样，时不时猛地挪开双手看看娜拉有没有出现在眼前。

她在等的娜拉，不是巴黎的那个，而是第一个娜拉，考文垂的娜拉。在考文垂的时候，她们还是两个傻乎乎的小女孩，腼腆无知，又很单纯地"堕落"着。尽管她们已经万分小心，但是她们之间的爱已经是众所周知的秘密。

她在等的娜拉是那个可以一连消失几天，然后又在随便哪个时候突然出现、脸上充满激动和快乐的娜拉。那个娜拉回来的时候会问她："你一直在等我？"

难道这还值得怀疑吗？

她在等的是那个给她寄来一张法国某个博物馆明信片的娜

---

①即 saint Roch，法国历史上一个非常著名的神甫，后被教廷封圣。他在布道过程中曾遇到过几次瘟疫。其中一次瘟疫中，已经染病的他为了不感染别人，一直躲在深山，只有一只狗对他非常忠诚，始终不离不弃地给他送食物。后来圣·罗西终于病愈。

拉。明信片上的博物馆显示着几个爱神还有一些花叶边饰。明信片上她用那标志性的小字写道：今天我爱你。然后是她的签名。

她在等的是那个有次曾让她坐在楼梯底下等了整整一个早上的娜拉。

到了今天晚上，她又感觉到，自己还在等她。娜拉的脸又出现在自己脑中，还是那副老样子：双手插在防雨风衣的口袋中。每当大楼的大门由于风吹在她身后自动打开，她总是能听到噼里啪啦的雨声——那个夏天的雨声在天井中回荡。

最奇怪的是，她已经回忆不起来大楼其余的部分，更不用说那个街区的其他地方——尽管以前她们两个一直住在考文垂的那个区。萦绕在脑海中的始终是那个深色楼梯，栏杆也都是木头的，似乎自己的全部回忆都变成了一部螺旋形的楼梯。

那部楼梯她一直摸索着向上爬，一直爬到三四楼。最后的那些台阶消失不见了，被遗忘所吞噬。

爬到高处的时候，维姬仿佛看见自己在摁门铃。

"你已经睡着了？"她的丈夫突然打开那个小灯——那是维姬的哨兵。

"没有，在想事情。"

沉浸在回忆和幻想中的她，竟然没有听到丈夫回来。

"让我安静一会儿好吗，大卫？"她对他说。因为她急着返回那部楼梯。

丈夫神情有点不快，脱了鞋子就消失到了浴室，一句话也没有说。

她又摁了一下门铃，再次下楼，然后又上楼，总是能听到天井中有雨声。

　　"是你？你怎么了？"大门微微打开，娜拉突然问她。（在她记忆的中心，娜拉比在现实中还要娇小很多，穿着一件及膝的大衬衣。）

　　"我一直在下面等你。你跟我说会九点钟回来的。"

　　"我回不来。我又不是一个人。"跟她说话的时候，娜拉还用大拇指往后指指，似乎在提示身后有人。

　　她感到自己很蠢。"她什么都不懂。"她跟自己解释到。

　　无论如何，她不想再继续这么等了。

　　"别，"娜拉将她的手指抓进自己的手指中，"想回来的时候就回来，我会跟你解释一切的。"

　　从这时候开始，她就再也回忆不起什么话了。似乎看电影的时候突然关闭了声音一样。

　　她只是看到自己一步几个台阶地奔下楼梯，心情是那么糟糕，被抛弃的感觉是那么明显，以至于喘不过气来。

　　她甚至回想不起来娜拉第二天的解释。记忆之中只是那部楼梯，还有娜拉睡眼蒙眬的眼睛。

　　也许回忆之所以美就在于此。

　　因为随着时间的流逝，年复一年，回忆变成了净化过的产品，从伤痛和恐惧中提炼出来，变得纯洁而美丽。

　　"现在，我有权睡觉了吗？"丈夫问她。他似乎在穿着睡衣等着睡觉，脸上看不到快乐，也看不到伤心。

36

夜空是如此空旷而明亮。他们关了灯，光着脚走到阳台上。

他们看着脚下无人的街道，还有街道两边一连串的拱廊、被路灯染成橘黄色的窗户。他们住的旅馆就在维多利奥广场的一个角落。

布莱里奥已经不再犹犹豫豫，而是直接走上前，在妻子的背后轻轻咬着她的肩膀。然后慢慢地开始撩她的睡衣，似乎这一系列动作是一个仪式：忏悔和请求原谅的仪式。她挺起胸去迎接他的手，什么也没有说。

很明显，他被原谅了。

他们就这样依着栏杆待在那里，什么话也不说，沉浸在天空的浩瀚与明亮之中。偶尔，高空中会有一些云丝掠过，白得就像精液——布莱里奥的观点。这些云丝一出现就又马上消失在周围的山尖后。

"我很高兴你来了都灵。"萨碧尼对他说。边说边搬了一把椅子，然后将脚放在栏杆上。

"我也是，很高兴来到这里。"他说。布莱里奥以前暗地里一直是个交替性精神病患者。现在的他处于亢奋期。听到妻子的这句话，他就抱住了她，左手滑向她的腰——他坐在她的右边。左手不停地摸索着妻子的腰，直到两个人都心照不宣地感觉回卧室更合适。他将她晒黑的有点下垂的乳房从睡衣中解放出来；而她，则看着自己的乳房，似乎是第一次见到一样。

眼前的一切证明：尽管过去的几周两人都筋疲力尽，关系一度紧张到危险的地步，但是两个人始终还没有全部结束。

等到两人都脱光了衣服，躺在了床上，一切又完全恢复如初，似乎什么都没有发生过。

他们本能地找到了相同的语言、相同的动作，还有相隔多年后内心中依然默契的程序。也许是性唤醒了彼此内心中模糊的回忆。最后两个人终于分开，各自翻到床的另一边，身上都是大汗淋漓。

现在他们谁都没有力气起来。妻子告诉他：这种感觉已经很久没有体会过了。

"米开朗基罗·比斯多勒多是谁?"布莱里奥提了个问题，想转换话题。

似乎跟他解释清楚的话要花很多时间。但是不管怎样，这次展览相当完美，有些作品连她都没有见过。

布莱里奥认识到自己还可以更进一步，再做些努力。"你能给我看看你带来的清单吗?"

"我不知道这个清单对你来说是否很有用。"她想了想说。

随着夜色越来越浓，他们的声音也时断时续，越来越少，似乎只是被一阵微弱的电流所承载。

现在应该快一点钟了。一阵风吹来，拍打着窗扇。

两个人都四肢舒展地躺在床上，腿胡乱搭着，尽情地呼吸着街上吹进来的清新的风。与此同时，夜色下，都灵的各种噪声也在他们的意识中慢慢地消失了。

早上，他们被电话吵醒了。"喂?"一个人说。

"喂。"他应了一声，但是分辨不出来电话中的人到底是谁，而且显示屏上也没有对方的号码。

"喂? 喂?"对方像只机器鸟一样，不停地重复。

布莱里奥把电话挂了，有种不祥的预感。

"谁啊?"妻子问他。她一直赖在床上。

"不知道。"他一边回答，一边从行李箱上跳过，去拿自己的衣服。

似乎昨晚被神秘地注入了能量，他醒来时精神振奋，甚至有点激动。而妻子的神情则有点像刚刚病愈的样子。她头枕着枕头，脸部的皱纹变得很明显，眼睛也有点浮肿。

"你确定不认识这个人?"她又接着问，同时想努力用手肘撑着身体爬起来。

"确定而且肯定。"他不知道她到底在影射什么，但是他可一点都不想将这个话题继续下去。

有时候他怀疑她只是表面上保持着一种自负的神态——友好，自信；而实际上她非常脆弱，甚至有点神经衰弱。

意大利早餐准时来了。

布莱里奥痛快地泡了个澡。洗澡水一直没到肩膀，腿交叉着，浑身的体毛都漂浮在充满泡沫的水中，内心一无所想——他只是听着房顶上的鸽子咕咕叫着。

他还听到鸽子在滚烫的瓦片上走来走去，发出轻轻的摩擦声。

他饿着肚子、光着身子从浴缸中走出来，似乎这是他的末日一样。然后急着又去喝了一杯咖啡，接下来就是晒着太阳看报纸。妻子会看到他出现在应该出现的地方。

两点时，他们在一家饭店吃午饭。这家饭店就在波河旁，顾客有十几个，都是待在太阳伞下，在椅子上打盹。就个人来讲，布莱里奥很喜欢周日下午这沉闷的安静。

透过橱窗，他们看到一些橙色的电车，偶尔也有橙色和白色混搭的电车。这些电车从码头一直开往远处的小山。

"你在想谁吗？"看到他有点失神，妻子问他。

"想你的英国小情人吗？"她不经意地说。

很明显，她比他更想娜拉。"不，"他回答说，"我谁也不想。"

布莱里奥放弃跟她解释：爱总是不够的，他需要两个人——他需要她，也需要娜拉。如果不幸他要失去其中的一个，那么另一个他也会很快失去。传说中其实也就是这么说的。

在他的这种双重生活中，每个人给他的压力逐渐形成一种合力。由于这种合力，他似乎找到了某种平衡。

这只是一种理论，然而理论从来不止一种。

在自我努力控制局面的时候，布莱里奥甚至都要认为：所有没有同时爱过两个女人的男人注定算不上百分百的男人。

尽管他自己也算不上这样的男人。

"我请你。"说完，他抢过了账单。他要提示她，自己不是她想象中的那样只是在利用她。

随后，他们随着夕阳余晖走向远处的小山，一路上是花园里被微风默默传来的缕缕清香。

他们看到了远处白雪皑皑的山峰。这些白色的山峰让他们回忆起第一次来意大利的情景，应该是五六年前了吧。还让他们回忆起了在科尔蒂纳的几次长途旅行。

"如果咱们再来都灵的话，我希望咱们租一辆汽车，然后去任何你想去的地方滑雪。"萨碧尼对他说。她突然又恢复了她的温柔，她的宽容，还有她那天然的活力——这是她最主要的三个美德。

可能是因为昨晚"偷"来的片刻欲望的满足不仅仅对他起了作用，对她同样也是。

希望这样的事情还会再来。

他们穿过了一个又一个幽静的村庄，没有遇到任何人，也没有任何担心。他们就这样走着，肩并着肩，什么话也不说，也不去想其他事情。这样的夫妻背影的镜头让人想起成濑巳喜男的电影。又过了一段时间后，他们沿着波河的河岸漫无目的地继续向前走。

走到植物园的时候，他们买了两个冰淇淋吃，还在草丛中坐了一会儿——看着河中被阳光晒得黝黑的水手。

"我不想马上回巴黎。"他将手中的冰淇淋筒扔进河里，向妻子说了一句真心话，"咱们不能再待一两个晚上吗?"

但是，这样的话看起来很麻烦。他们的房间只订了一个晚上。

他建议还是去跟旅馆商量一下，试试运气。

"很抱歉，你们必须早点醒。"旅馆的那个意大利－黎巴嫩混血前台接待语气有点尖刻，有点酸酸地对他们说。说话的时候眼睛从额前垂下的头发下直勾勾地盯着他们。看来爱到处都缺。

考虑事情一向周全的萨碧尼还不确定他们的机票能否改签。她所知道的只是出发时间在十点和十一点之间。

似乎他们突然有了太多的时间。但是跟以往每次都一样：在一起的时间总是不多。

午后的斜阳照进广场的拱廊里，照亮了有点老旧的露天茶座。在那里，他们喝着苦艾酒。他手里还在翻着一份报纸，而她只是在随便地打盹，晒着自己的双腿。

趁着这时候的寂静无声，布莱里奥隔着浅色墨镜似乎在摄影。他小心翼翼地以屏住呼吸的方式来让时间停止。而萨碧尼还沉浸在漫无目的的幻想中。她的头偏向一侧，美丽的金发绾成一个发髻垂在雪白的脖颈上，手指还在略有所思地玩弄着那条黑色的项链。

然后他松了一口气，开始呼吸。时间又开始运转了，纯净而规律。但是同时耳朵里又灌满了都灵街道上特有的嘈杂声。

"好了，现在我们干什么？"妻子伸了个懒腰，问他。

这时，即使想过独立生活的布莱里奥也突然非常认真地开始思考一个问题：他不会再离开她。

"咱们首先得去找另外一家旅馆。"他建议。

37

他突然醒了。似乎感觉到娜拉就在他身边蜷成一团躺着。房间里一直是黑暗的。墨菲·布隆代尔伸出手往外摸，就像一个被截肢者幻想伸出自己的肢体一样，他什么也没有摸到——只是冷冷的床单。

然而娜拉就在身边的感觉并没有消失，虽然是幻觉，他却无法说服自己去怀疑。

几周前娜拉开始又来这里。每次都是相同的时间，五点到六点的样子；每次都是面无表情，但是内心又很激动——她的举止跟我们一样，都类似于电化学机器。然而紧接着每次又都是突然的感情降温，随后又是同样的沮丧。

他自认为已经跟娜拉绝缘。

站起来之后，他发现自己很难迈出脚去。然而还是成功地打开了百叶窗，又摸索着走向浴室——好打开取暖器，给澡盆里放水。做完这些，墨菲终于感觉自己又回到了习惯生活的轨道中。

尽管还称不上是"自省"，但是墨菲自己特别清楚——也许是因为他几个月没有碰女人了——现在早上只需要一个梦，一个简单的大脑混乱，一个小小的精神上的纠结就可以让他立刻感到自己在收缩——似乎是寂寞将他变得多孔而柔软。

如果对于我们所有人来说真的存在一个深沉的我——他一边穿衣服一边想，一个犹如隐藏在暗处的泉眼一样从不枯竭的我，甚至是在干旱的夏天。如今他却感觉自己的那眼泉已经消失，而且自己不确定将来是否有一天还会将它找回。

当心中正在暗暗探索自己未来的时候，靠在窗户上的墨菲突然有一种很奇怪的感觉，这种感觉几乎可以说是快乐的。那就是：自己成为这个城市风景中一个微小的细节，裸眼根本看不到的细节。

现在，天亮了。乌鸦们发出它们在冬末特有的吱吱声，柠檬黄的阳光从横着的每条街道射进利物浦路，照亮了赶早的路人。

去办公室之前，他像往常一样在游泳池里游了十几个来回，还做了几次跳水动作，然后才走出泳池。

作为一个正直端正又沉默寡言的人，墨菲尽量避免盯着泳池内那极少的几个女人看。她们还在扑腾着玩水。不过她们也根本不管不顾墨菲的存在。他急匆匆地穿上衣服，离开泳池。最后拎起公文包，穿上三件套正装（他选择的是人字形花纹的料子）的时候，他也并没有感到什么不快。除了衣服和包，他还"穿戴"起波士顿人的古板。这些似乎都与他的身份紧紧联系在一起。

公司里的办公室和走廊今天早上特别空，就像遇到了火灾警报一样。

在检查了自己的手表，确信自己没有搞错，现在就是九点的时候，墨菲有点茫然了。于是他又上了电梯，走进咖啡室，希望有人会来找他，但是也担心别人看不到他。

等着的时候，他在自动售货机里取了个小圆面包，开始浏览报纸。但是一边看报纸，作为一个有点患幻想症的他也一边在想：是不是同事们决定故意对他隐瞒什么消息？

过了一会儿——他已经开始吃第二个小圆面包了，安德森小姐挪着笨重的身体，昂首挺胸地走了过来。她通知墨菲说会议已经开始，而且这次他必须参加。

"您来呢？还是不来？"她不耐烦地说。

似乎他还有得选择。

所有人都来了：市场运营手，外汇经营手，经纪人，代理商，法律专家，金融分析师……两百多个脸色发白的银行雇员，齐刷刷地坐在塑料椅子上。而屏幕上是最近两个月的损失数据：九百万，一千一百万，两千二百五十万……犹如缓慢的雪崩。

讲台上的约翰·保罗维茨正在挥舞着额前的银发评论着这些结果。他那样子就像是一个乐队指挥在彩排《幽灵船》一样。

"我们尤其发现这个月八号到二十五号之间，一千万的流动资金全部蒸发。"他继续对着麦克风说。而这时会议厅里已经鸦雀无声，每张面孔都是垂头丧气。因为所有人都已明白：游戏已经开始。

最泄气的一些人已经离开了会议室。

"如果您同意的话，九月和十月份我们将秘密派您到费城，"保罗维茨从门口那里溜到他面前，"我对你有信心。"

墨菲很平静。

就职业上来讲，改换工作并没有什么损失。然而还有其他的因素，很私人的因素，让他很难做出判断、做出选择。

往常总是高谈阔论的集中地、成百万美元交易集散地的咖啡室，如今再也不见往常的小把戏。这个早上突然聚集了很多面带恐惧的人，他们都拿着无脚酒杯转来转去。

早就习惯了置身度外的墨菲，压抑住了自己喝酒的冲动，只是要了两杯咖啡，还接了一大杯水。然后他走上前去安慰凯特——她刚刚知道自己被解雇了。

"都怪你工作那么多，早上四点就起床。"他轻轻跟她开着玩笑。

但是看样子她自己找到了一个原因。似乎最近一段时间以来，除了公司里面令人讨厌的气氛外，同事们的谈话也总是让她郁闷。以至于她都到了对星相学感兴趣的地步，对杂志上的那些八卦女王也关注了起来。她应该是糊涂了。

一边无心地看着凯特缺乏魅力的外表，墨菲一边止不住地思考老板的建议。但他还是想不出来对于娜拉自己该下个什么样的结论。

一想到回美国的这个念头，他的大脑内立刻像裂了一条缝一样——钻进来的全是忧伤。而且忧伤还在他的大脑内开始织网，想要让他瘫痪。

他能预见到自己回到费城后，生活、工作都将一无所获。

但是不管怎样，如果他离开伦敦广场，他可以像圣·保罗那样毫无愧色地说自己没有伤害任何人，没有剥削任何人，也没有对任何人犯过错。

这句话出自考林辛的第二部圣徒书信录。

人们都说他过于虔诚，然而现在等待变成他唯一的信仰。

"我希望在你离开之前咱们还能再见一面。"凯特对他说——脸上带着一个可怜的、反英雄式的微笑。

"我还没有走呢。"墨菲回答说。他这时有点遗憾自己没有喝一小杯白酒了。

他觉得自己的双手如果端着一杯酒的话，会为自己的这句话高兴地颤抖起来。

38

现在是四月十一日星期一。没有收敛自己的行为，也不再尽量小心从事的布莱里奥，一从都灵回来，就与之前的表现完全相反——趁着妻子不再怎么回忆，就立刻去找娜拉。

以前的分身术能力如今丝毫未变，另外关于娜拉他之前下的结论和决定如今也已经忘得一干二净。

他不想听理智的声音，也不想再去思考那么多问题，只是冲动地拨她的号码，并在周二和周三径直去了里拉镇两趟。因为这几天萨碧尼应该是在斯特拉斯堡。

布莱里奥的这种情况，可以归结为"精神障碍性一夫多妻制"了。

他正在穿过花园。花园中泥泞的甬道和疯长的野草显示出春天已经来了。突然她出现在门槛上，脸颊异常的苍白，身上是那件黑色小连衣裙。她正在打电话，手机贴在耳朵上。

"很快就好。"她朝他喊了一句，示意他进来。

傍晚七点的红色阳光洒进每一个房间，直到楼梯拐角处。

布莱里奥在客厅的沙发椅上坐了一会儿，目光只盯着窗户，似乎在看一张单色画一样。他在等娜拉结束电话。

根据听到的内容来判断，他觉得她在给伦敦的姐姐打电话。

十分钟后她回到了房间，看上去似乎要发火，但是又带着一种神经质的奇怪的微笑。这个微笑似乎飘浮在她前面，离她的脸还有几厘米。

"我猜，你的意大利之行很好啊!"她给他倒了一杯葡萄酒，突然发话了。

凭借身上的预感神经系统，布莱里奥马上猜到了原因——她想吵架。因此他突然很害怕之后就要发生的事情，同时脊背上一阵发凉，又似乎有一群蚂蚁在爬。

他实际上很清楚她对狂怒和心理剧的偏爱。因此想让这件事就此罢休，可能没有那么容易。另外，他还怀疑眼前的娜拉已经有一点醉意了。

眼看着她就要"入戏"，他急忙建议先将眼前这个争议搁置，然后去街上散散步，顺便去露天茶座上欣赏下落日。

但是她不想去散步。

"你一直还没有给我说你的旅行呢。"她不依不饶地说，同时还射向他足以致命的两道目光。不过，他装作没有看见。

"没有什么特别的值得说一说，就是一次普通的旅行。"他一边回答，一边用眼睛盯着雷司令白葡萄酒上的酒标。

之后是长长的沉默。他们面对着面，一动不动地靠着窗户，拿着酒杯，就像是在摆姿势拍照一样。但是似乎这姿势也意味着暴风雨就要来了。

为了找点内容，摆脱这种沉默，布莱里奥把电视换了个频道。换了后，他看到了年轻的瑞奇·尼尔森骑着他的白斑骏马：之前的那个节目跟他的口味实在差得有点远。

　　"你可以把它关了。"她说着话将手里的香烟狠狠地摁灭在烟灰缸里，似乎在按一只蟑螂一样。然后又倒了一杯酒，直直地站在他面前——她身上似乎带着电，不过，是负极的。

　　他往后退了退，一直退到门边。很明显，不管他怎么做，也无论如何退让，他们之后的生存环境也不可能再正常，再平静，没有危机、焦虑和疯狂。

　　"你们本来是要在都灵待两夜的，"她开始说话，"但是你们却整整待了四天！甚至五天！这是为什么？亲爱的？又是一次蜜月旅行么？"

　　他感觉酒精已经直接进入了她的大脑。

　　他们先是在那里待了三天，即使又多待了一天，也没有什么值得生气的啊。他慢慢地跟她解释。这只不过主要是一次工作旅行罢了。

　　"工作……"她说不出话来，但是怒火蹿上了她的脸，她的嘴唇开始发抖，嗓音也变得尖厉起来。

　　"你这个混蛋，大混蛋！"

　　尽管布莱里奥已经准备好了迎接将要来临的一切，但是他还是一下子被吓住了，嘴巴也张得大大的，似乎几只癞蛤蟆刚从里面爬出来一样。

　　他很想保持冷静，也努力想听她的话，如果她有什么合乎情理的话要说——他跟她解释。不过就目前的情况来讲，他首先祈求她把嗓音降下来。因为她那高八度的声音可以将她的每句话都传给所有的邻居。

他继续跟她解释。他所要说的话很多，但条件是她必须认真听。他跟妻子在一起已经够难过的了，每天不得不说那么多谎话也已经够累了。他真的不想让她再搅和进他们的夫妻生活。而且，这也不是她的事。

"不是我的事，"她接着说，"那我在跟你干什么？我们在一起干什么？你认为我为什么回巴黎？为了找个学生兼职？为了参观博物馆？"

她继续这样滔滔不绝地说话，连珠炮一样地提问题，有句话还重复了三四遍。这句话他倒没有担心什么——不管怎样，无论生死，他们已经绑在了一起。

丝毫没有夸张，布莱里奥在等了半天后才终于插上一句话。

"我只是简单跟你说了我跟萨碧尼的关系，还谈了下这次的旅行。可是，我之所以跟她一起去，是因为我没有办法拒绝啊！"

"不是，你本可以拒绝的。"她坚持己见。

是的，他本可以做到的，他承认了。但是他也可以保持沉默的，如果她想，或者是她换个话题。要知道，不管怎样，她接受不了自己没有决定权的局面。

他去厨房又拿了一瓶葡萄酒，还拿了两片阿司匹林和一杯黑咖啡——因为一阵阵的偏头痛已经让他视线开始模糊。

在冰箱里面他还偶然发现了几个发霉的西红柿和角瓜、几根过期的香肠，还有一块冷猪排——让他想起了死亡。

由于头疼一直在两眼之间剧烈发作，布莱里奥不得不走到窗前向外看，好转移一下注意力。他感觉自己的脑袋里简直天翻地覆，看着白云在屋顶上慢慢飘移，自己只想逃避眼前的一切现实。

但是尽管他屏住了呼吸、尽量集中注意力、凝神看着眼前的视野，但一切都是徒劳。这次他的经验完全失灵了，虽然这也不是头一次。尽管头伸出了窗外，但他还是一直能够听到娜拉的声音——她还继续在旁边的房间里辱骂他。

为了等她冷静下来，他又在厨房里等了一会儿。这时候的他就像个中场休息的拳击手一样，乖乖坐在一个凳子上。

真是太不可思议了，他自己在总结。这个女孩可以有这么大的破坏力。她对他的影响似乎就是致幻物一样，既让他感到飘飘然的快乐，同时又能杀死他很多神经细胞。

然而同时，他非常明白：自己绝对做不到抛弃她不管，然后摔门而去。

因此，他知道自己必须继续忍受她的尖叫、她的非难和斥责，她的翻来覆去的嫉妒心……所有这些也许将持续几个月、几年，直到他们之间的爱情化为乌有。

他知道这些，但是他不再知道如何面对。

实际上，他不再知道他该做什么。

当他背朝着她去找自己的手机时——应该是将手机放在上衣口袋里了，她已经独自喝掉了半瓶葡萄酒。

"我以为这是你母亲。"她说。

"不，是我妻子。"他说着话夺过了她手中的杯子。

尽管现在对她进行说教显得不合时宜，但他还是有必要提醒娜拉：她已经喝得太多了，这绝对不利于当前的谈话。

"你不再跟你老婆一起睡觉，我就不再喝酒。这才是礼尚往来。"说着话，她又端起一杯酒，嘴角还挂着一丝狡黠的微笑。

问题是，他跟萨碧尼不管怎样一直是合法的夫妻。他提醒娜拉，合法的夫妻，就必须过着夫妻生活。

"那好，你想办法让她不再是你老婆，你来跟我一起生活。"

缺少的并不是名分。

"听着，"他开玩笑说，"我从没有想到过那样做。而且，不管怎样，内维尔，这好像是最后通牒一样。"

"确实是。"她肯定地回答说。

由于心中各种不同的激情在碰撞，布莱里奥花了好长时间才对娜拉的言行做出反应，并告诉她自己对她刚才的举止真实的想法。

因为他真的非常有理由惊讶：一个像她这样开放的女孩，一个情人在伦敦，一个情人在巴黎，而且还有过不知道多少男友——至少是普通人的两倍，现在还有什么理由指责他跟自己的合法妻子一起过夫妻生活？

"你太让我伤心了，路易，你都不知道你对我的伤害有多大。"她慢慢地回答说，几乎是在说梦话一样。这时候的他正在慢慢收拾暴风雨后的残局。

他赶快说，上面的话不是他想说的。

"你让我恶心，路易，你太伤我了。"她接着说，一直是很慢。然后突然爆发了，激动就像锅炉里的开水一样迸发出来，她哭喊着猛地扑向他。

退得太晚了。

布莱里奥突然意识到自己的鼻子出血了，而且碰巧身上没有带纸巾。

仇恨的力量让她有了杀死他的冲动，毁他的容也是个不错的选择。于是她以惊人的速度在房间里奔跑、跳跃追打着他，挥舞着的胳膊就像是军刀一样。

她真的是疯了。他一边尽力保护着自己到处躲，一边这样想。

"路易，你太伤我了。"她之后又这样说，靠在桌子上大口喘着气。而布莱里奥也趁这个机会拿了张纸塞住了鼻孔。"你什么都不懂。"

被一种病态的好奇心所驱使，布莱里奥走近她看着她那激动得有点扭曲的脸。这张脸突然让他想起了孩子气，但是同时也想到了阴郁和神经不正常。

"你到底是怎么了？"他问她，越来越担心。就在这时她抓起电话，直接摔到他脸上。

现在，他的嘴上也是血。

事情看来是无法消解了。布莱里奥不得不抓住她的手，将她面对着墙死死按住，不让她再动。

然后他看见娜拉突然软了下来，靠着墙慢慢滑到地板上。他有种感觉：自己射杀了一只母鹿。

他将她抱起，抱在怀中。

她最终消停了下来，坐在凳子上。也许是酒精的缘故，她蜷缩成一团靠着他，脸贴着他的脸，让眼泪尽情地流淌到他的脸上——以至于似乎是两个人都在流泪。

"你真的是疯了。"他轻轻地跟她说，一边还抚摸着她的头发。她继续流着泪，下巴耷拉着，似乎说了声"是"。

为了和解，他站起来去浴室里给她找了一片安定，还给她端了一大杯水。她眼睛连眨都不眨就将水就着药全喝了下去。然后他们一起走向窗台。

片刻的暂缓，可怜的、脆弱的片刻的暂缓出现在他们共同的痛苦之中。在这片刻，他们两个都屏住了呼吸。

他们又一次肩并肩地坐在客厅的沙发椅上，一句话也不说，心中如同心灵感应一样都是一种莫名的恐惧。一切为时已晚，因为这次他们都做得太过分，走得太远了……

"这是我的错，"最后娜拉终于对他说。她的两个小拳头陷进自己的脸颊，那个样子就好像是在苦修，"我没有权利这么对待你，"她又说，"不应该那样。"然后又开始流泪、自责，就像一个孩子一样抽抽搭搭地说着话。她自责自己撒谎、自私、贪心，又总是在搞破坏——尤其是搞破坏，而且还总是做些出格的事情。

"法语中没有出格这个缺点。"他说完这句话就转身又去端来一杯水，还顺便拿了一条毛巾——他想给她擦擦那满是泪水的脸颊，还有她的额头、太阳穴。毛巾上还撒了点镇痛剂。

"现在你先安静一会儿，然后去睡一觉，"他给她建议。实际上，他与她一样的难受。但是在安慰她的时候，他还是忍不住看着她的那对随着呼吸而在连衣裙里上下跳动的乳房。

"你一直想要我是吧？"她突然转身看着他，榛子颜色一样的眼睛变得特别明亮。这种毫无来由的明亮让他害怕。

"我不知道你为什么这么问。"他很不满。然后像一具僵尸一样直直地站到墙边，靠着墙。

"因为我想问自己这个问题。"

他将她带到卧室，然后将她放在床上，脱下她的小连衣裙——她轻轻挣扎着。他意识到这不是他现在应该做的，也不是正确的答案。而且他也知道，她将会比之前更迷茫。

但是他心中很乱，不知道自己这时候还能做些什么。

之后，午夜的时候，布莱里奥翻身朝向她，对着她的耳朵轻轻地说："我要离开你。"这句话犹如一颗子弹，"砰"的一声穿过她那恹恹欲睡的脑袋。

39

墨菲什么都没有说。他只是很满足地看着她向前倾着身体吃樱桃。盛樱桃的白陶盘子就在花园里的桌子上。其他人在他们身边似乎都在谈论最近托尼·布莱尔在罗马天主大教堂皈依耶稣的事情。

"您要不要一个?"她将盘子递给他,"真是太好吃了。"

于是他伸手抓了一把黑樱桃,但是右臂不经意地轻轻触碰到了她的左臂。

之前已经有三次了,然而今天又是一次——也许是因为记忆力过强吧,墨菲记得特别清楚。尤其是她的手臂上金色的汗毛,还有碰到的时候那轻微的刺痛的感觉,就像是有一股电流瞬间从体内穿过。

她正在试着听听有关托尼·布莱尔的谈话,然而他讨厌托尼·布莱尔,也不喜欢新天主教。于是他就找话说她的裙子颜色会变,就跟"驴皮公主"的四季裙一样。不过驴皮公主总是脱掉那么漂亮的裙子,却钻进她的驴皮中。

他并没有感到什么局促不安——也许是他很难意识到。于是接下来他又告诉她自己一直以来都喜欢雅克·黛米的电影，可是不知道这个名字按照法语发音是读"德米"或者是"大米"。

"德米。"说完，她吐了一个樱桃核到手上。

修长的脖颈，棕色的眼睛，配上其他都显得那么完美的部位，让她拥有一种惊人的美艳——不过，这个他可没有说。这种美可以渗透进男人的心，让他们感到遗憾——遗憾那些不能与之分享下半生的男人的生活。

因此，他知道自己只能做什么了。

当其他人都站起来去池塘那边散步的时候，她也想去。他立刻跟上了她的脚步，简直被她的清新气质给迷倒了。这个夏天是多么炎热，而又让人惆怅——跟他的心情一样。

其他人都三两成群地向前走，泰伦和她的孩子们走在最前面。这是一个典型的英国午后，田园诗一般的宁静，鸟儿在欢唱，昆虫在畅鸣。

在他自己主观的回忆中，那天空气似乎格外的轻，树木似乎在发光，而风，也显得来去那么快。

他最后终于搞清楚：她不是那种特爱说话的人，她叫娜拉·内维尔，是多洛黛的妹妹，也是泰伦最好的朋友。

"我觉得她跟他在一起工作。"她指着他们前面的一个褐色头发的娇小女孩说。那个女孩穿着一件带花的连衣裙，还戴着一顶狭边草帽。

"您呢？您刚刚到伦敦吗？"她很礼貌地问他。

他已经忘了自己是怎么回答的。

因为那时候他在伦敦跟伊丽莎白·卡洛已经同居了差不多一年。他想自己当时一定是尽量敷衍搪塞了她的问题。

不过有一件事他记得特别清楚。那就是尽管没有事先约定，他跟娜拉渐渐与前面的人拉开了距离。而前面的人跟马克斯·巴尼一起停了下来，不是原路返回，就是从田野中穿了过去。

后来不知道什么时候，他们一直走到一道电网前，被那个地方的静谧给吓了一跳。

一群母鹿在草地的高处卧着，紧张地从草尖上盯着他们。母鹿周围还有五六只灰色的野兔，一匹蹄子上长毛的黑马。似乎田野中所有的动物，还有树木花草在见到眼前这个美丽的女孩时都屏住了呼吸。这时候的娜拉简直就是朱莉·安德鲁斯①。

"我有点担心别人正在等我们。"她轻轻地对他说，似乎害怕惊动了那些动物们。

在他看来，到那个池塘的话还需要走一到两公里。

继续往前走的时候，他们斜着穿过了一片绿色的草地，草地的形状略微有些蜿蜒，就像是高尔夫球场一样。她对他说自己去法国已经很久没有一次待这长时间了。这次的法国之行

---

①即朱莉·安德鲁斯女爵士，原名茱莉亚·伊丽莎白·威尔士（Julia Elizabeth Wells, 1935— ）英国女演员、歌手和作家。曾获奥斯卡金像奖、英国电影学院奖、艾美奖、金球奖、格莱美奖、美国演员工会奖、全美民选奖和世界戏剧奖等大奖。她在音乐剧《窈窕淑女》中的演出令她声名鹊起，《欢乐满人间》和《音乐之声》两部电影则是她的代表作。

有点寻找自我的意思——她有一些法国祖先。然而在巴黎待了八个月之后，她还是没有多少收获。她始终不知道自己到底是一个什么样的人，也不知道自己到底要什么。

"您一个人在巴黎干什么？"他很单纯地问她。然后明白了：不知是出于羞怯还是故意回避，她一直都是令人好奇地不直接回答他的问题，也不结束自己的话。

但是不管怎样，一个接一个的问题之后，就像拼图游戏一样，墨菲还是拼出了一张完整的图片。他眼前的这个女孩与众不同，充满不安定的因素，既聪明伶俐又沉默寡言。而且她看起来应该是刚刚离开了一个男孩，还装出一副很自恋的样子。

那么，自己为什么不回头？自己的防疫系统中到底是哪个地方没有运转？

为什么她事先没有给他任何警告——他将要遭受多么大的痛苦。

然而那时候——他们在池塘边赶上了泰伦和她的队伍，他只是觉得别人是多么的俗不可耐，他们两个被迫跟别人搅和在一起是多么没趣。他当时只是觉得自己跟娜拉非常默契。这种不需要语言就可以达到的默契，也许太新鲜，太刺激，以至于他想走得更远。

那时只有一件事他是非常确定的：也许跟伊丽莎白·卡洛没有几天日子可以一起过了。

"我就知道会在这里找到你，"保罗·维茨刚刚出现在露台上，"自由的空气中，人们总是考虑得更好。"

"我不知道。"墨菲说。他还沉浸在对以往的回忆中。

"总之,我希望您会采取一个正确的决定,这样九月份我就指望您了。"

"我想,应该是的。"他环视了一下其他楼盘的楼顶,还有码头上建筑物正面的一块块玻璃,然后回答保罗说。这时候的天空像大海一样蓝。

东面,在金丝雀码头附近,各种股票信息依然在路透社的中央大楼上显示着,似乎一切都没有改变。

"那,我就安心离开了。我确信咱们两个人可以在费城见面。"保罗·维茨激动地使劲握住他的手,似乎要捏碎一样。

下面,同事们正在应付日常事务,也开始打包自己的东西——跟那些被辞退的公务员一样。咖啡室也基本上没有人光顾了。

自从安德森小姐住院以来——据说是什么梗死之类的病,她的那间小办公室就变成了一个小博物馆,里面都是摆放整齐的她的各种东西:她的电脑,她的铅笔,她的记事本,她的美国好彩香烟,还有她的那只名叫皮噶尔的猫的照片。

尽管还有东西,但是似乎又是空荡荡的。

墨菲整个下午都在电脑前筛检一些文件,心中很紧张,又有一种被抛弃的感觉。直到突然看到凯特·米罗意外地出现在眼前。

"正式地说,接下来的十八天内我仍然属于这个地方。"她坐在他办公桌的一个角上对他说。还要求他给她讲讲最近一些跟他有关的事情。

"我想我要去费城了。"他脸色黯淡地对她说，一边将自己的东西装进公文包里。

"这个自然，决定是你自己下。可是我看到在纽约，一些被裁员下来的交易员已经开始在古德曼精品百货店卖衬衣了。"

"那好了，我也去卖衬衣。"说着这句话的时候他们已经走到大街上，而他刚好看到娜拉的一条短信：墨菲，我需要你，很急切。

这么看来，真像维姬说的，她还在伦敦。

回到家中，墨菲开始分析。他在思考娜拉到底是想让他明白她需要他这个人呢，还是仅仅在要一个小技巧，想再次利用他的慷慨，跟他要个两三千美元。

如果是为了要钱，他很不幸地想到这一点，他将会额外地多给她一千欧元，好让她明白自己对她的慷慨总是超越她的狡黠和贪婪。

然而，如果跟这个相反，到底是什么态度完全取决于她自己。

总之，他会给她一切自己能够给的。

40

他给她打了一整天的电话，但是都没有打通，最后不得不放弃，给她留了一条信息。第二天早上九点钟，他又重新开始联系她，虽然不相信可以打通，但是这次他还是试着拨打她那套房子里的电话。

"我是雷蒙。"电话中突然传过来一个疲惫的男人的声音。然后他挂掉了电话，认为是拨错了。

布莱里奥的手紧张了一阵子，手中的电话似乎变成了冰块。然后他急忙做了些简单准备就要出门——他一路跑着去里拉镇。去那里的感觉似乎他们之前的生活还在继续。

一辆黑色的大轿车开着车门停在房子前面。一个穿天鹅绒长裤的男人半个身子都伸进了行李箱中，在找什么东西。

车的另一边，手里拎着装衣服的盒子，一个身材高大的金发女人戴着眼镜看着他走过来，眼神中充满疑惑。

"娜拉不在吗？"他一边介绍自己一边问对方。

"我想她应该是前天一大早就走了。我们来的时候，房子已经空了，厨房里面乱七八糟的。"她跟他解释了整个情况，但是脸上一直挂着有点嘲讽的微笑。这种微笑让布莱里奥感到不快。

"我是她堂姐芭芭拉。"她明确指出了自己与娜拉的关系。这正是布莱里奥所想到的。

从篱笆上往里看——篱笆上的玫瑰花都已经开败了——他注意到草地上的一个木头箱子里冒出了几个空酒瓶，旁边是一堆书和一些杂志。

再远处，一把他从未看见过的长椅放在了花园中央。

"雷蒙·哈姆林。"男人从行李箱中抽出上半身后自我介绍。

"你们知道她去哪个地方了吗？"布莱里奥一边看着那把空椅子，一边问他们。

（他在想象娜拉正在跟他说：你抱怨什么，路易？你终于得到了你想要的。）

男人和女人用眼神交流了一下，然后都耸了耸肩膀。这很明显意味着：现在的一切跟他们无关。

如果按照逻辑推算的话，她应该是回伦敦去蹭她姐姐的房子，或者是住某个男朋友那里。芭芭拉一边预测着娜拉的行踪，一边以审视的神情看着布莱里奥。

但是他并没有因此而感到窘迫。

相反，他更应该说是放松了，几乎是冒充好汉一样的神情，倚在汽车的发动机盖上，嘴角还叼着一根香烟。这时候的雷蒙正在大汗淋漓地搬运那些箱子。

他现在什么都明白了，不过，是自己要面对的，而不是娜拉那边。极有可能他在里拉镇将再也见不到娜拉，而且跟这个可能性相比绝对不低于它、不轻于它的是：自己剩下的所能做的事情唯有任眼泪往下流。

当他看出来他们正在清空房子的时候——他们想干什么？——布莱里奥突然觉得痛苦从心中迸发出来，就像一条大动脉被切断了一样。

然后就是源源不断的血液喷发出来。

他在昏厥之前终于还来得及走几步，弯下腰，用手扶着膝盖，这才勉强能够呼吸。

"喂，祝你好运，老朋友！"芭芭拉在上车的时候给他说了一句已经无关痛痒的话。

晚上，布莱里奥住在一家宾馆里。他傻傻地坐在电视前，腿摊开在床上，遥控器拿在手中，但是整个人却没有任何反应，就像是一个已经脑死亡的人。

他几乎是一路休克走到了布特·肖蒙。雷欧纳不在家，或者是已经睡了。然后他只好继续往前走，直到发现第一家宾馆，走了进去。

现在，他一口一口地灌着啤酒，一边看着一个有关太空的节目。

在登上火箭之前，两个航空员在失重状态下转着圈，还相互观察了好长时间。一道钻红色的光射向他们的航空面罩——然后，他们相互做了一个小手势，每个人慢慢走向自己的太空船，都意识到可能再也见不到对方了。

布莱里奥关了电视，将鞋子随便扔到地板上，然后倒在床上，在昏暗中继续品尝着自己的不幸。

两眼直直地盯着白色的窗户，他在床上一点睡意都没有。双手自然地垂在身体两边，他源源不断地想着一个让人痛苦、让人如同针扎似的难受的问题：娜拉走了，他的生活中再也没有她。

他有种预感：自己做不到在没有娜拉的情况下独自生活。那样的日子将如同冰窟。

中午十二点天就会变黑，北极风吹在荒凉的街道上；管道爆破，荒草从水泥地的裂缝中冒出来，每一个路口都被床垫堵住——床垫上面是无家可归的人；最后，冻僵了的动物们躺在地上等死，还来不及认识娜拉……

没有娜拉的世界就是这样的一个世界。

就在这种幻觉状态下，他还是找到了一点点站起来的力气，走到了窗户边，吸一点新鲜的空气——悲伤让他恶心。然而此时林荫大道的另一边，沉睡着的世界里，露天地铁一路照亮了所有树木的枝叶，直到斯大林格勒区。

眼睛在黑暗中不断搜索，布莱里奥看到了一辆出租车停在楼下的大街上。车的停车灯开着，前车门半开着，发动机却依然在转动着。

也许她就在里面等他。

"我得去。"他想，然后却看着出租车又开走了——黑夜在她身后又拉上了帷幕。

因为失望总有自己的加速度，布莱里奥在一种僵硬的惊讶中又躺在了床上。他的牙齿开始上下打架，就像他在笑一样。

01：07。数码屏幕上显示着这时候的时间。

危机的高峰期已经过了。一些人回到了自己的卧室中。他听到不时地有电梯在透明的电梯房里上下的声音，似乎是催眠的钟摆的声音。

不知道为什么，他翻过身趴在床上，双手举过头顶，放在两耳旁边。那样子就像是一个配了呼吸管的游泳的人轻轻用脚拍打着黑色、无声的水，然后一点一点地潜入深渊。

清晨他就醒了，浑身的肌肉都很僵硬——这要归功于他那"壮丽的泳姿"。然后他给妻子拨了个电话——因为他还是一个已婚男人——怕她万一没有出发去搞研究。她应该是关机了。

再给她打电话之前，他看了看空荡荡的床。上面还有他的身影——凹陷下去的床单刚好是他的一个轮廓，似乎是要印下一个有家不归的男人的痕迹。然后他就又在椅子上睡着了。

41

等他回到家，在客厅里跟妻子正面相遇时，他有了一种奇怪的、冰冷的感觉。这种感觉源于他回来得太晚了。

交换了一个僵硬的拥抱后，布莱里奥在她的脸上看到了哀怨和严肃的表情。这让他感到害怕。

她斜坐在沙发椅的边上，双手平摊在膝盖上，眼神藏在墨镜后面。很明显，她在等他的解释。

面对她的沉默，布莱里奥猜自己要受十几分钟的煎熬，而且这次没有任何开溜的理由。

他清了清嗓子，开始说话，"昨天晚上，我感觉不舒服，不是很想回来。我在斯大林格勒区开了个宾馆房。实际上，我是真的完完全全不知道该怎么办了。"

"有两个家的人就是这样。"她提醒他。说这句讽刺话的时候，她几乎是愉悦的。

"我想你的英国美人是跟你在一起。"

他摇了摇头，这时一种阴暗、冰冷的感觉传过他的全身，似乎是一段痛苦的回忆突然袭来。

他有点心惊肉跳地跟妻子辩解了一番。也许关于娜拉，他不是说得太多，就是说得还不够。实际上，他们永远地分开了。也正是这个原因——至少这一次他没有撒谎——他难过地没有力气回来。

"我来安慰你？"她问了他一句，然后起身去拿香烟。

布莱里奥再次摇了摇头，意识到将来是没有人可以给自己安慰的。

从刚才开始，他就感到了一种绝望的气氛笼罩在他们四周。

"你知道吗，路易？在等你的整个晚上，我做了一个决定。"她以一种非常严肃的语气对他说。严肃得让他喉头一阵打结。

"这个决定很难下，完全是我一个人决定的，我会负所有的责任。"她继续说着，"但是我实在是忍不下去了，从今以后只想过安静的生活。"

在她总结他们的夫妻生活和最后这个悲剧结尾的时候，布莱里奥一动不动地听着，身体靠着墙，身上的肌肉都瘫痪了一般，自己甚至能够感觉血液在血管里一滴、一滴地流淌。

他一秒一秒地挨着时间。

"非常老实地说，"她告诉他，"有一段时期我很后悔没有跟你生一个孩子，但是现在我不再遗憾了。我觉得你就是有了孩子，也是一个可怜的父亲。"

"萨碧尼，你不知道你在说什么。"

"是的，我不知道我在说什么。"

"总之，"她总结说，"我决定自己先去父母那里，待两三天。这期间你可以把你的东西打包，然后离开。"

"这个办法我自己觉得对我们两个人来说是最好不过了。"她一字一顿地把每个词都说得很清楚。

"两三天。"他重复了一遍，身子痛苦地贴向墙壁，就像一只被火烧伤的蝴蝶。

然后呢？

就差两三天，他们在一起生活的时间就是十年。

"你要喝咖啡的话，就在桌子上。"她告诉他。

其实非常明显，很久以来他们之间的关系就一直面临着威胁。然而布莱里奥每次都假装看不到。

不管是悲观主义也好，犬儒主义也罢，他从来都不肯相信有朝一日他们会真的分手，会真的无法逃避这种庸俗的、令人难过的结局。

"算起来，咱们并不比别人聪明。"他对她说，想让她从她的建议中暂时回来片刻，也想开始一段并不激烈的争吵——关于他们的夫妻生活的不确定性。

"我从来没有认为我们比别人聪明。"她一边在浴室的镜子前梳头，一边回答他说。

"我们只是比别人更不幸而已。这也是为什么我们从来不在家里招待任何人。你想起来了吗？"

他想起来了。

他自己故意用很慢的语速告诉她：他认为荒谬和不公平的

是——他们分手时他刚好已经"伤愈",已经后悔,而他们本来刚好可以重新开始,这里或者那里,或者是国外,随便一个地方都行。

"但是我们的生活只是为了重新开始,"她打断了他的话,"而且你非常清楚,这只不过是些话而已。"

"我搞错了,还是我没有搞错?"

布莱里奥在她的背后,坐在浴缸的缸沿上。两个人都对着镜子相互凝视着。每个人都望着镜子中的另一个人,似乎是在跟对方的一个分体说话,跟那个自己曾经爱过又最终失去了的那个分体说话,而且还在镜子的深处寻找那个人的目光。

"你还有什么话要跟我说吗?"她用非常中性的语调问他。

"没有了。"他回答道。他有种感觉,刚才的那句话就如同一个开关被关上,眼前的一切马上就会变成过去式。

"还有一句话。"最后的一刻他又反应了过来。

他想解释。在她出门之前,他想请求她原谅自己这么糟糕地爱她,还对她发誓他会尽一切努力来等她,如果有必要,几年都无所谓。

"但是你已经承诺过这一切,而且不下十几遍。不管怎样,我已经没有任何被别人等的欲望了。"她说着话走开了。

"这对一个孤独的男人来说太残酷了,"他挤出来一点笑容说,"同时被开除和驱逐。"

"就是这样。"她突然看着他说,没有怒气,没有斥责,但是根本不想再听他讲任何话。

于是,他什么都没有再讲。

"就这样吧，我还得快点。"她跟他说话的样子似乎是在表明：事情已经结束，她还有其他事要做。

外面的狂风暴雨，还有美丽城街道上那惨淡的路灯光影现在更是增加了房间中那绝望的气氛。

布莱里奥站在窗户前，自己不知道该干什么，还在想拦住她，抓住她，揽她入怀。但是他的反应之慢和她扣上行李箱的速度之快形成明显的对比。很明显，时间在这一刻走的是不一样的速度，他已经不怎么有机会赶上她。

"萨碧尼，回来！"他笨拙地在楼梯上喊。但是当看到她回过头惊讶的神情时，他马上明白：他不再为任何人而存在了。

出租车已经消失在雨中，而他在厕所里面弯下了腰，长裤滑落了也没发觉，舌头像一只狗一样的耷拉着。

傍晚时候雨不下了。他的胖子非洲邻居和他的一个朋友从楼顶的天井中伸出头去看天空，就像两个占星家。

真幸福，占星家。

别人在看星象，而布莱里奥这时则凝视着妻子所有的东西。在他周围是她的包，她的鞋，她的成堆的文件，成箱的照片，还有皮斯多雷多的作品清单……然而现在他看到的这一切跟以往已经完全不一样，因为他是怀着一种心乱如麻的感觉在看。

布莱里奥将会踮着脚离开这套房子，会给她在办公桌上留一张写上永别的纸条，会将钥匙交给看门人，然后，他们的共同生活将不会留下任何痕迹，绝对没有一丁点儿痕迹。他们的相识，生活轨道的交错，这一切就像是幻觉。

只有他们的痛苦有可能还会继续下去，就像是飘在房间中的一个阴影一样。

在思考去哪里的时候，不想在这套房子里多待一分钟的布莱里奥将自己那点可怜的东西塞到了行李箱中。另外还有几件私人物品，一台电脑，两本词典——这是生活中不可少的。其他的东西萨碧尼自己会处理。收拾完之后，他将行李箱放进汽车的后备厢中，然后转动方向盘，离开。

当他从车库中出来时，悲伤从头到脚流下，就像是一把光做成的利刃，将自己割裂得体无完肤。然而，也可以说他已经麻木，几乎已经忘记了悲伤。

天重新蓝了，空气中也是春天的气息。

他在共和国广场停了一会儿，好整理一下思绪，调一调耳机——至少自己还剩有马斯奈。然后慢慢地、小心谨慎地走向大林荫道。一边走，一边看着橱窗上自己的身影不断地消失。

42

"两份聘任合同之间，别忘了，还有我呢。我还有可能去费城见你。"她抓着他的手说。

墨菲张口想说什么，但是又默然了，不知道该如何是好。

对他来说，她是那么陌生，几个月来又是与以前那么不同，以至于他不得不赶快清理一下思路，好弄清楚他们之间的来龙去脉。

他们肩并肩地走在海德公园的小道上。小道在草坪中央，草坪上开满了黄水仙和藏红花。低处，塞庞湖上晨练的夫妇在悠悠地划着船。

但是很明显，娜拉对这些都视若无睹。

刚才她给墨菲讲了自己的演员计划——她回来只是为了在伦敦再向上跳一个台阶。从她的话里可以听出来：她在演艺界认识的一些大人物看样子都可以跟她以"你"称呼，已经变得非常熟悉。

"你的耐心迟早会让你有所收获的。"他一边庆祝她第一步的成功，一边尽量挤出来一个很好意的微笑。

罗伯特·威尔森在纽约已经给她打过电话了，说他会不惜一切代价让她在这个秋天扮演安妮－玛丽·司翠特。她在告诉他这个消息的时候，一脸的得意，似乎在说一个密谋一样。

"也许是我无知，很抱歉。不过谁是安妮－玛丽·司翠特，谁是罗伯特·威尔森，我真的一点都不知道。"墨菲歉意地解释说。

然后，如果一切顺利，跟预想好的一样——她没有听他说什么，只是继续说自己的——她就会成为奥迪翁的"女孩薇欧兰"。

"奥迪翁的女孩薇欧兰。"他回应似的重复了一遍。他有种错觉，似乎能感到脚下冰凉的地面在旋转。

娜拉的声音，她的激动，她那令人担心的话语，突然让他想起他们在一起的时候的某个阶段。那时候他的忧郁和沮丧总是会被她那带点夸张的快乐所冲击，从而变得很尴尬。

回首往事，墨菲终于明白：其实他一直以来都知道她是那么令人不放心。

但是他暂时无法做出决定，因为他总是习惯于犹豫和拖延时间。他是应该充满爱意地告诉她真相，就像圣·保罗建议的那样？还是任由她去沉浸在自己的胡思乱想当中，希望她残存的理智将来会把她带回现实？

"娜拉，我有点害怕你了。"他最后说。

"害怕我?"她很吃惊，"为什么这样说?"

"我也不知道，本能吧。"他放弃了解释。这时他们还是肩并肩，正走在草坪上。

自从认识她以来，墨菲第一次在她身边的时候没有别的感觉，只剩下怜悯和沮丧。尽管她由于厌食而变得很苍白，但是她身上依然拥有一种可以摧毁他所有防线的美。

他真希望自己能够做到对她说出实话：她爱干什么就干什么，已经跟自己无关。

她正在跟他讲述一个有点复杂的事情——也许正是为了这个原因她才来重新见他的。大概内容是她有一笔酬金一直没有领到，但是又有房租必须要交，否则就会失去现在所住的房子。

"很大一笔钱吗?"他打断了她的话，急着结束现在这种尴尬的面对面的局面，还想告诉她：他自己也无法做到让她过上城堡式的生活。

"两千五。"她降低了声音说。

"如果你愿意的话，我可以给你比这个多一点。"他掏出支票本对她说。

两秒钟内，短短的两秒钟的安慰——他看到了她的嘴角绽放出微笑。

然后，一切都结束。

他们的故事将成为过去。

在给了他一个纯形式的感激的吻之后，娜拉走了。墨菲带着一颗纠结的心看着她穿过公园，看了很久。然后他转过身，随便找了个方向向前走，就像一只迷路的小嘴乌鸦。

背包搭在肩上，他沿着公园的栅栏向前走，感到潮湿的风在他的腿边打转。除了几个晨练的路人，整个布特·肖蒙公园基本上都是空的。跷跷板上蒙着塑料布，园艺工人正忙着种花。

九点多一点。雷欧纳穿着家居衫在楼梯转角处等他，身体从扶手上向前倾了很多。

"布莱里奥，我的小帅哥，我一直为你担心呢。为什么昨晚没有来？你知道我必须出发了。"

"我待会儿给你解释。"

行李已经在走廊上放好，钥匙就挂在门后，一些电器的说明书和几个紧急电话也一并跟钥匙放在一起。

"我已经提前告诉了门房，她会给你送信。现在你就是在你自己家了。"雷欧纳像一个慈爱的父亲一样跟他说话，然后坐在一把沙发椅上。但是坐下去的时候，脸上带着一点很痛苦的表情。

布莱里奥看到了他那双肿胀的腿，还有他那瘦得跟竹竿一样的脖子、透明的跟蜡做似的耳朵，但是他什么都没有说，也没有劝说他等以后身体好些后，再去进行这次旅行。

因为他知道雷欧纳不会好了。

"给我讲讲你的那些爱情挫折吧。"雷欧纳跟他说——他正在猜布莱里奥的心思。

"你可得记着，我可是你的忏悔神甫哦。"然而像现在这样，大早上刚起床的时候，手里拿着包和词典——布莱里奥很明显目前还不想做忏悔。

"我更想你现在先给我弄点咖啡，雷欧。"

"哦？然后呢？"忏悔神甫说，"你知道我很好奇的，也不会就这样放过你。"

"这是个让人很没劲的故事。"布莱里奥告诉他——其实他自己更想直接告诉他答案：从此以后他又是一个单身汉了——被情人抛弃，又被妻子赶出家门。其实他早就知道一个人的报复立刻会引来另一个人的同样做法。然而现在，他第一次领略到了什么叫三十六层地狱之下的感觉。

这个经历非常棘手，但是也足够有教育意义。他还是承认了这一点。

"你看，我的小帅哥，我恐怕不能很好地理解你的异性恋忧伤，"雷欧纳说，"我肯定是归于另外一种动物，拥有其他方式的快乐，还有其他种类的痛苦。"

"另外，"布莱里奥接着说——他懒得去思考雷欧纳的话，"我现在的处境，浑身上下所有的财务就剩下两件衬衫，一双鞋和银行账户上的五十七欧元。"

"我在五斗橱里给你留了些钱，如果不够的话，你可以告诉我需要多少。"雷欧纳对他说，脸上的表情很确定他自己是真的有偏执症。

"五百，会不会太多了？"布莱里奥问——他问的时候刚好是娜拉在伦敦的公园内掏墨菲的腰包的时候。他说话的样子，让人想起那些靠借钱生活的夫妇正在工作中。

布莱里奥跟他的"同谋"一样，不皱一下眉头就收下了那张五百的支票。他一边听着雷欧纳讲他的新爱——种种细节娓娓道来，一边盘算着把五百中的一半先救急，其他的以后再说。雷欧纳足够花心的，现在的两个新爱分别叫奥马尔和萨米尔。听起来他们是英国那边的，名义上是大学生，实际上也可以说是足球运动员。他们邀请雷欧纳去他们在卡萨布兰卡的家。

"除了我跟这两个男孩在一起的时间，我的生活就是垃圾，一点意义都没有。"雷欧纳看着他那有所怀疑的眼神说出自己的真实想法。

"你的事你自己做主，但是我还是要建议你考虑一下现在的身体状况，还是小心些好。"

"我想过的。你不用多想了。"

"我就要离开你了，我的温柔、脆弱的好朋友。"雷欧纳继续对他说，"不要太纯情了，不然我们会将这次暂时的分开搞得让人忧伤的。"

"我保证一切都会好起来的。"布莱里奥一边跟他说话，一边帮他将行李搬到楼梯平台上。雷欧纳是个旅行就一定要有个旅行样子的人，还拿出了他的披风和大檐帽。

"你知道，我的小帅哥，"他拥抱着他，"我更愿意跟你一起的，直到老死。"

"不要这么说。"

"我很想跟你这么说。说这些话又不会让人真的死掉，我很清楚。"

"不会的。"布莱里奥说。

几分钟后，他剩下自己独自一人，坐在客厅的一把椅子上，两眼失神地望着早晨带着湿气的光线。

43

他不停地睡觉。有段日子他每天能睡十二到十五个小时，身体蜷在床上，头发由于汗水的缘故黏成一缕一缕的，仿佛是患了嗜眠症一样，就那么冰冷地睡着。有时候似乎在他不想醒来的时候，体内的温度也在一点一点地下降，手脚都要冻僵了。

这既是心理因素的影响，也是身体因素的结果。但是他太累了，不想去思考那么多。一切都是悲伤惹来的。

几天来窗帘都一直拉着的，门也是关着的，内置电话也拔了。他住在整套房子里面最偏僻的那间，封闭、安静得像一个没有了感觉的大脑。

一个数码闹钟在天花板上映出了时间：02∶13……11∶03……17∶12……04∶21……他有种感觉，自己就像是那只第一次走入太空的动物——小狗莱卡——一样围着地球转圈。

偶尔也会有电话打进来，吵醒他，但是他知道绝对不会是在找他。这时候，他就会哆嗦着在房间里走几步，或者是到窗户旁边待一会儿——像一个太空员从舷窗里看太空一样。外面，雨一直淅淅沥沥地下着。

喝了一杯咖啡之后，他转身又躺下，依然是蜷缩在已经皱巴巴的床单中。他的眼睛闭着，双腿蹬来蹬去地寻找被窝中残存的温暖，就像一个胎儿舍不得自己的羊水一样，直到最后自己像从一个漏斗中螺旋形地翻来转去一样，大脑昏沉沉地停止思维。

可以说，他被卷入一场没有料到的内心的革命中。

有时候他会在大白天无缘无故地醒来，那时候头会很痛。那种感觉就像是只有半个脑袋在思考。这时候他就会吃上两三片阿司匹林，再洗一个烫烫的热水澡。

疼痛很久才会消失，这时他也许会刷牙洗脸——门牙已经跟动物的牙齿差不多一样黄了，然后也可能刮胡子，开窗户。在下午柔和的薄雾中，他安静得、缓慢得像个瘾君子。

有时他也会好好利用雷欧纳的药品柜，从里边"偷"一些安定来吃。

在等待再次入睡的时候，布莱里奥会转身躺在床上，头枕着手臂无所事事地等。这时候他时不时地还会有性欲，毫无来由，就像自己十三四岁时候的样子。

在这种逐渐"退化"的过程中，他变成一个长期卧病在床的人其实也并非没有可能——被所有人所抛弃，身体和灵魂都僵化，精神被最原始的性欲所侵扰。

而且，综合一切因素来看，他很快就可以做到这一步。

一天，他终于睡不着了。他已经透支了自己的"睡眠账户"。

但他还是坚持躺在床上，放松心情。由于身体有点不舒服，他转而看着透过百叶窗缝隙射进来的长方形的灰色的光。

有时候他也会听到一个小女孩的笑声，是在三楼或者四楼。由于自己的注意力还是清醒的，他可以确定自己的精神还没有出什么毛病。他可以肯定女孩的笑声就像一个小铃铛在风中摇摆，不时发出悦耳的声音。

外面细雨无声，很难察觉到是否在下雨。以至于他不得不把手伸出去才能确定雨是否还在下。这时候他也顺便让自己的脸透透气。

似乎自从他没有任何希望，也不再等任何人之后，世界对他来说终于又回归客观：荒凉的大街，被淋湿的狗，那些陌生的夫妇，开着花的树……而且，他的思维的空间也一下子突然变大了。

如果不是花很长的时间来想自己该做些什么的话，他几乎是幸福的。

有时候他也会在街角的小超市里面买点东西。小超市就在莫科斯路下面。他喜欢早上快结束的时候去，因为这个时间段属于懒人、伤心的人、不喜欢社会的人……而且这个时候他们这类人彼此都觉得融入了一个物以类聚的大家庭。

跟这类人中其他人一样，他也偏爱美剧。经常蹲坐在电视机前看这些没完没了的肥皂剧。然而他也在思考：即使看不到结尾——一天两天是不可能看到结尾的——他也不会觉得这有什么重要性。

为数不多的不下雨的日子里，他会突然在午后最晴朗的时候步行去里拉镇，走的还是以前熟悉的路线，停下来的地方依然是以前习惯停下来的地方，似乎他在进行着一种没有实际内容的宗教仪式。

他默默地站在房子的大门前，额头倚在大门的栏杆上。草坪上现在已经长满了野草和野花。他回忆起以前的傍晚，娜拉出现在大门的门框下，穿着她那条过长的睡裙或者是戴着那块方头巾，样子就像导演爱森斯坦镜头下的俄罗斯农家女孩。

房子的四周没有任何改变。有时候他会想起自己以前竟然没有拍任何照片，没有留下任何证据——证明自己如今不是在做梦，也避免如今如果去附近的邻居家里问询的话，别人会说这套房子几年来从没有住过人。

日子一天天过去，多亏了一种奇怪的能力，布莱里奥终于恢复了状态，最终从"后别离"危机中走了出来。虽然被打击得不轻，但还是保留了一副健全的身体，一切都是完整的。

有一段时间他甚至觉得自己有了一点活力，接近于以前的正常状态了，因此他甚至还终于打开了电脑。

他每天翻译三四个小时。内容是美国的一篇通讯，主要探讨的是植物神经系统的退化问题——似乎是为了他而写的一样。整篇通讯都是专有名词，一般人根本看不懂，尽是"化学神经系统"和"胶态微管"之类的词。他只需要静静地把这些词一一列出来，翻译出来，什么问题也不用想。

为了提神，调动自己的积极性，也为了专心翻译这篇通讯，他几乎是不停地抽烟、喝酒，还一边听着艾灵顿公爵的音乐和他的大交响曲。

当偶尔从工作中抬起头的时候，他可以看到从布特·肖蒙公园里射过来的淡淡的、令人忧伤的傍晚的光线。这些偶尔的闲暇现在足以让他满足。

在这种暗无天日的生活中，没有激情，为工作所累，他竟然想到了自己也许天生就应该独自生活，就应该翻译些英文文章，就像大树下的灌木生来就是为了招引昆虫。

晚上，他在窗边静静地抽着烟，看着外面的人坐在露天茶座上，或者是马路的长凳上——这里就是个小社会，每个人都抽着自己的烟，似乎他们在黑暗中用发光的信号来交流一样。

直到六月的一天夜里，他突然有了一个想法：自己绝对该去一趟伦敦找娜拉！这个想法也许在大脑中已经游逛了几周，只是没有发现而已。而这个想法在他关窗户的时候突然冒出来，它出现的速度就像是流星划过天际一样。

44

第二天——良好的开端就是成功的一半——他就订了一张廉价机票，还写了一张表示感谢的便条给雷欧纳。同时他还不忘浇浇雷欧纳的几盆植物，把所有的房间都仔仔细细地打扫了一遍，还把窗户全部都打开。

等所有房间都透气、清洁完之后，布莱里奥把自己那点可怜的家当带上一直步行走到了美丽城那条街上的车库——这时候妻子一般应该是在德国——好在那里放置自己的东西，也好把行李箱放进汽车。

由于有了重获新生的感觉，他甚至去一家啤酒店破费吃了一顿大餐，然后紧接着就坐地铁到鲁瓦西机场。

离开法国对他来讲突然变成了一种赎罪的方式，一种解脱，或者至少是减轻了痛苦。如果说去机场的时候布莱里奥还是"半抑郁"的话，那么一到机场整个人都变得无忧无虑了。

在飞机上的时候，他靠在舷窗上的头不停地轻轻摇晃，似乎又患上了嗜睡病一样。然而对娜拉的思念在他的心底就像一块芯片，把以前甜蜜的日子重新放映在眼前。那时候的她还有点反叛和可笑；那时候的他每天如同在海上冲浪一样。

回到现实中来也更让人不安。移动舷梯上的冷空气，多雨的天，隔离等待线，无理取闹的边警，还有到达厅里的人头攒动——都是陌生人，一下子让他感觉到了自己的脆弱与无依无靠。

这种感觉在他进入英国机场的行李大厅后马上变成了现实：经过一个半小时的等待，当自己的黑色小行李箱最后出现在行李传送带时，他已经是孤零零的一个人。

到达的第一天晚上，被暴雨和龙卷风袭击过的伦敦大街上已经是一片汪洋。一个人待在巴比堪的旅馆里，布莱里奥哪里都没有去，只是呆呆地看着电视。看着乱七八糟的节目，他心中有了个奇怪的念头：如果可能的话，他更愿意将来投"老大哥①"的票。一边看着电视，他一边将冰柜中的小支瓶装酒一支接一支地全喝光了。

早上他回忆起娜拉曾经提到过好几次名字的一个酒吧。那家酒吧就在伊斯灵顿，娜拉经常去，名字叫"贝蒂诺"还是"贝尼尼"来着——最后想起来是"贝尔纳迪诺"。有人指给他看过，就在上街，朝着海布里老体育馆方向走即可。

他在酒吧里坐下，由于一个人都不认识，就挑了个靠窗的位子，漫不经心地听着身后的一些大学生在聊天。当然他自己也不会忘记一小口、一小口喝自己当天的第一杯马蒂尼。

服务小姐是新来的，从来不认识什么叫娜拉的人。但是她

_____

①英国小说《1984》中的独裁者。

答应他会问问老板。

布莱里奥于是又叫了一杯马蒂尼——似乎酒精可以使混乱的感觉变得犀利一些——拿着酒杯到外面的露天座位上去喝。

陶醉于自己的幻想中的他如今根本没有任何与其他人说话的欲望。他只是漫无目的地看着路上的行人走来走去，头略微向下低一点，眼睛不时地眨着，似乎在把某个瞬间给拍摄下来。

老板是个有点阴郁的小个子，打着条纹领带。他告诉布莱里奥自己对娜拉印象很深，尽管已经好长时间没有见过她了。

"这是一个讨人喜欢的年轻女人，但是有点令人好奇，而且有点异想天开。"老板在谈起娜拉的时候，那种语气似乎在谈论一个已经去世的人——一点都不考虑布莱里奥那紧绷的心。直到他说出了一个细节——她有时候会领着那对双胞胎在这一带散步——才最终消除了误会：他谈论的很明显应该不是布莱里奥心中的那个娜拉。

但是这些并没有让布莱里奥气馁。他又打了辆出租车向坎墩路开去。在那儿，娜拉曾经学过一段戏剧课。然后他又去艾尔库尔，那里有娜拉最好的朋友，不过他忘了对方的名字。然后，他又乘坐出租车穿过了泰晤士河，之后又去格林尼治——娜拉的姐姐在那里有一座房子还是一套房子来着。

现在的布莱里奥有了一种自己都不敢想象的韧性。之前的他总是有想法无行动，如今他可以做到询问每一个"可疑"的人。不管对方是经常见娜拉，还是仅仅在哪个地方偶尔碰到过她——比如说酒吧。但是没有人回忆起娜拉，似乎她是透明人一样。

然而第二天，第三天，他还是去找她。迎着风走在伦敦的每条街道，他的心中全部是对以前两个人痴情的怀念。有时候他会在雨中出现在一些想都不会去想的地方，如丽丽街、梅达·维尔区和埃及巷——在那里他没有见到金字塔，却见到了很多印度香料。他从不放弃，也绝不停止，任由自己一条街、一条街地去追随娜拉。似乎他寻找的已经不是娜拉，而是内心中一个单纯的想法。

随着他越来越累，越来越虚弱，娜拉的"替身"也突然增多了起来：卖花的，穿细高跟鞋的秘书，棕色眼睛的女商人，穿风衣的大学生，甚至还有一个感觉迟钝的高中生！那个高中生走起路来似乎都不着地。在穿过了荷兰公园之后，布莱里奥心中浓郁的怀旧之心终于暂时拦住了自己继续寻找的脚步。

当回到贝尔纳迪诺酒吧时，一直都是处于强迫症状态的布莱里奥马上叫了一杯白酒，又坐在了原先坐过的露天座位上。他想利用早上清楚的光线有所收获，也在等着老板可以大方地给他几分钟时间。

沉思中的他没有注意到大厅里还有一个人正在跟服务小姐商量着什么，眼睛却一直没有离开他。这个人的位置刚好跟布莱里奥是背对背。

过了一会儿，那个人拿了自己的衣服和包从酒吧里出来，走到露天座位区。

"我可以坐下吗?"他问布莱里奥。此时的他就像一个阴影，毫无征兆地突然出现在布莱里奥的视野里。

在往后退了退，调整了下视线之后，布莱里奥发现眼前是一个身材高大的金发男子，穿着三件套，脸上有雀斑，眼睛藏在蓝色的墨镜后面。

"我是墨菲·布隆代尔，"对方说，"您也许从娜拉那里听说过我的名字。有人告诉我您在找她。"

这个人的声音有点低沉，而且鼻音很重，说话的时候有一种奇怪的回声，似乎是从古代头盔里传出来一样。

就在一瞬间，布莱里奥突然脸色变得苍白，似乎他知道现在是致命的、恐怖的时刻。他望着对方睁得大大的眼睛，然后意识到自己没有其他的"救援"以摆脱这尴尬的一幕，只能是向对方伸出手。

"路易，"他说，"路易·布莱里奥－兰盖。"

然后激动之余的布莱里奥又向对方伸出了手臂和肩膀——他要印证下现在不是一时的幻觉。

"两杯大号苏格兰威士忌。"墨菲向服务小姐喊了一句，似乎是要庆祝他们的相遇。

布莱里奥注意到一只黑狗趴在他的脚下。狗的嘴搭在自己的爪子上，眼神里有点惊恐，经历过岁月沧桑的毛被风吹得乱蓬蓬的。

"这是您的狗?"他用手轻轻触摸着狗，想将气氛调节得更合适一些。

"绝对不是，"对方回答说，"我一出门总是有狗跟着我。我很喜欢狗，他们可能是知道这一点吧。"

"狗总是有能力找到自己的幸福，这一点很让我吃惊。"他一边解释着，一边摘下了眼镜。注视着布莱里奥的这双大眼睛是那么苍白，就像是初生婴儿的眼睛。

布莱里奥不知道该说什么好——他很讨厌狗。他在墨菲的眼神中看到了一丝不安。这种不安对方是无法完全控制住的，因为痛苦的神色不停地闪现，又被隐藏起来。

"很高兴看到您来到这里。"墨菲突然对他说。说着话又将自己隐藏到了有色眼镜的后面。

"实际上，我都不太了解我来伦敦干什么，"布莱里奥向对方说实话，"我好像是在赴约，但是根本没有人等我。"

"娜拉自从巴黎回来后就变了很多。"对方保持着一种奇怪的平静对他说，"她住在姐姐多洛黛那里，从来不出门。我觉得您的到来可能会对她好点。因为她现在心情实在糟糕透了。"

"我有点怀疑我来能让她好一点。"布莱里奥说，他对他们之间在里拉镇上演的那一幕还历历在目。

于是两个人都沉默不语，神情很疲惫，就像是坐在公园长凳上的两个老鳏夫一样——每个人都意识到自己是一个故事的男主角，而这个故事发展得不好，部分原因就在于自己。

"我觉得还是应该修复一些尚能修复得了的东西。"他说，"您认为她姐姐会见我吗?"

"我一点都不知道，她只允许我见了她一次。"

"我觉得最好还是什么都不要说，去了格林尼治就知道了。您在这张卡片上可以看到她的住址。"墨菲最后建议说，同时自己站了起来，似乎他今天已经说够了。

"我也希望能够很高兴地再见到您。"他说，嗓音由于酒精的缘故减弱了很多。

45

　　这一刻终于到来了，但他却没有了勇气，想回头了。然而出租车已经走了，他只好停在大楼下一支接一支地抽烟，不知道到底该怎么办。一进楼梯，他立刻感到浑身的肌肉都紧张起来。

　　从门牌上来判断，他们是住在四楼。

　　"我能见一见娜拉吗?"他看到一个小个子的棕发女人，脸上有点阴郁——他猜这应该是多洛黛，"我叫路易。"

　　"我可不确定这个想法好不好!"他们身后传来一个男人的声音，"你妹妹还不知道呢。"

　　接下来是一阵沉默的尴尬。趁此机会，布莱里奥想从门缝里钻进去。

　　"进来一会儿吧。"她最后还是犹豫着对他说。而门厅里面她的丈夫依然双手交叉在胸前，在那里站着，似乎是在表示他的反对——他很想将这次的不期而遇往后拖一拖。

　　由于他个子并不高大，还有一圈络腮胡，又衔着雪茄，因此他有点像弗洛伊德——但是很明显，没有那位精神分析学家那么深沉。

客厅里还有一个橙红头发的高大的女人，不过好像对现在发生的问题不感兴趣。她正在分拣药片，动作很职业，像是护士。

"您可能知道娜拉状态很差，"娜拉的姐姐让他坐下，"医生拒绝对她的病情做出所有预测。他只是说这是精神性衰竭，是一种无法解决的精神状态造成的后果。"她在说这些话的时候，眼睛盯着布莱里奥。

"以至于我们只能是来治疗病症，但是无法解决病因。您懂我的话吗？治不了病因。"

布莱里奥越来越觉得听懂了对方的意思，翻译得很好。因此他在听的时候，由于过分地集中注意力，脖子和肩膀就越来越僵硬，身体在椅子上也觉得越来越不自在。他生怕听到她最后要跟他说什么。

"不管怎样，朋友，您可以很自豪，您干得不错。"多洛黛的丈夫插了一句。然后他将书房的门砰地关上，以此表示自己懒得理这件事。

惊慌了一阵后，布莱里奥还是开始反驳多洛黛的话。按照她的推测，她妹妹所受到的种种不好的精神磨难都是源于他。

"我爱她，爱她胜过爱任何人。"他低声说，因为旁边还站着一个护士。

"我去看看她睡了没有，但是这很可能是您最后一次见她。"她在门厅里带路的时候提醒他。

当推开那间卧室的门时——这是一间空荡荡的卧室，就像监狱——布莱里奥感觉自己似乎突然心脏供血不足一样，忍不住往后退了两米。

昏暗中他看到眼前有一个人形的模糊的形状蹲在床角。这是个人，呼吸声音很大。

由于她是躲在床单下面，就像在帐篷里一样，他只能从床单的外形上分辨出来她的头和她的一条腿。

"我不想见你。"她冷冷地对他说。

懊丧之中，他站在房间中央一动不动。然而他闻到了一股很重的霉味和消毒水的味道，之后他想到了关上门——害怕别人也加入到目前这个很尴尬的境地中。

"你听到我说的话了吗?"她问道。

被一种冲动所驱使，他轻轻地走近了娜拉的床——他需要帮助她，治愈她，唤醒她重新活下去的欲望，让她走出这间禁闭室。

"娜拉，听我说。我来是为了找你，我想带你回巴黎。"他轻轻地对娜拉说着话，还冒险用一只眼往床单下面看。他看到了一条颜色都有点发灰的手臂，还有一只虚弱的手。那只手那么麻木，以至于他惊讶得说不出话来。直到娜拉突然给了他一下子。

"走吧! 路易，你老婆在等你呢!"她用一种很奇怪、很干涩的声音对他说。声音还带有一点嗡嗡的杂音。说完就又躲进了她的"帐篷"中。

布莱里奥感到很沮丧，只好离开床，坐在窗户旁边的一把椅子上，等着她从嫉妒的牛角尖里出来。但是她什么都没有说。

似乎是有点安心了，她再次轻轻地在床单下面喘息起来。沉浸在复杂的思绪当中的布莱里奥看着窗外灰色的泰晤士河。路的对面，河上的船只和海鸟吸引住了他的目光。

"这就是'海鸥房'？"他说。但是她没有回答。

他可以为她做点什么？

她一直以来都是这么激动，这么情绪不稳定，他早就知道所有这一切终究会到来。

现在的她就像一个分开了正常与异常的人，但是却摇晃在正常与异常之间。

当他离开窗户的时候，娜拉坐起来大半个身子，这次没有躲在床单下，大腿贴着胸部。

她用一种很奇怪的眼神观察着他，一会儿看着窗户，一会儿看着墙。眼神很呆滞，几乎没有一点活力。双眼似乎是风在吹动着，自然地眨一眨。

"你找了我很长时间？"她问他。

"我到处找你，一天又一天。除此之外，我不知道自己该干什么。"

"你在找我，你找到我了。"她很异样地做了一个总结。

"你该不大容易认出我来了。"她对他说。说话的时候不停地轻轻摇头，"我的青春结束了，我的春天过去了。"

由于他不知道该怎么回答，她开始在床上默默地哭泣。他看见她穿着一件旧套头衫，头发剪得很短很短，瘦削的两只脚挤在一起。

"来我身边，"她突然对他说，"你不能在椅子上坐一天。"

他走上前，像个机器人一样坐了下来。

"你这么平静、耐心地跟我在一起，因为你害怕爆发。我能感觉到你害怕你的激情，路易。"

"是的，内维尔，可是不要再哭了。"他一边说话，一边抚摸着她那乱蓬蓬的头发，还抱着她，心中充满怜悯——因为她还是"她"。有那么一刻，布莱里奥突然有一种冲动——离开自己的身体进入娜拉的身体，就像分身术那样，然后去床上亲自感受一下那种颤抖、窒息的感觉。

两个人一直就这样紧紧拥抱着，手握着手，似乎特别的荒唐。

"现在，听我说。"她很小声地对他说。他听着。

"路易，我求你了，不要再过来，也不要再给我打电话，除非你想告诉我你想要一个孩子。"

"你伤我太深。"她对着他的耳朵轻轻地说。这时她姐姐打开了房间的门。

46

外面夜幕开始降临。布莱里奥满脸是泪，正快步走在码头上。他的人彻底垮了，衣服敞开着，两眼被黑暗的河水无声地吸引住了。

在这个地方，泰晤士河宽得就像一个海湾，河对岸那些高大的玻璃外表的建筑似乎在随着波浪而摇动。码头上的各种商店已经没有顾客，外海吹来的风席卷着那些露天茶座。他时不时地停下脚步看着水流，设想着与娜拉一起生活在水边，听着她说一些不着边际的话，看着她在虚幻的梦想中逐渐老去。而他会成为她永不结婚的未婚夫，怀着一颗温柔的、忐忑的心，守护着她。他们会一直继续一些永无止境的讨论，直到彼此都太老了，什么都听不见。

这是一种甜蜜温柔的生活，但是有点平庸、黯淡。但是不管怎样，更让人羡慕的紧张的生活就隐藏在一张床单下面。

对码头厌倦了，对悲伤麻木了，他在牙买加路上乘地铁回去。但是走入地铁站后，看着两趟列车经过他却没有上去——因为他不确定该坐哪个方向。之后他乘坐地铁在滑铁卢站下来，还随心所欲地在空无一人的空地上逛了一会儿。

一过桥，气氛明显柔和了很多，咖啡馆和饭店都一直是开着的，人们在暗处各自坐在自己的位子上。

"我必须喝点东西。"他想。这时候他感到了手机的震动。

"路易，你母亲从早上六点开始就一直在走路。她要把我弄疯了。她把家里所有东西都打翻了。"

"你能不能过来阻止一下她？"

"她把自己反锁在房间里了。"

"关灯，睡你的觉，"他对父亲说，"她最终会睡着的。"

自己的烦心事儿就已经够多了，布莱里奥于是喝了两杯马蒂尼。另外一杯伏特加是针对刚才突如其来的电话的。然而出门的时候，他发现自己被敲竹杠了：价格比贴出来的价目表上凭空多出来至少百分之二十。难道是顾客悲伤了，酒也要加价吗？

他又出发，步行向市中心走去，只想就这样混迹于人群中。最后他来到了火车站附近。这时候火车站周围已经不见人影了，偌大的空间，只看见天桥和空荡荡的路面。这时布莱里奥突然有了一种感觉，几乎很刺激：自己正走在一个想象中的城市，虽然是想象，但是却非常熟悉。

走着，走着，他就走进了一个人头攒动的酒吧里。里面全是些睡不着觉的人，一个个眼睛都很红，明显是缺少睡眠。他在柜台上要了一杯香蕉鸡尾酒，耳朵里全部是奥蒂斯·雷丁的歌声。但是他的歌也不能让他提起兴致来。不过这时，右面的一个女孩想跟他聊天，遗憾的是什么都听不到。

"我听不到！"他把双手捂在对方的耳朵上大声喊。

对面的路上三个男孩正叉着腿一起朝一面仓库的墙撒尿。他们的三个脑袋在月光下都低着，特别显眼。

酒吧关门的时候，所有人都三五成群地散场了，一些人扶着另一些人朝不同的方向走去。只有布莱里奥一个人依旧朝着正前方向走。他双腿的关节已经僵硬，脚也像受过了酷刑一样——估计跟她母亲的脚没有什么分别了，因为他已经不知疲倦地走了一整夜，似乎有人在他体内移植了一部分大地的能量。后来他终于来到了北水区。

快到十点的时候，墨菲戴着他的那副蓝色眼镜坐在了贝尔纳迪诺酒吧的露天座位上，两只狗就趴在桌子底下。

"你真的相信他会来？"维姬·罗麦特问他，同时还将腿伸到太阳底下，"他叫什么来着？"

"路易·布莱里奥什么的。我老是忘记他名字。"

"这也许是那个飞行员的鬼魂呢。"

"不出意外的话，他应该已经到那里了。"他很坚定地说，"很不幸，我没有他的电话号码。"

"你觉得他人怎么样？"

"当时的情景太特殊了，很明显。但是我觉得他人还不错。"他想了想回答说，"另外，我还很遗憾没有邀请他来住我那里，伊斯灵顿。我更想跟他，就我们两个人，多谈一会儿，然后再一起去看娜拉。"

"我忘了自己有没有跟你讲过。娜拉自从考文垂开始，就总是在她身边引起这些单相思。喜欢她的女孩跟喜欢她的男孩一样多。"

"这真的很奇怪。"她斜着眼看着他，脸上的表情既有甜蜜也有一点惊恐。这样的表情很让他吃惊。

"她自己也应该为喜欢娜拉付出了很大代价。"他想。

"你知道吗？我可能要离婚了。"她突然对他说，"我跟大卫之间的故事已经没有任何意义。我甚至想，几个月来我根本没有开心过一天。"

"你什么都没说？"

"没有。"她摇摇头。

"更糟糕的是，他一个人躲在角落里那么沮丧、失望，那么孩子气，以至于我不忍心跟他分手。"

墨菲一直一言不发。

似乎是从一个遥远的时代突然冒出来，遥远得跟尼尼微[①]都有得一比——娜拉的模样又出现在他大脑中。她迎着风走在火车站的月台上，边走边挥舞着袖子……

"哦，人类的迷恋，"她突然模仿着演员海伦·麦润的声音大声说起来，"它给我们带来的代价是多么的闻所未闻！"

她为什么在这时候说这些话？她想谈什么主题？

那是在巴斯克地区的火车站，就在圣·塞巴斯蒂安附近——他们第一次一起旅行。刷了石灰的墙，荒凉的小广场，还有白色月桂树花架……他们瑟缩着在阳光下等着转车，由于太

---

①美索不达米亚最古老的城市之一。

冷，两个人在风衣里面紧紧地拥抱在一起。他们看起来很幸福。两个人的身影都似乎带着初春的气息。

他为什么一个人蜷缩在长凳上一言不发，预感到了什么吗？

跟"人类的迷恋"有关吗？

"你给他娜拉在格林尼治的地址了吗？"

"给了。他跟我说他下午就会去的。"他过了一会儿才回答她的问题。似乎维姬在另一条线上。

"多洛黛说她从房间的一头走到另一头都需要花两个小时。我可不想看到她这副样子。"她说老实话。

"维姬，你要是想吃什么东西的话，"他打断她的话，"我觉得咱们最好还是进去拿点东西。"

"你认为他还会来吗，你的飞行员？"她看着自己的表问他。

"不会了。现在我确定他再也不会回来了。"他面无表情地说。

47

几天来，他们一直在旅行，要去一个叫"安抚里"的地方。娜拉在他身边安静地睡着了，两腿放在座椅上，头倚着车窗。她化了妆，还带了金色的假发，可能是为了遮掩一下自己的病态。因为突如其来的打击让她一下子老了十岁，就像童话中那样。

一天早上，他们在沿着铁路的田边醒来，感觉是从火车上掉下来一样。眼前的草坪和树篱笆被远处的小山衬托着，组成一片美丽的风景。身边的平地在阳光的照耀下，纷纷冒出湿气。

草很高，他们向前走的时候不得不把脚抬得很高，尽管夏天的衣服很薄，两个人还是很疲惫，很热。而且奇怪的是，不知道为什么他戴了一条黑领带。而一路走来，路两边的杨树在风中沙沙作响，似乎它们都有了感觉一样。

可是，"安抚里"这个地方真的存在吗？他有一阵子对这个问题的答案很不安。

"不要担心，高兴起来吧。"她以一种奇怪的腔调哼唱着，算是回答，但是声音很明显不着调。

布莱里奥虽然什么都没有说，但是很惊讶她现在这么温顺，这么无忧无虑。现在的她从不烦恼，从来不往坏处想，一心都在他身上，他做什么决定都听他的。

老实说，他都有点认不出她了。

偶尔她也会长时间地陷入沉默，那时她的眼神暗淡无光。但是她认为那是一种节省体力的方法，所以每次他也很安心。

"不要这么担心，"她安慰他，"我就在你身边。"过了一座桥，他们到了一片小树林边。这时他们看到了一个大花园。花园里的植物被炎炎夏日的阳光晒得有点发蔫，里边还有一个拎着耙子的年轻女人。她正在焚烧一些植物的根，还有一些枯枝烂叶。

女人的花边衣服还有系在下巴上的头巾让他们禁不住想：这应该是个塞尔维亚人或者是保加利亚人。他们不敢跟她说话。

"咱们在这些人这里干什么？"他小声问，"我不知道你在玩什么把戏。"

"他们答应租给咱们一个小房子，就在他们的房子后面。这是等咱们将来有了孩子的时候用的。"

"我们有了孩子的时候？"

"路易，你到底想要一个孩子，还是不想要？"面对他的怀疑，她有点不耐烦。

"我不知道，可能是吧。"他回答说，不想反对她的意见。

就在他们看着火的时候，那个年轻的女人消失了。娜拉温柔地对他说："你看，路易，生活可以多么简单，我们在一起可以多么幸福啊。"

"是的，我们可以很幸福。"他重复了一遍，但是发现自己从头到脚都在哆嗦。

从火车上下来，布莱里奥站在站前广场上停留了一会儿，风很大。肩膀上的上衣还在，手中的行李也没有丢，但是他几乎要惊讶娜拉为什么不在身边了。

自己来这里应该是有很明确的事情要做，但到底是什么事情呢？

由于刚才火车上的梦，他回忆不起自己来这里要干什么了。

租赁公司的负责人给他打电话，耐心地告诉他：他要的黑色欧宝车就在车库里面靠右的地方，面对着"大陆宾馆"。

"一定要注意，回来的时候加满油。"她将汽车的证件交给他的时候，郑重地提醒他。

一摸到方向盘，他立即解开自己的领子，因为车里太闷了。然后放下遮光板，照了照镜子。这时他再次被打击了：自己跟父亲是如此之像。

开出城市的时候，就在商业区前，他按照地图的指示向右拐，上了一条不知名的小道。小道两旁是低矮的房子，还有一些老旧的亭子。

诊所大概就在尽头，在圆盘旁边。

他在进门大厅里坐在椅子上等了一会儿，但是地上灰色的亚麻油毡和窗户上的手指印让他很恶心。

"28房,二楼。"接待处的女孩最后告诉他。

进入房间的时候,房间里的窗帘都是拉上的,他首先看见母亲穿着贴身上衣和一条黑色的裙子。但是母亲背朝着他,似乎没有听见他说话。

她站在房间中央,一只手放在床边,另一只手举着,似乎是拿了条手绢遮住了脸。

"我已经尽量快的赶来看你了。"他抱住母亲解释说。

然后不由自主地走向床边。

头上缠着厚厚的绷带,他父亲的样子就像是一个战争中的重伤员躺在白布下。他的脸颊已经凹陷,鼻子却依然坚挺,似乎还带着傲慢,眼睛有点炭黑色。

他好像同时显得既年轻,又遥远,似乎是毅然决然地选择了与他们中断一切关系。

"他留下一封信吗?"布莱里奥问。他听见自己的声音在房间里回荡。

"没有,一个字都没有。"母亲回答说。说完突然开始站着摇晃起来,就像一个钟摆一样。幸亏布莱里奥及时发现,最后关头抓住了她,还说服她坐下。

"他们拔了导管,停了机器,差不多十二点的时候。"她继续说着,蜷在椅子上。而他则目不转睛地看着父亲,用尽了力气,似乎是在想唤醒父亲。

也许当他正在跨越护墙,穿过安全栅栏的时候,一阵忧郁的狂风熄灭了他意识上的一点微光。

也许他还笑了。也许他已经不再是任何人。

"可以让一让吗?"两名护理人员推着车进来，将死者换到另一张床上。

过了几秒钟，从门口又转身一瞬间，布莱里奥很不情愿地看到——除此之外他已经看不到任何东西——父亲肿胀的阴囊垂在两腿之间。

闭眼已经太晚了。

在厕所中精神极度紧张、混乱了一阵后，他往脸上泼了点水，然后在镜子前将脸颊凹陷进去看了很长时间。之后，他安静地走了出去。不管怎样，他还能控制得住自己，还可以开车陪着母亲，似乎他已经忘掉了痛苦。

没有什么大惊小怪的——太阳已经在地平线上——痛苦依然是如影随形地跟着他。

"路易，求你了，不要扔下我一个人不管。"

"我就在。我明白。"他说话的时候看见对面一道橙色的光墙移过来，很纯洁，然后他突然加速。

48

对所有在尼斯的大街上经常见到布莱里奥的人来说，他就像一个有点阴郁，喜怒不形于色的人，而且出于很令人好奇的原因一直孤独着。

人们经常在马塞纳广场附近看到他吃午饭。一个人吃凉盘和烤肉，再加一瓶葡萄酒。他从不跟任何人说话，而且吃饭的样子特别小心，似乎有怪癖一样——眼睛只盯着盘子，就像在计算食物里有多少卡路里。

吃完饭他会沿着英格兰大道晒太阳。走路的时候，步子很慢，像是有弹性一样。上身是一件有风帽的罩头衫，别人只能看到他的鼻子和嘴角的香烟。

偶尔他的手机在上衣的内口袋里会响，但是大多数时间他都是哪怕最微小的动作都避免做，似乎只想自己更沉默一些，更不显眼一些。接了电话，他还是会继续顺着海边走，依然故我。他遇到的都是从来没有在任何地方见过的人，自己也从来不担心能否遇到认识的人。在这个炎炎夏日，烈日如火的季节，他独享着自己的孤独。

一年来他始终住在一条偏僻小路上的一套窄小的房子里。房子离于勒·谢莱博物馆很近。博物馆很漂亮，但是也很没用——很少有人光顾。不过他喜欢。在博物馆的花园里，他经常一个人在下午看很长时间的报纸。

比博物馆低一些的地方，有时可以在树荫下看到一些私立学校的女生打排球。她们穿着白色短裤，胸口上还挂着号码布，让布莱里奥想起了波普艺术时代。

当热气降下来的时候，他就回到住处，继续做他的那些赖以生存的活儿——翻译些有关肾上腺激素的小文章，然后再饮上一小杯马蒂尼。做完这些，他就锻炼一下肌肉，等着海伦娜过来。

由于一系列的误会，两三个月前她将自己的行李放在他这儿，而且单方面地决定他们是天生一对。不过布莱里奥不敢反对，似乎是因为她比他判断得更准确。

海伦娜是布加勒斯特大学音乐系的学生，不过她竟然不知道马斯奈是谁——这可能是他感到最疑惑的事。不过除此之外，她什么都懂，尤其是什么意识的无限发展和人与人之间各种不同的心灵感应等等。

除了这些，她是个感情保守，不喜欢抛头露面的女孩。布莱里奥自己也放弃了去思考她到底是否真的爱他。仅仅有一次他问到了这个问题，但是当时她立刻用手堵住了他的嘴。于是他就不再坚持了。

他已经完全放弃在这个领域内的好奇心，跟其他很多领域也一样。

他对人与事都已经没有什么激情。这是一种苦涩的睿智，或许也是一种厌世的态度，本应该值得思考的。但是他不想去思考，更不想与海伦娜讨论这个问题。

当洗完淋浴，换上浴袍的时候，她会将头发盘在头顶上，再用一个大发夹夹住。这时候布莱里奥喜欢请她到他们的小阳台上喝一杯香槟。于是两人就手臂倚在栏杆上，为了夕阳干杯。他们会一直这样待着，小声地说些话，皮肤会变红，神经也变得敏感。

从床上爬起来的时候，有时候他们也会在尼斯的老城区散散步。理由是想找一家可口的餐馆或者是好客的露天咖啡。由于石板路更能储存热量，走不了多久，他们就会被热得受不了，累得双腿像踩在棉花上一样，行动越来越慢，恨不得立刻来一阵轻风。

"路易，我是真的没有勇气走到市中心了。"她一直在抱怨，"咱们最好还是在这里休息一下吧。另外，也没有电车了。"

"好吧，你想休息就休息。"他随口答应，还不忘点一支烟。

当他们回到住处时，他们的意大利邻居已经再三召集了他们在游泳池旁边的朋友，还把音乐开到了最大。

由于不想破坏人家的兴致，布莱里奥和他的女朋友一般会接受分享他们的几杯酒，然后再去睡觉。不过他会告诉海伦娜八点钟有课。之后他们俩就会随便躺在床上，像两个过平安夜的孩子一样。

“你的手机!”她在卧室里大声喊道。

“喂，飞行员。”

“是你啊。”布莱里奥回答说。

“我在布鲁克林的几个朋友那里。”墨菲对他说，“现在是晚上六点，花园里温度是三十一度。”

布莱里奥认出了他那有点低沉，略带鼻音的嗓音，而且语速很快，典型的美国人。他想象着对方此刻正坐在花园的游廊下，两条长腿耷拉着，戴着深色眼镜，旁边还跟着好多流浪狗。

“我以为你还在伦敦呢，”布莱里奥解释说，“有天我给你打了电话，只想从你那儿知道点娜拉的消息。”

“我出发来费城前见了她最后一面，”对方回答说，“她跟她姐姐一起在康沃尔郡。我见她时，她已经好多了。不管怎样，也是情绪稳定多了，不那么激动了。您呢？您在哪里?”

“我自己感觉自己哪里都不是，”布莱里奥说老实话，“不过，现在在尼斯，但是将来也许会去突尼斯或者达卡尔。”

“我很肯定，”他很好意地说，“你也会想她的。是不是有时也会恨她不给你一点消息?”

“路易，总有一天灵魂会再相见的，那时一切都云淡风轻了。”墨菲笑着说。这时候布鲁克林上空传来了飞机的轰鸣声。

“你相信吗?”

“我当然相信，”他继续笑着说，“她也有理由恨我的，不过我敢肯定，她已经忘了。”

"您说得可能对。"布莱里奥最后肯定说。他感觉对方有一种成熟的意识和心态——自己是永远做不到的。

现在他在阳台上，天已经完全黑了。海伦娜应该是睡着了。他将电脑放在膝盖上，尽力想再工作几个小时，好保证自己的生存再稳定一些，也好顺便结束他的医学论文。

"去甲肾上腺素，"他翻译着——这个词本身法语里面就有，不需要再造新词，"是一种有机化合物，是肾上腺分泌的物质中的一种。它是一种神经递质，影响着相关的器官。"

"去甲肾上腺素，"他继续在键盘上敲着，"很明显对于阿尔法感受器来说，有一种非常强大的功能。而且它对于梦和激情的形成也有着决定性的影响。"

这些内容似乎他已经说了好多年。

也就是一晚上的事儿，季节就突然变化了。早上他们一起床趁着龙卷风刚停，下一场还未开始，急急忙忙地去购物。

当海伦娜撑着伞去商店买东西的时候，布莱里奥就关着车门听收音机，或者是看暴风雨如何在海上聚集。

无休无止的雨，让人透不过气来，噼里啪啦地落个不停，淹没了道路，抬高了河流水位，淹死了动物和人。公交车停运，高速公路也封闭了，似乎一切都混乱了。

几周来他们都是关在房间里，既像逃难者，又像偷渡者——回头路被堵了，只能团团转圈，不知道该干什么。他们只能看着大雨在窗台上落下，形成细流再流下去。

由于无所事事，他们不得不从早到晚，翻来覆去地讲一些同样的话题，每个人都凝固在自己的"思维的产品"和"精神的孤独"中。

她不停地重复说："课开始上了。"

目前的这种状态真令人高兴。

他们经常一句话也不说，整下午、整下午地玩牌，还时不时地相互对着打哈欠，就像两只患了神经衰弱的猫一样。

晚上，当海伦娜百无聊赖地躺在床上看电视的时候，布莱里奥偶尔也会坐到她身边。然后就是他那坏孩子似的、又蛮横无理的一套惯用动作，直到逼得她没有办法，最终自己全脱光了才能安生下来。

再然后，他们就是背对着背睡觉。

然而，有时候当他抬眼看着她的时候——这时候她在房间里转来转去——也会惊讶于她的脆弱和美貌。这时候他也会真心的祝愿他们之间的一切都能顺利。

不过，他自己付出过惨痛的代价，知道一切顺利是永远不可能的。也许他注定是一辈子没有女人、没有后代。

十月九日星期——第一天晴朗的日子，他拉着她的大行李箱从行人很少的街道上经过，陪她去机场。她要在巴黎待十几天，然后回她在布加勒斯特附近的家。

"咱们也许几个月后才能见面，也有可能是几年。"她开玩笑说，这时他的脚刚好被大行李箱给绊住了。

就个人而言，他更希望是几个月。他告诉了海伦娜自己的真实想法。不过他很惊讶两件事：一，自己的脚竟然没事；二，自己继续向前走的时候脸上竟然还有笑容。因为他已经不再相信幻想了。

在她一一详细介绍她在巴黎要见的人时，其实只有一个人会引起布莱里奥的注意。就是那个叫埃米尔什么的——她跟他提过好几次。不过，这次布莱里奥只是看着跑道的远方——大海。他呆呆地站着，什么都听不进去，似乎很神奇地又找到了他的让时间停止的能力。

当他回过神来，一切都已经结束了。

他登上公交车后，她朝他喊了几句话。但是他听不见，所以只是随便给她摆了个手势。她朝着相反的方向走去，他看着她的脸庞的侧面。然后随着两人之间的距离越来越大，她的脸庞越来越模糊，越来越小，直至消失在这个晴朗的午后。

49

一年后——还是同样的一个午后，布莱里奥坐在自己的阳台上，头上戴着草帽，膝盖上依然放着电脑。他在跟母亲打电话——她正旅居在克莱蒙的妹妹家里。过了一会儿他挂了电话，答应以后还会给她打电话。

然后不管他多努力，还是止不住地打盹、"钓鱼"，鼻子几次都碰到了要翻译的稿件上——似乎又患上了发作性睡眠症。楼下的花园里，他一直能听到打排球的女孩们爽朗的尖叫声。

每次一闭上眼，垂下头，他就似乎又看到妻子正在家中的客厅里唱歌——他们在美丽城的那个家。那一幕上演的时候，他正躲在楼梯上。You shot me down, Bang bang, I hit the ground, Bang bang（你开枪将我打倒，哪哪；我摔倒在地上，哪哪）。

她的声音以一种超乎寻常的方式在他的记忆中回荡，似乎时空的距离更增加了声音的强度。

几个月前，在查自己账户的时候，布莱里奥得知萨碧尼给自己打进去五千欧元。随后他给她发了一条短信，感谢她。她回短信的时候只是简单说了几句，顺便告诉他自己由于工作的原因刚离开了巴黎。

接下来的一周，她一点点地将她写的两篇文章发给他，都是有关米开朗基罗的。然后又突然停止了跟他的所有联系，也不解释她的那些短信什么意思，就像一颗卫星消失在了外太空。

他所能做的只是幻想将来有一天人们会发明一种新的分子。这种分子可以一分钟、一分钟地将他跟妻子曾经的幸福与快乐重新构建出来——他们曾经幸福、快乐过，这是肯定的。如若不然，那些成千上万个细节总有一天会伴随着自己生命的结束而烟消云散。

过了一段时间后，布莱里奥不知道怎么回事突然意识到自己喜欢过去。不是自己的过去，而是简单的过去，那些已经遥远的丝丝缕缕的过去。

当夜幕降临，棕榈树被风吹拂着就会摩擦到百叶窗。对面，邻居们就会在泳池边开灯、放音乐。

布莱里奥有时候感觉自己是在过着飘浮的生活，已经远离了这个世界，心是那么自由，精神是那么饱满——这正是他要的生活——直到电话响起。

依然是他母亲的电话。

"路易，有件事情刚才我不敢问你：你是不是一直一个人生活着？"

"嗯，一直是。不过，不用担心，我过得一点都不糟糕。"他安慰着母亲，但是说话的时候很明显感觉到自己的偏头痛从头的左侧、耳朵以上的部位开始爆发。

他不得不打断谈话，然后吃了两片镇痛剂和一点安定药。

痛楚消除一些之后，他打开一部山姆·伍德的老片子，裹上一条毛毯，半睡半醒着看电影。双腿跷在桌子上，他在等英格丽·褒曼出场。电影中的英格丽·褒曼是那么年轻，再加上一头金色鬈发，就像一只小绵羊。他真想坐在她的身旁。

这天早上，布莱里奥感觉自己像是突然从虚无中冒出来一样，而且突然开始异样地思考：这是 2009 年？还是 2019 年？然后他从床上下来，再然后就是重重地摔倒在地上，就像从六楼上摔下来一样。

他再也无力挣扎，干脆放松地躺在地毯上，双手捂着头。这时他感到了有血从嘴角流出来。

在浴室的镜子前简单检查了一下后，他确定自己下嘴唇上划了道口子，两颗门牙被摔掉，前额上也有几处血肿——很明显得赶紧冲洗一下，然后包扎起来。

但是就当他抬起手，准备穿衣服的时候，他不得不重新做一番"考察"了：虽然处于迷迷糊糊之中，他还是很矛盾地保留了一份感觉上的清醒——他的动作不仅僵硬得让人担心，而且还缺乏协调性。

不知道这种该"归功于"他的酒瘾呢，还是吃了安定的缘故，或者是患了什么隐形的退化症之类的病。

现在的情况让布莱里奥想起在虚脱之后注射去甲肾上腺素——他经常想起这个东西——就可以临时提高血压，并避免死亡性代偿失调。

然后他想到：以后得在药品柜里放一些去甲肾上腺素。

当他出门时，空气显得那么凝重，很潮湿，就像暴风雨要来了一样。他沿着海边向前小步走着，有意识地呼吸着新鲜空气，还时不时地提醒自己在长椅上休息一下——他害怕在人群之间，或者是繁忙的交通要道上再次出现什么问题。

从大陆那边的群山之上飘过来一片缠缠绕绕而又发光的云彩。它停留在城市的上空，吸引住了布莱里奥的注意力。

云彩的轮廓是那么像人形，逼真得让人吃惊——可以很明显地分辨出是一个男人和一个女人。眼前的景象如此精美和奇特，以至于布莱里奥觉得如果父母们不让孩子们看云，那简直是不可思议的。

很自然，海滩上成百上千的人都挤在一起穿着泳衣，戴着墨镜，目光全部朝向同一个方向。

过了一会儿，布莱里奥还是一动不动地坐在他的长凳上，因为他越来越头疼。突然，他感到一阵悲伤。天空中又出现一片云，这次像是飞碟。

沙滩上的人变得很沉默，大家都挤在一起，一只手搭在墨镜上，似乎是在害怕未来之光。

就在这时，慢慢地，他的身体逐渐向后仰——他依然系着一条黑色皮领带，穿着一双红色匡威鞋——开始从长凳上滑下去。

50

在所有人的眼里，我们当然只有一种形体，一种状态，而且从生物学上讲也只有一次生命。然而从量子学的可能性上讲，又是另外一回事。因为宇宙时刻不停地在分裂成不同的、同时存在的世界。

从这个意义上讲，还存在有一个我们所无法理解的世界，就像是薛定谔的猫的世界。那个世界中，布莱里奥死于一次脑碰撞。尽管在另一个世界中，他还活着。

那个世界里，他还坐在卧室中的床上，离布特·肖蒙公园只有几步之遥。由于他的新陈代谢过慢，他基本上不再走出雷欧纳给他的这所房子。房子里面到处堆着比萨盒子和中国菜的包装盒。

大部分的时间他都是处于一种半嗜眠状态中，只是偶尔在内视电话响起的时候才会有点反应。这点反应会告诉别人：他的某些神经末梢还处于活动中。

"请问路易·布莱里奥还住在这里吗?"有人在内视电话中问道。

"我就是。"他惊醒之后就条件反射一样去打开那扇通往另一个世界的门。

他与娜拉·内维尔在楼梯拐角处撞了个正面。娜拉穿着条夏天的小连衣裙，还戴着一顶草帽。她发觉他的目光中掩藏了什么东西。

"你认出我来了吗？"她摘下帽子。

这一刻，他眼中的娜拉看不出年龄，美貌可以用冷艳和惊艳来形容——让人想起 3D 动画原型或者是唯美的图片。

由于外面太热，他们进屋在厨房中喝了点冰镇葡萄酒。他背靠着窗户，她坐在小圆凳上——就像当年在里拉镇一样。

很明显可以猜想得到：他们彼此对将要发生的事情都有自己的小想法。然而，他们更喜欢把这个想法埋藏在心里。

不管怎么样，他们还是说着话，还是高兴地将手中的酒喝光。而且相互还露出一种恬静的微笑，就像是两个纯洁的精灵。

与此同时，就像在隔壁的房间中一样，墨菲·布隆代尔正在等着同样的娜拉穿着打扮好——她又回到了伊斯灵顿。她最后拿起了电话。

"你还记得泰伦吗？"她说着话将他又带到客厅，"我姐姐的朋友，就是那个第一次邀请咱们去乡下的那个。是她在给我打电话。至少你还记得，"她接着说，"那些漂亮的母鹿吧？咱们去池塘的时候，它们从树篱笆上偷偷看咱们。还有马克斯·巴尼用摩托车带来的几公斤樱桃？"

"我记得很清楚。"他回答说。说话的时候他乖乖地随着她一个房间、一个房间地转悠，似乎是在用思想重新参观他们昔日激情的废墟。

"你还想长期在美国工作吗？"

"我不知道，"他说，"这取决于很多事情。不过，不管怎样你都可以留在这里，只要你愿意。"

天稍晚的时候，他们打车直到罗瑟希德，还一起沿着泰晤士河散步。娜拉继续开心地串起以往的回忆，而墨菲，隐藏在蓝色的墨镜后，用口哨吹着菲尔·科林斯的几首曲子。这时候的阳光依然很火辣，将风景、屋顶、汽车、桥和桥上的行人照得晃眼。一切都是那么亮。

在这个不断膨胀、急速变化着的宇宙中，还有一个不同的世界。那个世界中娜拉一直是孤单的一个人。那个世界中，她在两三部没人看过的电影中扮演过几个小角色，最后跟她的精神病医生住在了一起。那人很胖，可能是个骗子，最近刚做了葡萄酒经纪人。

他们住在图卢兹地区的一套带彩画玻璃的海边豪华别墅里。在那里，她作为一个常守空房的被抛弃的女人，整日以逗猫、看侦探小说度日。

她从来没有听说过莱布尼茨。

她差不多五十岁，脸有点虚胖，总是戴着黑色墨镜，穿着很短的裙子，内心中将自己永远停留在十七或者十八岁的年纪。

在与这个世界平行的另一个世界中，她却在布莱里奥身边。她显得那么年轻，就像是他的女儿。当他们驱车在夕阳下或者是成熟的麦田间的时候，他们被一种忧伤凝固住，两人都沉默不语——因为即将分手。他们的样子就像两个围绕着一个红色星球运行的两个死去的航天员。

最后，也可能还有一个永无止境的世界，那里谁也没有存在过。

帕特里克·拉佩尔作品年表

1984《易怒的人》

1987《有所作为的迟钝》

1991《吕铎和他的伴儿》

1994《欢迎来巴黎》

1998《茜茜，就是我》

2004《男人妹》（荣获法国"网络最佳图书奖"）

图书在版编目（CIP）数据

人生苦短欲望长 / (法) 帕特里克·拉佩尔著 ; 张
俊丰译. — 3版. — 成都 : 四川文艺出版社, 2019.3
ISBN 978-7-5411-5248-1

Ⅰ.①人… Ⅱ.①帕… ②张… Ⅲ.①长篇小说—法
国—现代 Ⅳ.①I565.45

中国版本图书馆CIP数据核字（2019）第027608号

La vie est brève et le désir sans fin
by Patrick Lapeyre
La vie est brève et le désir sans fin© Editions POL, 2010
All rights reserved
著作权合同登记号　图字：028-2011-85号

RENSHENGKUDUANYUWANGCHANG
人生苦短欲望长

[法] 帕特里克·拉佩尔　著　张俊丰　译

责任编辑　奉学勤
封面设计　叶　茂
版式设计　史小燕
责任校对　韩　华

出版发行　四川文艺出版社（成都市槐树街2号）
网　　址　www.scwys.com
电　　话　028-86259285（发行部）　028-86259303（编辑部）
传　　真　028-86259306

邮购地址　成都市槐树街2号四川文艺出版社邮购部　610031
排　　版　四川胜翔数码印务设计有限公司
印　　刷　三河市华东印刷有限公司
成品尺寸　140mm×203mm　　开　本　32开
印　　张　9.75　　　　　　　字　数　210千
版　　次　2019年3月第三版　　印　次　2021年4月第三次印刷
书　　号　ISBN 978-7-5411-5248-1
定　　价　49.80元